АННА БЕРСЕНЕВА

ЖЕНЩИНЫ ДА ВИНЧИ

Роман

Трилогия «Женщины да Винчи»
Книга первая

2025

Тридцатилетняя Белла Немировская уверена, что ей выпало жить в лучшее время и в лучшем городе – в яркой, дающей тысячи возможностей Москве 2012 года. Интуитивное умение разбираться в людях, профессия психолога и легкий характер – вот основа Белкиной уверенности в себе. И вдруг – незнакомый город в глубине России, среди вятских лесов, чужие люди и неясность будущего. Жизнь показывает свою вечную жестокую сторону, которую беспечная Белка не хотела замечать. Семейное прошлое могло бы стать опорой. Но как построить свою новую жизнь на том, что раньше казалось лишь главой из учебника истории?

Bibliografische Information der Deutschen Nationalbibliothek:
Die Deutsche Nationalbibliothek verzeichnet diese Publikation in der Deutschen Nationalbibliografie; detaillierte bibliografische Daten sind im Internet über http://dnb.dnb.de abrufbar.

Satz: ORDEN COMPANY LTD
Druck und Verarbeitung: Libri Plureos GmbH, Hamburg

Printed in Germany

ISBN 978-3-689599-74-4

*Автор благодарен профессору
Валерию Сергеевичу Модестову за рассказ о его маме
Зинаиде Ивановне Модестовой (Одинцовой) и бабушке
Прасковье Васильевне Одинцовой (Дресвянниковой).
Эти необыкновенные женщины не являются прямыми
прототипами героинь книги, но история их жизней
вдохновила автора на написание этого романа
и стала его частью.*

Часть I

Глава 1

До чего же Белка ее ненавидела!

Нет, ну вот как это: быть в двух шагах от Венеции, уже смотреть на воду Лагуны и вдруг ни с того ни с сего развернуться, взять чемодан и отправиться в аэропорт на вылет? А именно это ей и предстояло сейчас сделать, и как же не ненавидеть человека, из-за которого это предстоит? Белка и ненавидела.

Конечно, эта ее ненависть началась не сегодня, но венецианская вода всем своим бледно-зеленым манящим объемом сыграла роль последней капли.

Белка достала из кармана монетку в два евро и, как плоский камешек, пустила ее прыгать по поверхности этой недоступной воды. Ничего кроме ярости она при этом не испытывала. Может, не с таким чувством надо загадывать свое будущее возвращение в Венецию, но уж какое есть.

— Белиссима! — услышала Белка. — Помочь чемодан до остановки дотащить?

Игорь стоял в покачивающейся на зеленых волнах лодке — в водном такси то есть — и окликал ее оттуда, балансируя со всей показной непринужденностью, на которую было способно его тренированное тело. С этим красавцем, журналистом «Коммерсанта», у Белки наметился роман, недолговечный в силу сроков пресс-тура, а потому наиболее приятный из всех возможных, и на фоне этого несостоявшегося романа его теперешнее джентльменское предложение выглядело просто издевательством. И обращение к ней на итальянский манер — тоже.

— Я такси вызвала, — сквозь зубы процедила Белка.

— Удачи!

Игорь приветливо помахал рукой. Лодка загудела и отошла от берега. Белка посмотрела, как она летит по Лагуне в венецианскую даль, и, дернув за ручку чемодана так, словно не выдвинуть ее намеревалась, а вырвать с мясом, пошла к автобусу, обычному, не водному, который как раз подъехал к пристани.

Глупо было расстраиваться из-за того, что не состоялась Венеция. При ее-то работе! Состоится в другой раз. И начальница наверняка рассуждала именно так, если, конечно, вообще рассуждала, прежде чем потребовать, чтобы Белка срочно вернулась в Москву.

Но Белка вот именно расстраивалась, и чуть не до слез. Венеция являлась для нее каким-то заколдованным местом, это она еще в прошлом году случайно заметила и вскоре поняла, что не ошибается.

Каждый раз, когда появлялась возможность поехать туда, оказывалось, что Белка именно в это время должна заниматься чем-то другим. Пусть даже чем-нибудь приятным, например, разработкой головокружительного путешествия на Маврикий для головокружительно же богатого клиента, но — для Венеции ей сейчас не время. А потом начальница отправляет ее в Гималаи с целью выяснить, имеются ли в тамошних ашрамах условия для цивилизованного проживания миллионеров, свихнувшихся на индийской философии, или же повсюду царит сплошная антисанитария. А потом придумывается еще что-нибудь, и Венеция, конечно, откладывается.

Да и вообще Венеция не входила в число городов, куда сотрудникам давно работающей турфирмы требовалось ездить. Она была уже изъезжена и описана до последнего камешка, и при необходимости, не выходя из офиса, с легкостью можно было выяснить, какого цвета умывальник на любом этаже любого ее отеля и какие фрески в любом ее палаццо. И все их клиенты давно уже в Венеции побывали или прекрасно могли съездить туда самостоятельно, без помощи агентства.

Поэтому нынешняя рекламная поездка по виллам Палладио, во время которой предполагался день в Венеции, была событием таким же редкостным, как и то, что Белка не оказалась именно в это время занята чем-нибудь срочным, а потому добилась, чтобы — через кислую улыбку и недоуменное пожимание плечами — начальница ее в эту поездку отправила.

Добилась, называется!

Ярость вскоре прошла, Белка вообще не была склонна к чрезмерности в чувствах, но на смену ей пришла досада, и такая, что уже в самолете она подумала: «Я не я буду, если в ближайшее время сюда не приеду. Всем назло!».

Глупая детская клятва. А если проанализировать, отчего такая странная тяга именно к Венеции, а не, например, к Барселоне или к Лондону, то выяснится, что и она имеет детское, точнее, подростковое происхождение: именно в подростковом детстве Белке попалась книжка про город, в котором все влюбляются, и только тогда у нее была еще склонность подобным книжкам доверять.

Она бросила последний сердитый взгляд в иллюминатор на ускользающую Венецию и сделала погромче музыку в наушниках.

Глава 2

Маму Белка увидела во дворе. Та была занята своим обычным делом: кормила собак. Вернее, на этот раз одну собаку, черно-серо-пегую с отвислым брюхом. У нее недавно родились щенята, мама теперь покупала для нее не только колбасу, но и молоко и, размочив в нем батон, выносила его к мусорным контейнерам в большой латунной миске, в которой в годы Белкиного детства варила варенье.

Куда девать щенков, когда они, жалостливо выкормленные, подрастут, мама, понятное дело, не думала. Убеждать ее во вреде абстрактного гуманизма было бессмысленно. Тем более что Белка и сама не была в этом убеждена и что делать со щенками, не знала тоже.

Собака уныло чавкала над миской. И это монотонное чавканье, и весь ее вид показывал только одно: что ей глубоко безразличны и народившиеся непонятно зачем щенки, и собственная бессмысленная жизнь. Вряд ли это было так — все же, наверное, имелся у нее инстинкт выживания, или что там помогает собакам жить, — но вид у нее был именно такой.

— Ты, Белочка? — удивилась мама, заметив дочь. — А говорила, только в воскресенье вернешься.

— Планы переменились.

— У тебя? — сразу насторожилась она.

Дочь редко меняла свои планы; неудивительно, что мама встревожилась.

— У начальницы, — успокоила Белка. — У богатых свои причуды.

В том, что необходимость ее срочного возвращения это именно причуда вздорной бабы, сама она ни минуты не сомневалась.

— А я сегодня ничего не приготовила, — расстроилась мама.

— Я в самолете поела.

Оказавшись в этом дворе, Белка и сама почувствовала себя, как унылая бессмысленная собака.

Можно, конечно, куда-нибудь пойти — всего девять часов, вечер пятницы только начинается. Но досада не прошла, настроения развлекаться и с кем-либо общаться не появилось, поэтому Белка устроилась у себя в комнате на диване, рассеянно листая книжки, которые перед поездкой закачала в читалку, поглядывая на экран компьютера, где беззвучно шел неувлекательный французский фильм, и изредка перебрасываясь с кем попало в сетях ничего не значащими фразами.

Через два часа такого времяпрепровождения она уже думала, что напрасно никуда не пошла, поддавшись досаде и лени. Как странно! Когда путешествуешь и видишь широкий мир, то вроде бы и собственная жизнь должна представать перед твоим мысленным взором широко раскинувшейся в пространстве и времени. Но нет — во время путешествий ты видишь в своей жизни только то, что относится непосредственно к сегодняшнему дню. Зато стоит тебе завалиться на диван в десятиметровой комнате, в панельной девятиэтажке, в микрорайоне Южное Тушино, как собственная жизнь, втиснутая в этот маленький объем, некстати предстает перед тобою во всей своей... Нет, не красе, а наоборот, во всей своей узкой обыкновенности.

И заполняет тебя до самого горла бездействие. Не безделье, а бездействие как физическая величина. Как газ гелий. Только от газа гелия тела становятся легкими и взлетают вверх, а от бездействия твое собственное тело вдавливается в землю, кажется, навеки.

Белка взглянула на часы. Бездействие сожрало сто восемьдесят минут ее жизни. Выбираться из дому уже не имело смысла, учитывая, что завтра к девяти на работу. Да хоть бы и имелся в этом смысл, запала-то все равно не было. Даже для того чтобы просто поднять себя с дивана и направить в ванную, Белке потребовался мысленный рывок.

У мамы в комнате было тихо, но полоска света пробивалась из-под двери, значит, она не спала. Ну да, мама ведь никогда не ложилась, не заглянув к дочке с пожеланием спокойной ночи.

Когда Белка вошла в ее комнату, мама читала. Книжка была на английском, с прелестной пастельной картинкой на обложке — парк, девичьи фигурки, пароконные экипажи. Белка узнала свое недавнее лондонское приобретение. Она покупала маме книжки на английском, французском и немецком во всех своих поездках. С тех пор как появились электронные книги, расход на дорогие бумажные, тем более заграничные, стал маму смущать, но все-таки она не могла отказаться от того, что, вызывая у Белки улыбку, именовала запахом живых страниц и прелестью живых букв.

Здесь, в маминой комнате, тишина была просто осязаема. Ее можно было резать ножом, как смородиновое желе.

— Тебе не скучно? — спросила Белка.

— Почему вдруг?

Мама посмотрела удивленно.

— Ну, не знаю. Тихо у тебя, как... Хоть телевизор бы включила. Ночные новости.

— А какие у них могут быть новости? — пожала плечами мама. — Всё одно и то же и ничего другого не будет. Этот «Титаник» сел на мель.

— «Титаник» налетел на айсберг, — напомнила Белка.

— Этот — сел на мель, — убежденно возразила мама. — Слишком мелкие цели у этого общества.

Постоянное чтение на иностранных языках приучило ее мыслить глобально по таким поводам, которые, по Белкиному убеждению, глобальных размышлений не требовали.

«Ну, я-то и сама новости не смотрю, — подумала Белка. — Нечего и другим навязывать».

Она вообще не смотрела телевизор. Не то чтобы принципиально, просто все, что по нему показывали, вызывало у нее ощущение такого убожества, на которое жаль тратить свою единственную жизнь. Мама, правда, не считает вот эту свою жизнь единственной, но с ее верой в бессмертие души тем более не обязательно тратить часть жизни, отведенную для пребывания в здешнем несовершенном мире, на просмотр идиотских телепрограмм, в которых взрослые люди переодеваются и кривляются, изображая зачем-то других взрослых людей, таких же неинтересных, как они сами.

Вообще, круг маминых повседневных занятий являлся таким точным воплощением ее личности, что этому можно было только позавидовать.

Она верила в Бога с той же естественностью, с какой верила в детстве, а потому ходила в церковь как по праздникам вроде Пасхи и Крещения, так и, в Белкином представлении, без всякого повода.

Она была убеждена, что культура — это лучшее из созданного людьми, а потому могла ни с того ни с сего отправиться в Пушкинский музей просто для того, чтобы освежить в памяти впечатление от картин Сезанна.

Она была милосердна до наивности и давала деньги бомжам, а также кормила всех окрестных собак и голубей, причем для голубей нарезала зачерствевший хлеб мелкими кубиками, чтобы им удобнее было клевать.

Она полагала, что человеческому разуму необходимо ежедневное усилие над собой, и ежедневно же читала на трех языках попеременно.

Белку ничуть не удивляло, что мама никогда не была замужем. Было бы удивительно, если бы она замуж вышла. Не потому, что мужчины не любят слишком умных женщин — Белка не была уверена, что главная черта, определяющая мамину жизнь, должна называться именно умом, — а просто потому, что в таком стройном, тонком, гармоничном мире, в каком жила она, места для мужчин не могло быть по определению. Уж Белка-то знала, что такое мужчины, поэтому представить кого бы то ни было из них рядом с мамой не могла.

— Надо тебе в Венецию съездить, — сказала Белка.

Непонятно, какая связь между «Титаником» и Венецией, но мама не удивилась.

— Я откладываю деньги, — кивнула она. — И, представь, именно на Венецию. Хотя и Париж, конечно, привлекает необыкновенно.

Белке стало стыдно за клятву, принесенную самой себе в самолете. Лучше бы маму поклялась в Венецию отправить, вот уж кому этот город необходим как воздух. Именно как воздух, правильная поговорка. Белка вообще не понимала, как мама прожила большую часть своей жизни в сознании, что ни Парижа, ни Венеции не увидит никогда. Хорошо, что теперь дело только в деньгах, и даже при том, что денег всегда не хватает, все равно хорошо.

— Только я не хочу ехать туда во время карнавала, — сказала мама. — Вряд ли он мне понравится.

Это-то понятно. Даже Белка при всей своей любви к гораздо более энергичному времяпрепровождению, чем мамино, терпеть не могла народных гуляний. Буйную толпу за плечами носить — сомнительное удовольствие.

— В октябре поедешь, — сказала она. — За лето как раз деньги соберем.

Хорошо, что мама не предложила поехать в Венецию вдвоем: такого глубокого погружения в высокую духовность Белка просто не выдержала бы. Ей было в мамином мире не по себе, и это еще очень мягко сказано. Стоило ей побыть рядом с мамой день-другой, как начинало казаться, что ее завернули в вату и положили в коробку до каких-то лучших времен, которые неизвестно когда наступят и наступят ли вообще. В такой коробке прошла и проходила вся мамина жизнь. При мысли о том, что подобное может произойти и с ее жизнью, Белку пробирала дрожь.

Словно догадавшись, о чем она думает, мама сказала:

— Ложись, Белочка. Тебе же завтра рано вставать.

Ни обид, ни упреков, ни сожалений хотя бы. И так всю жизнь. Все-таки Гоголь был не совсем прав — может, вообще-то на свете и не скучно жить, господа, но такую вот, как у мамы, жизнь проживать и скучно, и грустно, и очень печально.

Глава 3

На работу Белка явилась без опоздания.

Но Ленка все-таки ухитрилась ее опередить. Ее голос — с легкой хрипотцой, как колокольчик над дверью агентства, — Белка услышала сразу, как только вошла с улицы. Ей пришлось полминуты постоять перед тремя ведущими в комнату ступеньками, чтобы подавить в себе раздражение. Чем начальница вызывала у нее это неизменное чувство, Белка и сама не понимала. Обыкновенная бизнес-дама. Самоуверенная, самовлюбленная, ухоженная, категоричная — ну самая обыкновенная!

Когда Белка вошла в комнату, та разговаривала по телефону и не удостоила свою подчиненную взглядом. За три дня Белкиного отсутствия Ленка поменяла прическу, вместо непринужденно распущенных прямых волос появился сложный светлый каскад. Он переливался всеми оттенками стали и платины и всей своей виртуозной сложностью создавал ощущение еще большей непринужденности, чем прежняя стрижка.

Появились также новые очки в тоненькой, будто кисточкой прорисованной ярко-синей оправе. Если и были у мадам какие-то сложности со зрением — возрастная дальнозоркость, ехидно подумала Белка, — то явно не настолько серьезные, чтобы носить очки. И если она их время от времени все-таки носила, то только как дорогой и очень стильный аксессуар. Действительно стильный, тут возразить нечего.

Ее телефонный разговор состоял не столько из слов, сколько из командных интонаций и продлился еще полминуты, как раз пока Белка шла к своему столу.

— Наконец-то! — сказала Ленка, бросая трубку. — Я что, за всех работать должна?

— Нет, — пожала плечами Белка. — Сегодня выходной. Работать вообще никто не должен.

— Если тебе не нравится твой начальник, ты ведь можешь найти себе другого начальника, правда?

В чем Ленке не откажешь, это в умении сразу задать правильный вопрос.

Когда два года назад разразился экономический кризис, Белку уволили с работы. Та работа была по специальности, в довольно приличной психологической консультации, но сказать, что Белка ее любила, было бы сильным преувеличением. Точнее, полным враньем это было бы.

Еще на четвертом курсе универа она поняла, что психологом быть может, но не хочет. И работать в психологическую консультацию она пошла только потому, что надо же было где-то зарабатывать на жизнь. Не исключено, что она стала бы подыскивать себе другую работу — потихоньку, потому что взяла кредит на поездку в Америку и он съедал немаленькую часть ее зарплаты, а значит, к любым переменам следовало подходить с осторожностью... Но тут в мире разразился кризис, и Белку уволили в одночасье, без всякой осторожности. Вообще всех уволили, один только начальник остался — юридический адрес сторожить, как выразилась сотрудница, фамилии которой Белка теперь уже и не помнила.

Зато она отлично помнила, что в день того свалившегося как снег на голову увольнения сразу испытала ослепительное, словно вспышка новой звезды, облегчение — какое счастье, больше не надо ходить в дурацкую контору и заниматься какой-то бредовой мутью! — а вечером пришла домой и поняла, что... Что через неделю она должна была бы получить зарплату и деньги на жизнь тоже рассчитаны ровно на неделю, но теперь зарплаты не будет, и непонятно, на что жить по окончании этой недели, а мама наконец-то решилась сделать операцию на глазах, и они стали откладывать ее пенсию на эту операцию, но теперь, получается, и операции не будет тоже, а еще кредит этот, пропади он пропадом, но нет, он не пропадет... Размышляя таким образом, Белка медленно, как сомнамбула, вышла в кухню, достала из буфета банку сладкого какао и столовой ложкой, как кашу, съела его все, до донышка. Она никогда в жизни не ела растворимое какао ложкой, ей даже в голову не могло такое прийти.

Видимо, в тот вечер ее действия определялись не головой.

Белка запомнила это на всю жизнь. Весь этот убийственный алгоритм: ослепительное облегчение, скрип какао на зубах, пронзительный ужас.

И вот теперь она вдруг представила, как в ответ на Ленкин вопрос сообщает все, что о ней думает, а потом разворачивается на сто восемьдесят градусов, громко хлопает дверью, сбегает по трем ступенькам на залитую ярким апрельским солнцем улицу... Стоило ей это представить, как слюна ее стала сладкой и предвестье ужаса свело губы.

Начальница смотрела из своей синей оправы так, словно все это было написано у Белки на лбу. Белка даже головой тряхнула, чтобы прогнать наваждение.

— Я не собираюсь искать себе другого начальника, — сказала она. И, расслышав что-то жалкое в своем голосе, поспешно спросила: — Что надо делать, Лена?

В смысле, какого черта ты меня из Венеции сорвала?

— Уже ничего, — пожала плечами та.

— Как ничего? — не поняла Белка.

— Ничего особенного. Займись мистическими Пиренеями для Муравейского.

Муравейский являлся владельцем сети мелких продуктовых магазинов в райцентрах Нижегородской, не то Тамбовской области; Белка в такие подробности не вникала, потому что это не входило в ее обязанности. Видимо, дела в его магазинах шли хорошо, но не настолько, чтобы двигаться к новым свершениям, в связи с чем он не знал, куда себя девать. Только этим Белка могла объяснить то, что он увлекся мистикой катаров и прикипел душой к Пиренеям, по которым эти катары бродили в Средние века в поисках смысла жизни. Желая повторить путь средневековых мистиков, Муравейский и обратился в Ленкино агентство.

— Как Пиренеями?! — Белка все-таки не сумела сдержать возмущение. — Муравейский же только в конце июня туда собирается! А сейчас апрель, — неизвестно зачем напомнила она.

— И прекрасно, — усмехнулась мадам. — Успеешь гостиницы для него заказать и визу оформить.

Это было чистым, неприкрытым издевательством. Особенно учитывая, что все гостиницы на пути катаров Белка для Муравейского давно уже забронировала.

— Вы думаете, у него нет шенгена? — еле сдерживая ярость, процедила она.

— Вот и выяснишь, — отрезала Ленка.

«И для того я в шаге от Венеции развернулась?! — подумала Белка. — Для того билет меняла, свои деньги на это тратила?! Для того в выходные на работу притащилась?!».

Можно было сказать начальнице про давно заказанные гостиницы. Можно было напомнить, что шенгенская виза, даже если допустить, что у Муравейского ее почему-то нет, оформляется гораздо быстрее, чем за два месяца. Но зачем все это говорить? Ленкиными действиями руководит не логика, а одно только самодурство, которое она даже не считает нужным скрывать.

— Что еще? — изо всех сил стараясь не выплеснуть свою ярость прямо начальнице в лицо, спросила Белка.

— У тебя нет дел? — пожала плечами та. — Тогда новым клиентом займись. Он мне позавчера позвонил, хочет в Мексику на какие-то раскопки. Я такими вещами, между прочим, вообще не должна заниматься, но пришлось, ты же на отдыхе изволишь находиться. Его телефон у тебя на столе, я на календаре записала.

Кто этот новый клиент, чего именно он хочет, Белка спрашивать не стала. Все она выяснит сама, а эта стерва пусть поскорее исчезнет с глаз долой, больше ничего от нее не надо.

Судя по тому, что сумка уже висела у нее на плече, мадам действительно собралась на выход с вещами. Белка смотрела на нее исподлобья и ожидала, когда это наконец произойдет. Секунды такого ожидания превращались для нее в минуты.

— Все, — бросив в сумку телефон, наконец проговорила Ленка, — я...

Но тут раздался звон колокольчика, послышались шаги по трем ступенькам, дверь в комнату открылась, и вошел посетитель. То есть это Белка сочла его посетителем, однако тут же выяснилось, что ничего подобного.

— Что ты, Кирилл? — недовольным тоном, не здороваясь, спросила мадам. — Я к тебе уже выхожу.

— Пить захотелось, — тоже не здороваясь, ответил он. — Заодно взгляну, что за игрушку я тебе приобрел.

«Это я, что ли, игрушка?» — удивленно подумала Белка.

Кроме нее и Ленки в комнате никого не было, так что мысль была в общем-то здравая.

Но тут же ей пришла в голову еще более здравая мысль: что посетитель — это Ленкин муж, а игрушка — это ее туристическое агентство вместе с вот этим стильным помещением, которое он для нее приобрел и теперь решил обозреть.

— Ну, смотри, если хочешь, — недовольным тоном произнесла Ленка.

При самом беглом взгляде на ее супруга становилось понятно, что с такими мужчинами таким тоном вообще-то не разговаривают. На таких мужчин смотрят восхищенным взглядом, даже если никакого восхищения не испытывают. Хотя обычно испытывают, по меньшей мере из уважения к природе, создающей такие образцы.

На вид этому Кириллу было лет сорок пять. То есть не на вид, выглядел-то он гораздо моложавее, но его голос, тон, манера держаться, все свидетельствовало о той внутренней зрелости, которая, по Белкиным наблюдениям, раньше сорока пяти у мужчин не наступает.

К этому его важному внутреннему качеству прилагалась еще и выдающаяся внешность: высокий рост, не широкие, как у примитивного качка, а вполне гармоничные плечи, слегка серебрящиеся виски и, главное, то выражение глаз, без которого мужчина не может быть привлекательным для женщин, даже если обладает самой незаурядной внешностью. Глаза Ленкиного мужа были подсвечены самоиронией.

— А водички? — напомнил он супруге.

— В холодильнике.

Сотрудников в фирме было всего трое, поэтому кулера Ленка не завела — считала, что для чая гигиеничнее покупать воду в пластиковых канистрах, а для питья — в стеклянных бутылках. Мадам была рациональна. Впрочем, за год работы под ее началом Белка стала подозревать, что рациональность эта не простирается дальше бытовых мелочей.

Например, не очень понятно было, за счет чего получается прибыль у Ленкиной конторы. Белка не разбиралась в экономических тонкостях, но даже для нее было очевидно, что изысканные путешествия в поисках пиренейской мистики и мексиканских сокровищ не могут делать существование туристического агентства хотя бы не убыточным, особенно если располагается оно в таком центровом и дорогостоящем месте, как территория бывшей кондитерской фабрики «Красный Октябрь».

А вот оно, значит, в чем дело! Это, значит, нам игрушку такую супруг приобрел, и ни о какой прибыли речь не идет.

Пока Белка делала наблюдения и строила догадки, Ленкин Кирилл пил воду и разглядывал помещение. Ну и Белку заодно, вероятно, как деталь интерьера.

— А почему у тебя народ в субботу работает? — неожиданно спросил он.

Белка даже плечом передернула. Народ!.. Тоже мне, вождь какой выискался.

— А я правоверных иудеев на работу не нанимаю, — усмехнулась Ленка. — Шаббат у меня никто не справляет. Надо, значит, в субботу поработают.

— А надо? — поинтересовался ее супруг.

Смотрел он при этом не на жену, а на Белку. Но ответила, разумеется, жена.

— Они здесь не перегружены, — сказала она. — После работы прекрасно везде успевают. Вот я, например, не знаю, что сегодня в кино идет, а они — только спроси, без размышлений ответят. Как таблицу умножения.

— И что же сегодня идет в кино? — немедленно спросил он. — Я слышал, новый фильм братьев Коэнов. Говорят, интересно.

Белка не выдержала и фыркнула.

— Что, неинтересно? — тут же спросил он.

При этом он смотрел на Белку уже с таким очевидным вопросом во взгляде, что не ответить было бы просто неприлично.

— Скука смертная, — отрезала она. — На их фильм даже мухи не прилетят.

Он засмеялся и спросил:

— Как вас зовут?

— Белла.

Она ответила нехотя. Ей не нравилось знакомиться снизу вверх по вертикали.

Возможно, он хотел спросить что-то еще, но жена напомнила недовольным тоном:

— У меня ровно час. Мы не успеем.

И он ничего больше не спросил, а только посмотрел на Белку с живым интересом.

И с этим замечательным, да, просто замечательным интересом в глазах Ленкин муж вышел из комнаты.

Глава 4

Белка осталась одна. Делать было совершенно нечего. По-хорошему, надо было немедленно покинуть помещение и отправиться отдыхать, как и положено в законный выходной. Но за год работы она успела изучить свою прелестную начальницу, а потому была уверена: через час-другой дверь отворится и та явится в офис по какому-нибудь срочному делу, которое, разумеется, никак нельзя было отложить до понедельника.

Стервозность являлась главным качеством бизнес-леди Елены Мазурицкой, это Белка поняла уже давно. А теперь, когда увидела ее мужа, ей стало понятно, из чего эта стервозность проистекает. Наверняка Ленка именно с помощью этого своего качества заполучила такого привлекательного Кирилла в мужья, и не было у нее никаких причин для того, чтобы это свое качество менять. И вообще, когда ты как сыр в масле катаешься, то почему бы не позволить себе быть стервозной или глупой, или пошлой, или какой угодно еще? Почему не позволить себе любые черты характера, которые считаются отрицательными среди людей, не добившихся в жизни такого выдающегося положения, как у тебя? Ты заработала себе право быть такой, какой тебе нравится, и за это свое право ты глотку кому угодно перегрызешь.

«Я ей завидую? — удивленно подумала Белка. И себе же ответила: — Ни капельки! Но с удовольствием мазнула бы ее по носу, это точно».

Она уселась к компьютеру и быстро изучила, что интересного будет происходить сегодня на «Красном Октябре». Концерт терменвокса на крыше. Фотовыставка «Париж. 50-е». Уроки сальсы. Интересно, что такое терменвокс? Поиск показал, что это такой странный музыкальный инструмент, представляющий собою электронную струну и гудящий на разные лады, когда музыкант, как фокусник, водит над ним руками.

Белка решила, что на концерт терменвокса стоит сходить. Может, хоть это скрасит впечатление от бездарно проведенного выходного.

Прекрасное место, в котором располагалась Ленкина контора, было едва ли не главным, из-за чего Белка в ней работала. Она забыть не могла то ежедневное унылое чувство, которым сопровождалась ее студенческая жизнь.

Факультет психологии Высшей школы экономики располагался почему-то в здании бывшей средней школы в Выхино. От метро надо было ехать еще пару остановок автобусом или долго идти пешком через однообразные дворы спального района, в ноябре или в марте это было особенно приятно. Добираясь туда, Белка каждый день спрашивала себя, так ли уж ей необходимо высшее образование. Да, кстати, и высшее ли оно?..

А здесь, в сюрреалистичном заводском антураже, превращенном в антураж художественный — все, что отмечено подлинностью, легко преображается одно в другое, — она чувствовала себя как рыба в Москве-реке, на которой стоял «Красный Октябрь». И найти себе здесь вечернее развлечение было ей поэтому не сложно.

Выбрав на сегодня из всего предлагаемого терменвокс, Белка включила кофе-машинку. Выпила чашку кофе с золотой пеночкой. Побродила по сетям, интересуясь у друзей, кто из них сегодня готов идти вместе с ней на концерт. Откликнулись человека три, все остальные, наоборот, позвали ее на голографическую выставку в ЦДХ.

«Жизнь удалась, чё», — подумала Белка.

И в ту же минуту, как она это подумала, колокольчик над входной дверью угрожающе звякнул. Явилась платиновая красавица, не запылилась! Что ж, стоит порадоваться своей предусмотрительности. Но радоваться Белка не стала, а поспешно вывела на экран заблаговременно открытый сайт отеля в Пиренеях.

Она сидела спиной к двери, вглядываясь в экран и ожидая очередного начальственного распоряжения, которое, разумеется, будет отдано прямо с порога.

— А вы все-таки не ушли? — услышала она. — Непохвальное усердие.

Белка обернулась. Великолепный Ленкин супруг смотрел на нее, стоя в дверях.

— Почему же непохвальное? — поинтересовалась она.

— Потому что работы у вас никакой нет.

— А вы откуда знаете?

— Не трудно догадаться. Елена способна организовать только имитацию бурной деятельности. Для этого достаточно будних дней, нет никакой необходимости работать в выходные.

— И что? — усмехнулась Белка.

— И вы можете идти домой.

— Зачем?

— Что — зачем?

Ага, наконец он удивился.

— Зачем мне идти домой в Южное Тушино, если лучше посидеть на работе еще часок-другой, а потом провести вечер на «Красном Октябре»? В хорошей компании за веселыми занятиями.

Если не знаешь, что сказать, говори прямо. Белке было интересно, как он к этому отнесется.

Он расхохотался. Отлично! Этот Кирилл нравился ей все больше.

— Так вы из городских пижонов? — спросил он, отсмеявшись.

— Ну вроде, — согласилась Белка.

— Странно, что я сразу не догадался.

— А каким образом вы могли догадаться?

— Да хоть по прическе.

Прическа у Белки была в самом деле пижонская: стрижка под ежик. Для лета, она считала, самое оно: и не жарко, и с простенькими платьицами смотрится отлично.

— Почему вы улыбаетесь? — спросил Кирилл.

— Один мой приятель, когда я так подстриглась, спросил: «Ты прическу, что ли, поменяла?». Мы с ним двадцать лет знакомы, я за это время прическу меняла раз сто, но он впервые заметил.

— Я думал, это из анекдота, — сказал Кирилл. — А прическа вам идет не очень. Чересчур стильная.

— Ничего, — усмехнулась Белка. — Мне нравится, а вы привыкнете.

Все-таки ее задело его замечание. Она не любила нарочитой стильности, и неприятно, если ее прическа производит такое впечатление. Но, может, он просто хотел ее уесть. Тогда...

— Тогда, может, вместе куда-нибудь пойдем? — спросил Кирилл.

— Это например куда?

— Например, пообедать. Как раз время. И я проголодался.

Белка едва не спросила, не желает ли он пообедать с женой, но вовремя спохватилась, что задавать глупые вопросы не обязательно.

— Может, вам не понравятся места, где я привыкла обедать, — все-таки поддела она.

— А может и понравятся.

Нет, он определенно был стоящим товарищем! Во всяком случае, для того чтобы провести с ним час-другой за обедом. А дальше видно будет.

— Ладно! — весело сказала Белка; ей в самом деле стало весело. — Идем тогда к Боре.

Если он и насторожился, что еще за Боря такой, то не подал виду, а только сказал:

— Жду вас на улице.

Когда Белка, сообщив охраннику, что ее работа на сегодня завершена, вышла из здания, никакого Кирилла в обозримом пространстве не было.

«Это как же я так повелась?» — сердито подумала она.

Но оказалось, что подумала все-таки зря. Кирилл сидел в «Ауди» с распахнутой дверцей и пил воду из маленькой стеклянной бутылки. Он сам сидел на водительском месте, да и машина была приличная, не убогий буржуйский «Мерседес» с кучером в белой рубашке и не красный спорткар, свидетельствующий об истерически переживаемом кризисе среднего возраста.

— А мы никуда не едем, — сказала Белка. — Здесь все в двух шагах.

— Я почему-то так и подумал, — кивнул Кирилл.

Он бросил пустую бутылку на пассажирское сиденье, закрыл машину и полностью поступил в Белкино распоряжение — это было крупными буквами написано у него на лбу, щеках и губах.

Глава 5

За год работы на «Красном Октябре» Белка изучила его, как двор родной. Они с Кириллом прошли под низкой кирпичной аркой и оказались на маленькой площади, на которой раскинут был полотняный шатер. Мама рассказывала, что когда-то у ее отца, то есть Белкиного деда был летний чесучовый костюм, из которого бабушка сшила свое первое в жизни нарядное платье. При виде этого шатра Белка почему-то всегда про то платье вспоминала, хотя вряд ли владельцы замечательной летней кафешки «Фестиваль еды» слышали о таких старинных тканях, как чесуча или какой-нибудь бомбазин.

— О!.. — сказал Кирилл, когда Белка подвела его к шатру. — А причем здесь Боря?

Он явно обрадовался, что ему не предстоит обедать на сомнительном флэте у сомнительного же Белкиного приятеля.

— А Боря здесь живет, — объяснила Белка. — У вас будет возможность пообщаться.

Как только этот шатер раскинулся на «Красном Октябре», она сразу повадилась здесь обедать. Ей нравилось, как он внутри устроен — наподобие ландшафтного парка. Журчит по синим и зеленым камешкам ручеек, склоняются над ним две плакучие ивы, под ними стоят деревянные лавочки...

Столик под ивами был, к счастью, свободен. Это был любимый Белкин столик, и она немедленно за него уселась.

— А Боря вон там, — сказала она Кириллу, который присел было тоже. — За вон той дверью.

Поколебавшись, он все же отправился в дальний угол шатра, к двери, на которую указала Белка. Вскоре оттуда донесся его смех.

«Мне определенно нравится, как он смеется, — подумала она. — Это хорошо».

Почему хорошо, понятно: как бы она стала обедать с человеком, если бы он ей не нравился?

— Его тут что, для шашлыка держат? — спросил Кирилл, вернувшись за столик.

— Еще чего! — фыркнула Белка. — Если баран, так только на шашлык, что ли? Он добрый и интеллигентный. С ним здесь все дружат и играют.

— Вы часом не веганка? — поинтересовался Кирилл.

— Нет. И к тому же я не завтракала.

— Понял, — улыбнулся он. — Я хоть и завтракал, но тоже уже голодный. Наедимся до отвала.

Прелесть этого шатра заключалась в том, что здесь были представлены чуть ли не все кухни мира. Но только каждый день разные, и никогда нельзя было заранее угадать, какая будет сегодня. Белка была знакома с хозяевами и знала, что они нарочно делают из этого секрет, чтобы поддерживать среди посетителей интригу.

Сегодня предлагалось есть по-австралийски. С голоду переборщили — заказали по два горячих блюда. Съев страусиный стейк, Белка почувствовала, что насытилась, как удав. Она откинулась на спинку лавочки, чтобы отдышаться.

Вероятно, вид у нее от обжорства сделался чрезмерно вдохновенный, потому что Кирилл спросил:

— О чем это вы таком элегическом задумались?

Что он знает слово «элегическое», было отрадно; среди Белкиных знакомых мало кто знал, что оно означает. Она и сама узнала это только от мамы, случайно.

— Да ни о чем существенном, — ответила она.

— А например?

— Например, что пыль из Сахары летит через Атлантику и удобряет джунгли Амазонки. Без Сахары они, получается, рано или поздно зачахли бы.

— Возможно. Все в мире связано.

Он не выказал ни малейшего удивления ее размышлениями, хотя связь между объедками на ее тарелке и Амазонкой или Сахарой была, мягко говоря, неочевидна. Белку даже азарт взял: надо же, какой крепкий орешек, ничем его не прошибешь.

— Странно, что вы это понимаете, — заявила она.

— Почему странно?

— Потому что вы очень буржуазны.

— С чего вы взяли? — поморщился он.

Ага! Тебе, значит, неприятно считаться буржуазным. Интересно, почему?

— У вас дорогие часы, обувь и машина, — с невинным видом объяснила Белка. — Все, чему в буржуазной среде полагается быть дорогим.

Все-таки его было не пронять — на ее слова он только улыбнулся и сказал:

— Часы в буржуазной среде теперь уже допускаются дешевые, на пластмассовом ремешке. Такие даже в Музее современного искусства есть, в МоМА. Вы не видели?

— Видела, — буркнула Белка. — Я была в Нью-Йорке.

Воспоминание о поездке в Америку, вообще-то одно из лучших воспоминаний ее жизни, сейчас не порадовало: сразу же некстати вспомнилось, что до сих пор приходится выплачивать кредит, который, кажется, не уменьшается вовсе, и потому работать у супруги вот этого приятного собеседника, с которым они, как ни крути, не ровня.

«А вот и ровня! — словно себе назло, подумала Белка. — Он мужчина, я женщина. Социальное неравенство снимается за счет полового притяжения».

Насчет полового притяжения ясности не было, но злиться она перестала. Однако желание подразнить этого безупречного мужчину все-таки не прошло.

— А чем вы занимаетесь? — светским тоном спросила она. — Какой у вас бизнес?

— Почему обязательно бизнес? — пожал плечами Кирилл. — Я картины пишу, может быть.

— Не может этого быть, — усмехнулась Белка.

— Почему? Бывают же успешные художники.

— Успешные — это какие? — поинтересовалась она.

— У которых картины хорошо продаются.

— Ван-Гог к ним явно не относился.

— Если в этом смысле, то к ним и Рембрандт не относился, — улыбнулся Кирилл. — И Вермеер. Да и все кого ни возьми... У них были удачные периоды, но по-настоящему успешными они не были.

Улыбка у него все-таки неотразимая! И ничем его не проймешь.

— А какими же они тогда были? — спросила Белка. — Все кого ни возьми, вроде Рембрандта.

— Это мы с вами при случае еще обсудим.

— Когда посетим вместе музеи Парижа? Или Лондона?

Ну? Что он на это скажет?

— Можем на Волхонку сходить, — сказал он. — В Музей изобразительных искусств.

«На эпатаж не поддается, зря стараюсь», — поняла Белка.

Ей сразу стало легко. Собственно, ей с ним и с самого начала было легко, но теперь еще более.

— Сейчас модно заказывать картины бомжам, знаете? — сказал Кирилл.

— Не-а, — удивилась Белка. — Зачем?

— Можно получить пару-другую незаурядных работ. Больше вряд ли, но на два-три усилия хватает надорванного сознания. Оно может дать неожиданное художественное решение, — объяснил он.

С этим Белка была согласна. Но то, что кто-то додумался заказывать бомжам картины, почему-то показалось ей неприятным. Хотя что плохого? Те наверняка радовались легким деньгам.

— А вы такие картины видели? — спросила она.

— Видел, — кивнул Кирилл. — У моих друзей целая коллекция.

— И что на них?

— Например, морской пейзаж. Две линии — и полное ощущение моря. На берегу пальмы в виде листьев марихуаны. Броско и выразительно. А больше, собственно, от бомжей ничего и ожидать не приходится.

— Это почему же?

— Потому что без привычки к труду и внутреннего стержня художников не бывает.

— Ну, это как сказать… — протянула Белка.

— Да как ни говори, — отрезал Кирилл. — Только очень молодые люди полагают, что это неважно. А в более взрослом возрасте уже пора понимать, что без труда не выловишь и рыбку из пруда, и на психоделические грезы надеяться не стоит.

— Это почему же? — глупо повторила она.

— Потому что наркотические видения только кажутся разнообразными, а на самом деле они у всех одинаковые. Определяются не столько личностью грезящего, сколько химическим составом препарата.

— Из личного опыта? — поинтересовалась Белка. — Или вы врач?

— У меня околоврачебный бизнес, скажем так.

— Тогда вы в психоделических грезах не разбираетесь! — запальчиво заявила она.

Нашелся, в самом деле, адепт мистического опыта!

— Да ведь и вы тоже, Белла, — улыбнулся он.

— Почему это я не разбираюсь? — фыркнула Белка.

— Потому что не балуетесь наркотой.

— Откуда вы знаете?

— У вас прекрасный цвет лица. Хоть в самом деле портрет ваш заказывай.

— Бомжам?

— Я бы Рокотову заказал. Да он умер.

— Неужели?

— К сожалению. Или Гейнсборо. Но он тоже умер.

Тут Белка засмеялась.

— Что вы? — спросил Кирилл.

— Так. Вспомнила, — ответила она. — Мне один писатель знакомый рассказывал. Он в детской библиотеке выступал, в Смоленске, что ли, не то в Твери. Идет по коридору, навстречу девочка, в руках его книжку держит. Видит его, рот у нее открывается, и она говорит: «Ой, Иван Иванов! Вы живой?..» Он ей: «Живой, конечно, а что это ты меня похоронила?» — «А я думала, писатели все умерли...».

— Не все, но многие, — улыбнулся Кирилл. — Я бы даже сказал, большинство.

Когда он улыбался, на щеке у него появлялась ямочка. Только на одной, на правой. Это добавляло ему шарма. Плюс серебрящиеся виски, плюс самоирония во взгляде...

— У вас, я думаю, много денег, — сказала Белка. — И вы наверняка тратите их на женщин. А вот, например, вы могли бы купить женщине, которая вам понравилась, машину? Или лучше квартиру. Только не в Замкадье, а где-нибудь в старом Центре.

— Над этим надо подумать, — холодно ответил он.

Вот и отлично. Пусть думает. Если бы она мечтала стать цыпочкой для женатого папика, то давно бы ею была.

— Вы заплатите за мой обед? — спросила Белка, вставая.

— Да, — кивнул он.

— Спасибо за приятную компанию.

Она выбралась из-под ивы — склоненные ветки провели по ее ежику, будто погладили большой ладонью, — и пошла к выходу из шатра.

Глава 6

Апрель выдался — что твой июнь. И погодой, и, соответственно, настроением. На радостях от того, что дни стоят такие яркие, Белка проводила целые дни на воздухе. Ну, не целые, конечно, работать все-таки приходилось, но если брать то время, которое отводилось не работе, а жизни, то можно было считать, что она просто-таки переселилась на улицу.

Вернее, не на улицу, а в Парк Горького. Ах, какое это стало замечательное место! Белка и вообразить не могла, что в Москве может появиться нечто, похожее на нью-йоркский Центральный парк, который произвел на нее неизгладимое, но все же какое-то потустороннее впечатление.

И вот пожалуйста, теперь в этом нет ничего потустороннего: из Парка Горького исчезли шашлычники и убогие карусели, запестрели кресла для сидения на газонах и лежаки у воды, открылись во множестве симпатичные кафешки, в каждом своя забава, появились роликовые коньки... В общем, появилось все, что надо человеку для замечательного самоощущения — Белкиного любимого ощущения легкости, и беззаботности, и молодой своей беспечности. Потому что двадцать шесть лет это, безусловно, молодость, самая прекрасная ее часть, когда юношеская нервность уже позади, а позорное благоразумье, которого так боялся любимый Белкин поэт Маяковский, еще не наступило.

Впрочем, она была уверена, что у нее оно никогда и не наступит. Все в ее характере давало основание для такой уверенности.

А вообще-то ни о чем отвлеченном она в эти пре-
красные апрельские дни не думала. В частности, в этот
вот сегодняшний ясный день, в воскресенье.

Утром Белка посетила арт-рынок на Стрелке и купила себе там прехорошенькое летнее платье, которое
притом было не просто прехорошенькое, а замечательно
подходило именно ей — к ее высоким скулам, и к длин-
ным глазам, в точности повторяющим рисунок скул,
и к короткому ежику. Да, к ежику особенно подходило это
платье, потому что оно было все такое романтическое,
а ежик очень удачно вступал с романтикой в контраст,
и если бы не ежик, то Белка такие кружевца, как на этом
платье, пожалуй, и не выбрала бы. А к ежику — выбрала
и даже надела платье сразу же, благо было не просто
тепло, а жарко, и очень удобно было катить в голубом
кружевном платье на велосипеде по Парку, и чувствовать
свою молодость не просто так, не абстрактно, а подо-
швами крутящих педали ног...

— Да, мама, — ответила Белка, когда в ее наушниках раздался телефонный звонок. — Ехали медведи
на велосипеде!

Ей было невероятно весело, и она хотела, чтобы
мама узнала об этом немедленно.

— Беласька... — Мамин голос звучал так виновато,
что Белка сразу насторожилась. — По-моему, у меня опять
случился приступ.

— Что значит «по-моему»?! — воскликнула она. —
Случился или нет?

— Ну... да. Я даже упала...

— На улице?

— Нет, к счастью, дома. И упала почти на диван.

— Сильно ударилась?

— Рука побаливает.

Все понятно, рука, скорее всего, сломана. При возрастной маминой хрупкости и при том, что спазмы сосудов случаются у нее всегда неожиданно, не трудно догадаться, что означает ее «побаливает».

— А голова? — спросила Белка.

— Головой я не ударилась.

— Я сейчас приеду, — сказала она. — Если можешь потерпеть, то «Скорую» без меня не вызывай.

Вызывать «Скорую» без Белки просто не имело смысла: врачи в два счета внушили бы маме, что она совершенно здорова, падение ей померещилось, рука не сломана и даже не болит, и вообще, пусть она завтра сходит в травмпункт, там ей всё скажут. Это они уже проходили, и Белка давно уже дала себе слово, что в травмпункт она больше ни ногой.

Велосипед был прокатный, и его пришлось сдать. Хорошо бы вся Москва была одним сплошным Парком Горького, но, к сожалению, это не так.

Белка вызвала к выходу из парка такси: в воскресенье, почти без пробок, добраться на нем с Крымской набережной до Тушина можно было быстрее, чем на метро.

Таксисту она велела подождать у подъезда и правильно сделала: одного взгляда на мамину руку было достаточно, чтобы опознать перелом, да еще, может, со смещением. Рука опухла в запястье и выглядела какой-то перекрученной.

— Едем в Склиф, — сказала Белка. — Можешь не одеваться, на улице тепло.

Мама всегда считала, что домашняя одежда отличается от не домашней лишь несколько большим удобством, выглядеть же должна так, чтобы в ней не стыдно было показаться на людях. В соответствии с этим своим представлением она всегда и одевалась дома. Кажется, так приучил ее отец. Этого Белка, правда, не могла утверждать с уверенностью, потому что дед умер до ее рождения и то, что мама о нем рассказывала, она слушала вполуха, как слушаешь все, что относится к незнакомым людям.

— Зачем же сразу в Склиф? — возразила мама, впрочем, довольно робко. — В самом деле почти не больно, и потом, на «Скорой» опытные врачи...

Терять время на споры Белка не стала.

— Поехали, ма, такси ждет, — поторопила она. — Помнишь, что в приемном говорить? Что упала у них на ступеньках.

— Но почему бы я вдруг оказалась на ступеньках Склифа?

Этого Белка уже не слушала — пересчитывала деньги в кошельке и прикидывала, у какого банкомата остановиться по дороге, чтобы снять еще.

Дальше все пошло именно так, как она и предполагала, и непонятно было, надо этому радоваться или на это досадовать.

Оказалось, что перелом все же без смещения — этому, конечно, следовало порадоваться. Но оказалось также, что хоть обезболивающее и нашлось, как только медсестре в травматологии была выдана порция денег, однако нормального гипса нет даже за деньги, поэтому придется накладывать точно такой, как при советской власти, а что он неподъемный и рука в нем немеет, так это, девушка, ничего страшного, в наше время другого и не было, и никто не требовал, а теперь все умные стали... И тут радоваться было, конечно, нечему. Оставалось только надеяться, этот дурацкий гипс хотя бы наложили так, что рука срастется правильно.

Надежда была не призрачной: Белка видела, что у врача, несмотря на его равнодушный взгляд, каждое движение отмечено доведенной до автоматизма точностью.

— Ничего особенного вообще-то, — заметил этот врач, когда мамина рука превратилась в большую белую колоду. — Могли бы и в обычный травмпункт сходить.

Мама покраснела от стыда за свой назойливый визит.

— В травмпункт мы однажды уже ходили, — сказала Белка. — Потом два раза пришлось руку ломать, чтобы правильно срослась. Второй раз, между прочим, у вас здесь ломали.

Она положила перед ним на стол купюру. Врач не торопясь спрятал деньги в карман, потом записал что-то на бумажке и протянул ее Белке.

— Через неделю позвоните по этому номеру, — сказал он. — Закажете немецкий гипс. Принесете сюда, я вам заменю.

Похоже, дело было даже не купюре, а в том, что ему было просто неприятно, что пришлось сделать свою работу хуже, чем он мог бы. За это Белка и уважала Склиф. Жаль только, наведываться сюда приходилось чаще, чем хотелось бы.

Домой доехали быстро: из-за неожиданной апрельской жары город опустел.

— Как на улицах свободно, — сказала мама, входя в квартиру. — А говорят, будто везде сплошные пробки.

О пробках она знала только понаслышке, потому что в издательство, где брала книжки для перевода, или в театр, или в музеи ездила на метро.

— Просто в воскресенье все по дачам разъехались, — объяснила Белка.

— Как все-таки жаль, что у нас дачи нет, — вздохнула мама. — Тебе хорошо было бы летом.

— Да ну! — фыркнула та. — Что бы я там стала делать? Грядки копать, огурцы сажать?

— Ну почему обязательно грядки? — возразила мама. — И огурцы сейчас, мне кажется, никто уже не сажает. Только цветы и газон.

— Газон косить надо, а цветы каждую весну заново высаживать, они за зиму дохнут. И вообще, я все эти дачи терпеть не могу. Что там делать? Скука смертная.

— Вот и папа мой то же говорил, — улыбнулась мама. — Сколько раз ему на работе предлагали дачный участок, даже в Малаховке, он всегда отказывался.

— А вот в Малаховке дачку иметь неплохо бы, — заметила Белка. — Мы б ее сейчас сдавали и жили бы, как короли.

— Тогда об этом не думали, — вздохнула мама. — Люди были совсем другие.

— Знаю, — хмыкнула Белка. — В коммуналке все были добрые и душевные. Только гвозди друг другу в суп почему-то сыпали.

— У нас никто ничего друг другу в суп не сыпал. — Мама даже возмутилась — немножко, насколько могла она возмущаться. — Было, конечно, тесно, но все друг другу помогали. Можно было ребенка оставить, и за ним обязательно присмотрят. И за чужим супом, кстати, тоже.

— Сколько нас там человек в одной квартире жило? — спросила Белка.

— Двадцать.

— Ужас какой!

— Да, по утрам в уборную, конечно, была очередь. И в кухне по вечерам толкотня, когда все ужин после работы готовили. Но все-таки там было хорошо.

— Если что там и было хорошо, так только местоположение, — отрезала Белка. — Молчановка — это тебе не Тушино паршивое. И как вы только согласились переселяться!

— Нас никто не спрашивал, — пожала плечами мама. — Дом на выселение поставили, всем квартиры дали. Спасибо и на том.

— Да уж, большое им спасибо! За Тушино. А в Доме вашем со львами, зуб даю, сейчас элитное жилье.

— Наверное.

Мама рассеянно улыбнулась. Несправедливость казалась ей неотъемлемой частью жизни. Белке так не казалось, но что-либо поделать с несправедливостью, совершившейся больше двадцати лет назад, она все равно уже не могла. Так что, может, мама и права, что не возмущается без толку.

— Папа мой тоже всегда возмущался, если что-то не так, — сказала та. — Если что-то несправедливо, неправильно устроено. Ты в этом смысле в него.

— Может быть, — пожала плечами Белка. — А какая разница? Я его даже не видела ни разу.

Она не понимала обожаемых разными бабушками разговоров про «ушки как у дедушки, носик как у троюродной тетушки», просто не видела в них смысла. Ну, любил, предположим, ее дедушка гречневую кашу, и она любит, и дальше что? Какую пользу приносит это сакральное знание?

— Счастье, что все так благополучно обошлось, — сказала мама.

— Что обошлось? — не поняла Белка. — Переселение в Тушино?

— Мой перелом. Печатать можно одной рукой, так что работе он не помешает. И готовить тоже одной рукой приспособлюсь. Да и сколько я готовлю, ты же ешь как птичка.

Что она ест не как птичка, а просто не дома, Белка объяснять не стала. Зачем? Она вообще старалась не перегружать маму излишними сведениями о себе. Не потому что делала что-то непотребное, а потому что все составлявшее образ ее жизни было маме чуждо и непонятно, а значит, Белка считала, и не нужно. Меньше знает, крепче спит.

Делать дома было больше нечего. Правда, и от выходного осталось уже всего-ничего, и скоро стемнеет, на велосипеде особо не покатаешься, но это не повод провести весь вечер в квартире, слушая наводящие скуку разговоры про волшебную коммунальную жизнь. Белка от таких разговоров всегда бежала куда глаза глядят, и сегодняшний вечер не должен был стать исключением.

Глава 7

Она выскочила из дому, так и не придумав ничего интересного на остаток вечера. Даже когда ехала в метро, то еще не знала, на какой станции выйдет. И на Пушкинской поднялась вверх лишь по инерции, и по инерции же пошла по Тверскому бульвару к Никитским воротам.

Просто она любила Тверской бульвар. И Никитский тоже, и Гоголевский — все она любила бульвары. Особенно в такой вот прозрачной листвяной дымке, которая окутывала их сейчас. Можно было бы сказать, что ей хорошо думается, когда она бредет по бульварам без цели, но это было не совсем так.

Не размышлением называлось то состояние, в которое она сейчас погрузилась. Мелькали в голове воспоминания, и не о событиях, а так — об огнях Манхэттена, когда смотришь на него через залив, и о капустных огородах под крепостными стенами Люксембурга, и о крышах Иерусалима, по которым она гуляла на закате...

Белка тряхнула головой. Что-то чересчур она задумалась! Так и под машину недолго угодить.

Она подняла голову. Прямо перед ней, через неширокую улицу, высился тот самый дом, о котором они только что говорили с мамой — Дом со львами.

Вот это да! Ей-богу, ноги сами привели ее на Малую Молчановку, у нее и в мыслях не было совершать элегическое путешествие в собственное прошлое. Во-первых, ее тошнило от всякой элегичности, а во-вторых, ее не могло сюда тянуть хотя бы потому, что она просто не многое помнила из тех времен, когда жила в этом доме. Ну, львов у подъезда помнила, конечно. Главным образом из-за того, что вредная соседка, жившая в комнате рядом с кухней, пугала ее, что будто бы эти львы по ночам оживают и запрыгивают в окна к детям, которые не пьют молоко с пенками. Жили они на шестом этаже, но Белке было тогда четыре года, поэтому во львов, запрыгивающих ночами в окна, она поверила безоговорочно. А когда ей исполнилось пять лет и бояться всяких глупостей она перестала, то из Дома со львами их с мамой переселили в Тушино.

И ровно с тех самых пор она этого дома не видела. Малая Молчановка не лежала на столбовых дорогах ее жизни. Хотя эта улица и находилась в самом центре, рядом с Новым и Старым Арбатом, но ничего оживленного на ней не располагалось, а значит, делать Белке здесь было нечего.

По этой простой причине она и увидела Дом со львами впервые за двадцать с лишним лет.

Новым оказалось то, что вместо прежнего низенького штакетника Дом был обнесен высокой кованой решеткой. Удивляться нечему: ясно же, что теперь это строение не предназначено для простых смертных, и без ограды, значит, никак.

Белка подошла к решетке поближе, почти что голову сквозь металлические прутья просунула. Когда еще она здесь окажется, интересно же.

Львы у входа были отреставрированы, и к тому же в лапах у них появились щиты с какими-то непонятными письменами. Но все-таки это были те самые львы, Белка убедилась, что отлично их помнит. И ступеньки, ведущие в подъезд, помнит, оказывается, и арочное окно на шестом этаже... Она удивилась, как странно отозвалось в ней все это — сердце вздрогнуло. В самом деле странно! За все последние двадцать лет, во всяком случае, за сознательную их часть, Белка не вспомнила про Дом ни разу, за это она могла поручиться. А тут вдруг...

Она стояла у решетки, смотрела на львов и арочное окно, и что-то непонятное происходило в ее душе.

Дверь подъезда открылась, и из Дома вышел Кирилл Мазурицкий. Решетка стояла так близко к подъезду, что Белка, можно сказать, столкнулась с ним нос к носу. Она оторопела. А он, похоже, нисколько.

— Здравствуйте, — произнес Кирилл. — Остается только сказать банальность: мир тесен.

Белка даже банальность сказать не могла — у нее просто рот открылся от изумления.

Впрочем, она была бы не она, если бы изумлялась слишком долго. И чему, собственно, изумляться? Любой состоятельный человек вполне может жить в Доме со львами. Вот он и живет.

— Здравствуйте, — произнесла она в ответ; невозмутимый тон все же дался ей не без усилия. — Вы живете в этом Доме?

— Не совсем.

Интересно, что значит в данном случае «не совсем»? Живет в подъезде на коврике?

— У меня здесь квартира, — словно угадав ее вопрос, объяснил он. — Но я в ней еще не жил. Вот только что впервые вошел в нее как владелец.

Белке показалось, что при этих словах в его голосе прозвучало что-то вроде недоумения.

«Неужели это правда?» — словно бы спросил он сам себя с детской какой-то растерянностью.

Ей вдруг стало его жалко. Она и представить не могла, что этот уверенный, ироничный и самоироничный человек может испытывать растерянность.

Нет, все-таки это была не жалость, то, что она к нему сейчас почувствовала. Но приязнь точно.

— Так это же хорошо, — сказала Белка. — Квартиры здесь огроменные! Двадцать человек можно в каждой разместить.

— А вы откуда знаете?

Растерянности в его голосе больше не слышалось. Взял себя в руки.

— Приходилось бывать.

Белка чуть не сообщила, что в этом доме прошло ее раннее детство, и именно в компании двадцати человек, но решила, что знать о ней какие бы то ни было подробности ему не обязательно.

— Давно? — спросил он.

— Давненько, да, — усмехнулась она.

— Собственно, это неважно, когда. В любом случае вы просто обязаны дать мне совет!

Можно было, конечно, сказать, что ничего она ему не обязана и что страна советов давно уже в бозе почила. Но разводить такие разговоры в ответ на самую обыкновенную фигуру речи было бы занудством, чтобы не выразиться покрепче.

— А какой совет вам от меня нужен? — спросила Белка.

— Может быть, мы поднимемся в квартиру? — предложил он. — И я вам на месте изложу свои сомнения.

— Ну давайте, — пожала плечами Белка. — Отчего не подняться?

— Спасибо!

Он открыл перед ней калитку, и она вошла в пределы Дома.

В подъезде все показалось ей знакомым тоже. Как львы у входа и арочное окно — все вычищено, вылизано, обновлено, но по сути, как ни странно, не изменилось. Белка с трудом могла бы объяснить, что значит «по сути», но ощущение было именно такое, и даже сверхновый, как звезда, бесшумный лифт, вознесший их вверх, не изменил этого ощущения.

Она вышла из лифта и поняла, что стоит перед дверью своей квартиры. То есть с чего вдруг своей, она давно уже не считала ее своей, да она за двадцать лет ни разу о ней даже не вспомнила! Но сейчас, вот в эту минуту, испытала что-то такое ошеломляющее, такое небывалое, от чего у нее занялось дыхание.

— Понимаете, — сказал Кирилл, отпирая дверь, — квартира мне досталась уже с дизайнерской отделкой. Затевать ремонт — глупая расточительность. Но сказать, что мне все это нравится...

Они вошли в квартиру, и Белка сразу поняла, о чем он говорит.

— Да-а... — насмешливо протянула она. — С таким же успехом можно было зубоврачебный кабинет приобрести.

Для проживания, во всяком случае, зубоврачебный кабинет сгодился бы в той же мере, что и данное помещение.

Комната, в которую они вошли из коридора, белела всеми своими стенами, и нишами в стенах, и диванами, и шкафами — всей собою, если не как стоматология, то как чертог Снежной королевы.

— Не расстраивайтесь, — сказала Белка. — В этой комнате и раньше что-то такое было. Я сама не помню, но мама рассказывала. Здесь одна смешная тетка жила, у нее вся мебель была в белых чехлах. Всегда. Зачем, никто не понимал. Ну, хоть когда-нибудь чехлы же снимают, — объяснила она. — Хоть для гостей, что ли. А иначе зачем под ними мебель прятать, для чего ее сохранять-то?

— Вы жили именно в этой квартире? — спросил Кирилл.

— Ага. Только мы уже сто лет назад отсюда выехали.

— А до этого сколько жили?

— Понятия не имею, — пожала плечами Белка. — Тоже лет сто, может. Бабка моя в войну здесь жила точно.

— Как это странно... — задумчиво проговорил Кирилл.

Белке тоже все это казалось странным. Более чем! Но она не хотела с ним это обсуждать. Опасливое недоумение, которое она чувствовала, не подлежало обсуждению, тем более с посторонним человеком.

Он смотрел на нее внимательно и задумчиво. Как будто прикидывал что-то про себя. Ее смущал его взгляд, хотя она всегда была уверена, что смутить ее невозможно.

— Вам не нравится, что здесь все белое? — спросила она, чтобы как-то увернуться от этого взгляда и от этого направленного на нее внимания. — Ну, повесьте тогда картины. Или не знаю что... Ковры!

— А помните, вы ужасно старались смутить меня своим нахальством? — спросил он.

Конечно, она помнила.

— Нет, — сказала Белка. — Каким это нахальством?

— А давайте я отвечу вам тем же?

Что можно было на это сказать?

— Попробуйте, — усмехнулась она.

— Оставайтесь здесь. Все это на меня свалилось слишком неожиданно, и я никак не соображу, что с этим делать. А с вами мы это живо решим. Вы же сами

спрашивали про квартиру для понравившейся мне девушки. Вот она, эта квартира. Оставайтесь здесь, Белла.

— Я вам, значит, понравилась?

Она не была бы собой, если бы не спросила!

— Да, — кивнул он.

Кивнул с таким выражением, как будто она поинтересовалась, пьет ли он кофе по утрам, или чем-нибудь
еще в таком роде. Чем-нибудь само собой разумеющимся.

— А что значит «оставайтесь»? — не унималась
Белка. — Вы меня здесь запрете, чтобы я размышляла
над обустройством вашего быта?

— Я вас не запру. — Кирилл улыбнулся. С ума сой-
дешь от такой ямочки на щеке! Впрочем, Белка с ума
сходить не собиралась. — Вы просто поможете мне понять, можно ли сделать все это приемлемым для счастья.

Никогда в жизни Белка не оценивала что-либо
в таких категориях, как приемлемость для счастья. Она
была уверена, что счастье возникает у человека внутри
и любые внешние обстоятельства мало чем могут помочь
в его возникновении. Хотя помешать могут, конечно.

«А жену свою ты об этом не хочешь расспросить?» —
вертелось у нее на языке.

Но задавать этот вопрос она все же не стала. Мысль
о его жене была ей неприятна — вызвала невольное
злорадство, и это оказалось не самое радостное чувство,
как Белка неожиданно поняла.

Она не знала, что ему сказать. Она ощущала силь-
нейшее смятение. Может быть, эти стены пробудили
в ней то, что духовозвышенные люди называют бурей
чувств, и Кирилл просто попал в сердцевину этой бури?

Как бы там ни было, губы ее застыли, будто при-
морозились, и так же застыл взгляд, направленный
на его лицо.

«Он обаятельный, — в этом своем смятении подумала Белка. — Ну и что?».

Ей не нравилось, категорически не нравилось, что какой-то совершенно посторонний, да что посторонний, просто чужой человек вызывает у нее такие странные чувства! Она не знала, что с ними делать.

Ей показалось, что и он тоже не знает — растерянность мелькнула в его глазах. Но не прошло и мгновения, как он сделал шаг, потом еще один, и Белка поняла, что его руки уже касаются ее плеч. И касаются, и обнимают, и притягивают к себе. И у нее голова от этого кружится, ей приятны прикосновения его рук, его щеки с ямочкой — к ее щеке, его губ — к ее губам...

Да, уже в следующую минуту они самозабвенно целовались, и понятно было, что это нравится обоим.

— Неожиданно все это, — сказал Кирилл, отрываясь от Белкиных губ.

— Точно, — согласилась она.

Как быстро, как непредсказуемо меняются чувства, когда ими руководит взаимное влеченье! Смятение прошло, странность прошла, смущение прошло — Белка и Кирилл смотрели теперь друг на друга с одним лишь весельем. У него веселье прямо-таки выпрыгивало из глаз чертиками, которые проваливались потом в эту его замечательную ямочку на щеке. Как обстоит дело с ее собственными глазами, Белка, разумеется, не видела, но могла предположить, что в них веселые чертики пляшут тоже.

И это было достаточной причиной для того, чтобы они оказались рядом с белым диваном, стоящим в белом алькове, и принялись раздевать друг друга нетерпеливо и неторопливо. Да, неторопливость удивительным образом была частью их общего нетерпения.

Диван раздвигался каким-то хитрым способом. Белке пришлось подождать, пока Кирилл разберется, как это сделать. Ей даже холодно стало, потому что ее кружевное платьице уже валялось на полу рядом с его брюками и рубашкой. Но вот он наконец разложил диван, и ей сразу же перестало быть холодно.

Он оказался очень приятным наощупь — не диван, а Кирилл. Он будоражил, волновал, в нем было обещание: ничего не кончится, дальше будет только лучше!

Кирилл лег на спину и посадил Белку себе на живот. Это ей понравилось, а он как будто бы и знал, что ей это понравится.

Ему же самому это не просто нравилось, а доставляло, кажется, огромное удовольствие. Живот его вздрагивал между Белкиными коленями, под всем ее телом. Каждому ее движению Кирилл отвечал каким-нибудь своим движением.

Она много знала о мужчинах, об их тайных желаниях и явных стремлениях, и это знание давно уже преобразовалось в ней таким образом, что ей не приходилось задумываться, что им понравится или не понравится в любом ее поступке, движении, улыбке, поцелуе. Она понимала все это легко, без размышлений и сомневалась даже, должна ли такая ее догадливость называться интуицией. Интуиция казалась ей чем-то более тонким, сложным и трудноуловимым, чем то простое понимание мужской природы, которое она за собой знала.

Как ни называй, а сейчас это понимание ее не подводило. Еще при первом взгляде на Кирилла Белка поняла, что он представляет собой замечательный мужской образец — слово «особь» казалось ей в данном случае грубоватым, — и вот теперь, когда жизнь так неожиданно свела ее с ним поближе, она давала ему все, чего может желать такой мужчина, какого она сразу в нем угадала.

Она подчинялась всему, чего он хотел, и сразу же требовала от него немножко больше, чем он мог, вернее, думал, что может.

Она изматывала его своей требовательностью — и вдруг отдавалась ему с ничего не требующей готовностью на все.

Она свивала в себе силу и слабость воедино — и дразнила его прихотливостью перемен, которые заключались в таком единстве противоположностей.

Она оказывалась то над ним, то под ним, и каждый раз ее положение менялось неожиданно, и каждый раз это доставляло ему видимое наслаждение, и не меньшим наслаждением это было для нее, а может, и большим даже.

Она обхватывала его шею то руками, то ногами и по страстному сверканию его глаз видела, как нравится ему эта чувственная акробатика, и слышала это в прерывистом его дыхании.

Она довела его до сильнейшего удовольствия так, что он не заметил, каким образом это произошло, а если и заметил, если замечал каждый новый ее шаг, то что ж, значит, его удовольствие было более длительным — растянулось в целую цепочку удовольствий.

И вот они впились наконец друг в друга разгорячившимися телами, и вместе вскинулись, и опали, как парашют, который медленно опускается с неба на землю, на сладкую зеленую траву, в густые цветочные сплетенья...

— Это было очень хорошо, — сказал Кирилл. — Я такого не ожидал. Спасибо тебе.

— Это было взаимно хорошо, — уточнила Белка. — Так что и я тебе тоже весьма признательна.

Слишком выпячивать именно свою заслугу сейчас не стоило, так она понимала отношения с Кириллом.

«У нас уже есть отношения? — с медленным, ленивым удовольствием подумала она. — Да. И, похоже, очень приятные».

Ее голова лежала у Кирилла на руке, а в голове покруживалось, как будто Белка выпила бокал шампанского.

— Мне нравится, что это произошло именно здесь, — сказал он.

В голове у нее сразу же прояснело. Он не сказал ничего особенного — вся обстановка в самом деле располагала к тому, чтобы проводить здесь время самым замечательным образом, и Белка встрепенулась не потому, что это вызывало у нее возражения. Но от того, что он напомнил, где именно она сейчас находится, сознание ее снова вернулось к тому состоянию, в котором она какой-нибудь час назад увидела перед собою Дом со львами и Кирилла на его пороге, и дверь квартиры, в которой прошли давно забытые детские годы...

Это состояние напоминало настороженность, почти опаску, и Белка даже понимала, отчего такая опаска возникла.

Она терпеть не могла рассуждений из той области, которую называла эзотерикой для бедных. При том образе жизни, который она вела, различных на всю голову бедных ей встречалось немало, Белка распознавала их за версту.

Один ее приятель, например, когда накрывал унитаз крышкой, то объяснял это не простой гигиенической привычкой, а тем, что в противном случае в унитазе не сохранится энергия ци. Ну и что это есть такое? Эзотерика для бедных — еще очень мягко сказано.

Белка всегда над подобным смеялась. Но вот теперь, лежа на Кирилловой руке, которая так неожиданно оказалась у нее под головой, она ясно чувствовала, что все произошедшее сегодня не могло быть пустой случайностью.

Не случайность привела ее к Дому, которого она двадцать лет не видела и в голове даже не держала. Не случайность подняла на шестой этаж, к той самой двери, за которой осталось ее детство. Тогда, получается, не случайность в ее жизни и Кирилл?..

Эта мысль, которую Белка уловила в своей голове еще в ту минуту, когда увидела его выходящим из Дома со львами, и вызывала у нее теперь, самое малое, настороженность.

Она совсем не была уверена, что ей хочется с ним какой-то судьбы, а между тем судьба во всем происходящем прослеживалась определенно.

— Дом, конечно, замечательный, — сказал Кирилл. — Квартира тоже. Даже учитывая некоторую чрезмерность дизайна. И, главное, это дареный конь, которому, как известно, в зубы не смотрят.

— А кто тебе эту квартиру подарил? — с интересом спросила Белка.

Вопрос был, конечно, бесцеремонный, но она обрадовалась, что простой житейский интерес выгнал из ее головы малопонятные размышления о судьбе.

— Отец, — ответил Кирилл. — Это запутанная и довольно глупая история. Они с мамой расстались, когда мне было три года. А мама у меня человек своеобразный. Упрямый, проще говоря. Ну и уверила себя, что отец ее оскорбил смертельно, бросил с ребенком...

— А это не так? Он ее не бросил с ребенком? — усмехнулась Белка.

— Это не совсем так, — объяснил Кирилл. — Ее он бросил, да, но ребенка бросать совершенно не собирался. Наоборот, мечтал быть заботливым отцом, делать сыну подарки, проводить вместе выходные и все такое прочее.

— А она разрешала ему общаться с тобой два часа в неделю в ее присутствии.

— Не совсем так, но почти.

— У тебя было нервное детство.

— Пожалуй. Причем по непонятной мне причине. Но как бы там ни было, это давно в прошлом. Отец живет в Канаде, у него процветающий бизнес, в свои семьдесят лет он бодр и свеж. И решил подарить мне квартиру, которую купил когда-то перед отъездом из Москвы. Тогда деньги здесь были шальные, вывезти их все в Канаду он не смог, ну и решил вложить в московскую недвижимость.

— Правильный у тебя отец, — одобрила Белка. — То есть подарок он тебе сделал правильный.

— Да вот не знаю! — засмеялся Кирилл.

— Что не знаешь? — не поняла она.

— Не знаю, как этим подарком распорядиться. Это мне напоминает одну историю, которую я тебе хотел бы рассказать. Просто чтобы ты понимала, что я имею в виду.

— Давай, — кивнула она. — Рассказывай. Я вся внимание.

Чтобы их общение было похоже на разговор, а не на томный отдых после секса, каковым оно до сих пор являлось, Белка оторвала голову от его плеча и уселась рядом, завернувшись в белую тканую накидку, которую стянула с кресла. По лицу Кирилла при этом промелькнуло что-то вроде разочарования. Надо полагать, ему она больше нравилась голой, но ничего, потерпит.

— История вообще-то смешная, — сказал он. — Произошла с одним моим приятелем, журналистом.

Его Юмашев время от времени просил писать речи для Ельцина. Ну, не то чтобы речи, для этого посерьезнее люди были, но тексты для коротких выступлений.

— А кто такой Юмашев? — перебила Белка.

Кирилл посмотрел на нее с удивлением, потом улыбнулся.

— Я забыл про твой возраст, — сказал он. — Ты всего этого просто не помнишь. Юмашев сначала был журналистом, потом стал главой администрации Ельцина и любовником его дочки Тани. Потом — ее мужем.

Еще бы ей не хватало интересоваться, как звали любовников президентских дочек! Хорошо, что она хотя бы Ельцина по фамилии помнит. И возраст тут совершенно ни при чем, просто даже Марс находился ближе к Белкиной жизни, чем политика.

— И что с твоим приятелем случилось? — напомнила она.

Все-таки Кирилл умел интриговать. Ну какое ей, казалось бы, дело до его приятеля? А вот поди ж ты, интересно.

— Написал он однажды какую-то почеркушку для Ельцина, сказал ему за это Юмашев большое человеческое спасибо и подарил бутылку виски. Он страшно возмутился, всем потом рассказывал: надо же, бутылку сунули, как сантехнику какому-нибудь!

— Правильно возмутился, — согласилась Белка. — Гонорар надо платить, а не бутылки советские.

— Скорее, привычки советские, — возразил Кирилл. — Виски как раз было шотландское. Приятель дома в бар его поставил, хотел при случае с гостями употребить, но потом благополучно про него забыл. А через три года оказался случайно на какой-то очень пафосной банковской вечеринке. И гостей там развлекали презентацией коллекционного алкоголя. Наливали не из каждой бутылки, больно дорого, но каждую показывали: это, мол, вино такое-то, это коньяк такой-то — может, кто купит сдуру. И вдруг видит он среди прочих раритетов знакомую бутылку. Подошел, разглядел поближе — ну точно, его виски гонорарное! Он к специалисту, который презентацию проводил: а вот мне именно такую бутылочку друзья преподнесли, так не подскажете ли, сколько она может стоить? Тот смотрит на него как на умалишенного и осторожно так замечает: видимо, ваши друзья очень вас любят. Это почему вы так решили? — спрашивает мой приятель. А потому, — объясняет ему специалист, — что бутылочка такая стоит пятьдесят тысяч долларов. Приятель думал, разыгрывает. Какое! Каталог аукционный ему предъявили. Точно, пятьдесят тысяч долларов, все нули отчетливо прописаны. Так что у вас, — говорит специалист по алкоголю, — есть теперь замечательный выбор: или продать это виски на аукционе, что нетрудно сделать, поскольку количество таких бутылочек ограничено и они пользуются большим спросом, или выпить содержимое и потом всю жизнь гордиться, что вы пробовали виски за такую цену. В общем, сообразил мой приятель, что бутылочку эту, по всей видимости, преподнесли за что-нибудь в благодарность Таниному папе, а она, когда с журналистом надо было рассчитаться, просто взяла из бара что под руку попалось и Юмашеву отдала.

— И что твой приятель с этой бутылкой сделал? — с живейшим интересом спросила Белка.

— А ты что бы сделала? — с не меньшим интересом переспросил Кирилл.

— Выпила бы точно!

— Счастливый ты человек, — усмехнулся он. — А вот мы с моим приятелем не родились такими счастливцами. Он насчет виски до сих пор сомнениями терзается, а я теперь насчет этой квартиры.

— А квартира причем? — не поняла Белка.

— При том, что я вообще-то нашел бы гораздо лучшее применение пяти миллионам долларов, которые она теперь стоит, чем подложить их себе под спину в виде белого дивана. Во всяком случае, входя в эту квартирку без тебя, я именно так и думал.

— А теперь?

— А теперь, — сказал он, — мне здесь с тобой хорошо, и я хотел бы сохранить это сладкое статус-кво. Если, конечно, ты не против.

Можно было бы спросить, что он понимает под статус-кво. Что с этой самой минуты они начинают жить здесь дружной и счастливой парой? Но задавать такой глупый вопрос Белка не стала. Вряд ли его слова означают, что он решил развестись с женой. Да и ей самой — оно ей надо, чтобы он разводился? Замуж она не собирается вообще и за него не собирается в частности.

Кирилл удовлетворил Белкино любопытство без всяких с ее стороны вопросов.

— Вот ключи. — Он протянул ей замысловатой формы брелок. — Приходи сюда в любое время. И я буду к тебе приходить.

Глава 8

— Давайте все вместе попробуем разобраться, в чем причина нашей неэффективности, — завершила свою вечернюю проповедь Ленка.

Интересно, на каком бизнес-тренинге она всего этого набралась? Словечек этих — вместо «события» она говорила исключительно «ивенты», самые обыкновенные житейские случаи называла только «кейсами», — а главное, этого идиотского бодрого тона, который, по всей видимости, считает американским.

Прежде Белку страшно раздражали эти Ленкины повадки. Но теперь она стала относиться к ним снисходительно. Даже почти сочувствовала она теперь своей начальнице или по меньшей мере не обращала внимания на пошлости и глупости вроде этой, про совместный поиск причин неэффективности. Что тут искать, кстати? И так понятно, причина неэффективности Ленкиного бизнеса только одна: ее беспросветная сосредоточенность на себе самой и клиническая неспособность налаживать отношения с людьми.

Да что там о посторонних людях говорить, когда она даже с собственным мужем не способна наладить отношения!

За полгода романа с Кириллом Мазурицким у Белки была тысяча случаев убедиться, что он впитывает в себя женское внимание так, как, наверное, пустыня впитывает долгожданный ливень. Понятно, что она не на помойке найдена, обладает кое-какой женской неординарностью. Но понятно также, что дело не столько в ее личной выдающейся способности дать мужчине то, чего он хочет, сколько в Ленкиной к этому полной неспособности.

Стал бы он, например, самозабвенно болтать по вечерам с любовницей о всяческой ерунде, произошедшей за день, если бы мог это делать с женой? Ясно, не стал бы. А если Ленка вместо такой вот свободной болтовни ему разбор эффективности по вечерам устраивает, то и удивляться нечему.

В отношениях со своим замечательным любовником Белке даже не приходилось применять знаменитую формулу Лили Брик о том, что мужчине следует позволять все, чего ему не позволяют дома — например, курить в постели, — а хорошее дессу довершит победу.

Кирилл отдался их роману без каких бы то ни было формул. Одной лишь интуиции Белке хватило, чтобы погрузить его в себя во всех смыслах слова. И, кстати, она не знала, можно ли называть дессу тоненькие, как паутинка, разноцветные лифчики, которые так нравились Кириллу; прежде чем ее раздеть, он всегда с удовольствием угадывал, в каком она сегодня будет цвете.

В общем, она сидела сейчас в рядочек со всеми остальными сотрудниками, пожирающими начальницу фальшиво-заинтересованными взглядами, вместе со всеми делала вид, будто внимательно слушает ее наставления, и думала при этом, что Мазурицкий сейчас, возможно, поднимается в лифте или открывает квартиру, или уже принимает душ... И что он сегодня первый день находится якобы в командировке, а значит, нынешний вечер будет первым в череде их взаимоприятнейших совместных вечеров.

Погрузившись в эти вдохновляющие мысли, Белка даже не заметила, что, оказывается, анализ эффективности плавно перешел в разговор про переформатирование проектов. Господи, да когда же это кончится?!

Вероятно, эта мысль возникла в головах всех сотрудников одновременно, а потому вызвала такой сильный резонанс, что ворвалась и в Ленкин мозг.

— Итак, я жду ваших предложений. Присылайте их мне через корпоративную сеть, — сказала она.

«Елена, нас всего-то четыре человека, столы в метре друг от друга, вы можете обращаться по всем вопросам напрямую!» — чуть не заорала Белка.

Но тут же она представила ямочку на щеке Кирилла и сочла за благо промолчать. Не от угрызений совести, конечно, а лишь для того, чтобы эта бредовая тягомотина завершилась уже наконец.

Того же самого явно ожидали и остальные три сотрудника. То есть два сотрудника и одна сотрудница, таков, кроме Белки, был состав Ленкиной турфирмы.

Все они живенько вскочили и бросились к выходу, как только начальница сделала рукой некий прощально-разрешающий жест. Может, Ленка и возмутилась бы такой нескрываемой поспешностью, но ее отвлек телефон. Вероятно, супруг позвонил.

Белка вылетела на улицу, как пробка из бутылки шампанского. Ее снедало восхитительное нетерпение.

Во-первых, она хотела поскорее оказаться с Кириллом на диване и проделать все, что они вот уже полгода на этом белом диване проделывали.

Во-вторых, она хотела пойти с ним ужинать в замечательный маленький французский ресторан, который недавно открылся в Трубниковском переулке, неподалеку от Дома со львами.

В-третьих, она купила ему в Люксембурге новый роман Дэна Брауна, который когда еще переведут на русский, а почитать не терпится. Ну да, она только вчера вернулась из трехдневной поездки в Люксембург — сопровождала чокнутого любителя исторических реконструкций, которому при полном незнании английского понадобилось срочно изучить устройство тамошней городской крепости. И да, такую приятную возможность предоставила ей, пусть и по рабочей необходимости, жена ее любовника. И что?

Белка не знала, прибавляет ли остроты ее отношениям с Кириллом то, что она ежедневно видит его супругу и играет с ней в игру «начальник-подчиненный». Она вообще не видела необходимости в том, чтобы анализировать свои с ним отношения.

Он был отличным любовником — сильным, неутомимым в собственных ласках и жадным до ее ласк. Он не был помешан на сексе, как многие мужчины его возраста, но при этом в нем не было даже тени равнодушия к сексуальной стороне жизни, присущего немалой части его ровесников, выжатых ритмами, стрессами и экологией мегаполиса.

С ним можно было замечательно проводить время. Ему нравилось в московской жизни все, что нравилось Белке, он охотно воспринимал любые ее предложения о том, куда пойти и чем заняться. Возможно, у него были какие-то свои предпочтения, и Белка готова была им следовать, но за полгода она ни разу не слышала, чтобы Кирилл их высказывал, поэтому стала подозревать, что их просто нет.

С одной стороны, этому можно было удивляться, но с другой, чему удивляться при такой жене, как Ленка? Разве только тому, что у него не имелось десятка любовниц одновременно, а их действительно не имелось, Белка бы заметила. Или просто они остались в прошлом? Да в конце концов, зачем ей об этом задумываться? Она и не задумывалась.

Они провели лето так, что хоть сочинение пиши. Родной город, как на огромной ладони, протягивал им столько возможностей, одна другой приятнее, что просто глаза разбегались. И они пробовали все городские радости одну за другой, как маленькие дети одну за другой пробуют все разноцветные конфеты из большой коробки.

Сейчас, когда Белка бежала по Поварской к Малой Молчановке, центру ее теперешней жизни, летние картинки всплывали у нее в памяти попеременно, как слайд-шоу на экране.

И бег ее завершился на одной из самых приятных картинок: они с Кириллом сидят, а вернее, полулежат в шезлонгах, держась за руки и завернувшись в пледы, и смотрят новый фильм Вуди Аллена на большом экране летнего кинотеатра в парке «Музеон», а над ними, едва различимые в багровом городском небе, мерцают звезды.

С этим воспоминанием Белка и подошла к Дому.

Но тут ей пришлось остановиться: перед калиткой стояла старушка и препиралась с охранником, точнее, с его голосом в переговорном устройстве.

— Да мне ведь только узнать! — услышала Белка.

Похоже, старушка без предупреждения явилась к кому-нибудь в гости и охрана не хочет ее пускать. То, что Дом со львами в прямом смысле слова является теперь крепостью, Белка считала буржуйским свинством. Нашли тоже от кого себя охранять, от божьего одуванчика какого-то!

— Вам открыть? — спросила Белка, доставая ключи.

— А я не знаю, — сказала старушка. — Может и не надо мне туда. Я спросить хотела, да вот они не отвечают.

— О чем вы хотели спросить? — улыбнулась Белка.

Старушка была не московская — и по говору это было понятно, и по виду. Пожалуй, Белка ошиблась, назвав ее про себя божьим одуванчиком: в ней не было ничего трепетного, робкого, уязвимого, а было что-то, вступающее в контраст и с провинциальностью ее, и с преклонными годами.

В ней была не простота, но простонародная серьезность. Белка так удивилась, поняв это вдруг, что посмотрела на старушку с живейшим интересом.

Та между тем ответила на ее вопрос:

— Хотела спросить, кто в двадцать третьей квартире живет.

Голос у нее был низкий, красивый и совсем не старческий. Белка вздрогнула. Не от голоса, конечно, а от странного совпадения.

«Это к Кириллу, может, — тут же подумала она. — Родственница из провинции».

В самом деле, она ведь не знает подробностей его жизни. Может, это бабушка его двоюродная. Или даже родная.

— А вас кто интересует? — на всякий случай спросила Белка.

— Немировский Леонид Семенович.

Ничего себе! Привет из мглы веков.

— Он давно умер, — не вдаваясь в подробности, сказала Белка.

— Это понятно, — кивнула старушка. — Я думала, родственники его здесь живут, может. Хотела о нем расспросить.

— Я же тебе сразу сказал: бессмысленная затея, — услышала Белка.

Только теперь она заметила, что старушка пришла не одна. Ее сопровождающий, наверное, куда-то отлучался, а теперь вот вернулся, он и сказал про бессмысленную затею.

Белка окинула его быстрым оценивающим взглядом. В общем-то оценивать было нечего. Мужчина средних лет и средней же усталой обыкновенной внешности. В голосе тоже слышится усталость, а еще неприязнь. Это Белку задело, хотя вообще-то она умела не обращать внимания на то, как относятся к ней посторонние люди.

— И ничего не бессмысленная ваша затея, — сказала она старушке. — Если подниметесь, я вам все про Немировского расскажу. Правда, я мало что про него знаю, — справедливости ради добавила она.

— А я так и поняла, что вы его родственница.

Старушка даже не удивилась. В ее спокойствии было что-то пугающее, так Белке на секунду показалось.

Была одна песня — она слышала ее случайно, не могла даже вспомнить где и название, конечно, забыла, — и в песне этой были слова: «В дальнюю область, за облачный плес...». Вот и старушка эта была из дальней области. Не в географическом смысле, а в другом, не вполне определимом.

— Как же вы это поняли? — спросила Белка.

Она сама слышала в своем голосе растерянность, которую никак не могла бы объяснить.

— Вы на него очень похожи, — ответила старушка.

— Ну я его внучка, да, — кивнула Белка. — Пойдемте, пойдемте.

— Зайдем, Костя, — сказала старушка. — Раз приглашают.

— Зайди одна. Мне ни к чему, — отказался ее спутник.

Он взглянул на Белку, ей показалось, вопросительно. Глаза у него были темные, и невозможно было сказать точно, что означает его взгляд.

— И вы зайдите, — предложила ему Белка.

Она не понимала, почему эта старушка и ее ничем не примечательный спутник вызывают у нее такую растерянность.

— Мне ни к чему, — повторил он. И, обращаясь к старушке, добавил: — Позвони, когда освободишься.

— А ты что же станешь делать? — спросила старушка.

Похоже, она не привыкла ему возражать. Он, кстати, наверняка являлся ее родственником, сыном или внуком. Неизвестно, так ли уж похожа была Белка на своего покойного деда, но он на эту старушку чем-то похож был безусловно. Только вот непонятно чем.

— Найду занятие, — ответил он ей. И спросил Белку: — Вы ее обратно сюда, к калитке, сможете проводить?

— Да, — кивнула она.

— Позвони, когда освободишься, — повторил он старушке.

И ушел. Белка зачем-то смотрела ему в спину, пока он не скрылся за углом. Хотя не было никаких признаков того, что он как-нибудь неловко или опасливо чувствует себя в Москве и поэтому надо следить за тем, как он переходит улицу.

— Пойдемте, — тряхнув головой, словно отгоняя наваждение, повторила она старушке. — Меня зовут Белла.

— Как Леонида Семеновича жену покойную.

Заявление было странное. Белка точно знала, что ее бабушку звали не Белла, а Таисия, но выяснять, в чем тут дело, не стала.

— А я Зинаида Тихоновна, — сказала старушка.

Надо же, какая экзотика! Белка еле сдержала улыбку, пропуская ее перед собой в огороженный двор.

Глава 9

Время от времени Белка вспоминала, что надо бы завести в квартире третью чашку. Но, едва вспомнив, тотчас же об этом забывала. Когда они с Кириллом встречались в Доме со львами, им было не до готовки, если хотелось чаю или кофе, то двух чашек вполне хватало, а если набрасывался голод, что после бурного секса случалось нередко, то к их услугам была любая точка разнообразного московского общепита, и изучать их поочередно — это было отдельное удовольствие, в котором они себе не отказывали.

Так что сейчас выдался первый случай, когда третья чашка была действительно необходима. Впрочем, Белка не долго сокрушалась об ее отсутствии, просто разлила чай в три бокала для красного вина, решив, что старушка удивится такому московскому изыску.

Но когда она внесла бокалы с чаем в комнату, гостья никакого удивления не выказала. Первый Белкин взгляд оказался, как всегда, верным: серьезность была в этой Зинаиде Тихоновне главенствующей чертой, и поэтому она, видимо, не обращала внимания на мелочи.

Еще одной ее чертой — пожалуй, странной и уж точно необычной — были выкрашенные в темно-каштановый цвет волосы. Это сразу бросилось в глаза, когда она сняла платок. Белке казалось, что провинциальные тетушки к такому преклонному возрасту уже не беспокоятся о своей внешности и не закрашивают седину, а эта — надо же.

Когда Белка привела ее в квартиру, Кирилл смотрел телевизор, а услышав, как открывается дверь, вышел в прихожую. Наверное, он удивился, что его подруга явилась не одна, но удивление никак не выразилось внешне.

Это было одно из тех качеств, которые Белке нравились в нем. Она вообще считала, что показывать все происходящее у них внутри позволяют себе только дети и сумасшедшие, причем сумасшедшие не в образном, а в обыкновенном клиническом смысле, с диагнозом, нормальный же взрослый человек этого делать не станет. Почему при такой убежденности ее считают эмоциональной особой, было для нее загадкой, сама-то она себя считала человеком жестким.

В общем, удивления Кирилл при появлении Зинаиды Тихоновны не выказал и даже, пока Белка заваривала чай, как заправский хозяин развлекал гостью светской беседой.

— Зинаида Тихоновна говорит, что у них в Кирове замечательные молочные продукты, — сообщил он вошедшей с чаем Белке. — Дешевые и качественные.

— Киров — это где? — спросила Белка.

— В вятских лесах, — ответил Кирилл. — Вообще-то этот город называется Вятка.

— А почему тогда он Киров? — не поняла Белка.

— Да вот не вернули историческое название сразу, как только советская власть обвалилась, а потом замяли. Так и живут в Кирове.

— Мы привыкли, — сказала Зинаида Тихоновна.

Ну, раз ей все равно, то уж Белке тем более нет дела до того, как называется неизвестный ей город где-то в лесах.

Она села за стол и спросила:

— Что вас интересует про моего деда?

— Все про него интересует, — ответила Зинаида Тихоновна. — Золотой он был человек. Как у него жизнь сложилась?

— Да вроде ничего, — пожала плечами Белка. — Хотя, честно вам скажу, я про него мало знаю. Ну, жена у него была, бабушка моя, звали Таисия. Дочь Полина, моя мама то есть. Внучка я. Работал в Склифе. Вот, собственно, и все. — Ей стало неловко за такую лаконичность, и она добавила в свое оправдание: — Я еще не родилась, когда он умер.

— Полина... — Зинаида Тихоновна покачала головой. — Надо же!

Белка хотела спросить, почему ее заинтересовала именно Полина и что особенного она находит в этом имени. Но не стала спрашивать. Захочет — сама объяснит, не захочет — так обойдемся.

— А вы с ним давно были знакомы? — спросила Белка.

Все-таки старушкино немногословие начало ее раздражать. Сдержанность — качество правильное, но если уж отнимаешь время у незнакомых людей, то зачем говорить загадками?

— Мы на фронте познакомились, — ответила Зинаида Тихоновна. — В медсанбате. Это много значит.

— Ну да... — промямлила Белка. — Конечно.

«Только фронтовых мемуаров нам сейчас не хватает. Особенно Кириллу», — подумала она при этом.

Они не виделись целую неделю, тратить драгоценное время на старушку было просто глупо. И так хватает условностей, от которых никуда не денешься, одна мадам Елена чего стоит.

Но на пятой минуте сказать гостье, что пора и честь знать, Белке было все-таки неловко.

— Он вас лечил в медсанбате? — спросил Кирилл.

В его голосе ясно слышался интерес, и такой же интерес Белка заметила в его глазах.

— Нет. — По лицу Зинаиды Тихоновны впервые мелькнула улыбка. — Он командовал медсанбатом, а меня туда сестрой направили. Я на фронт добровольцем пошла сразу после медучилища. Мне восемнадцать только-только исполнилось, сами понимаете, как мне на войне пришлось среди мужчин. Леонид Семенович меня, можно сказать, от всего этого прикрыл и спас. — Видимо, она заметила интерес к своему рассказу, и речь ее стала свободнее. — Ну а потом его санитарным поездом назначили командовать, и он меня к себе перевел.

— А потом? — спросил Кирилл.

— Потом война кончилась, и он к нам в Киров приехал. Стали мы снова вместе работать, в одной больнице — он хирургом, я у него операционной сестрой. В сорок девятом году он в Москву уехал. Вот мне и хотелось узнать, как у него здесь жизнь сложилась.

Все-таки это было странно. Если бы Белке хотелось что-то про кого-то узнать, она точно не стала бы ждать шестьдесят лет. Но, видимо, в вятских лесах другой ритм жизни.

— Первое время он нам писал, я потому и адрес этот знаю. А после перестал. Был он счастлив? — спросила старушка.

Она спросила это даже не у Белки — поняла уже, конечно, что та ничего про своего деда не знает. Да и не спросила даже, а так, вздохнула просто.

От этого вздоха Белке почему-то стало не по себе. Она бросила быстрый взгляд на Кирилла. Он смотрел на старушку с тем самым чувством, которое и Белка хотела бы к ней испытывать, — с необременительным сопереживанием. Но у нее получалось испытывать только обременительную неловкость, и, злясь на себя за это глупое чувство, она ответила:

— Насчет счастья не знаю, а работу, мама говорила, он любил.

— Да, у нас все понимали, что с его врачебным уровнем в простой больнице не место, — кивнула Зинаида Тихоновна. — Он, правда, считал, что это глупости, людей везде одинаково лечить надо, но все-таки Институт Склифософского для него поболе подходил, чем наша глушь. Я рада, что про его работу узнала.

Она достала из черного ридикюля, имевшего совершенно винтажный вид, телефон из разряда «аппарат для бабушки», нажала большую кнопку и сказала:

— Костя, я уже спускаюсь, ты подходи за мной, ладно?

Неловкость, которую чувствовала Белка, стала еще сильнее. Хотя ну что она такого сделала? Что знала, все выложила, а что ничего толком не знала, так на нет и суда нет.

— Я вас провожу, — сказала она.

— Спасибо, — кивнула старушка.

В прихожей Белка шепнула Кириллу, подающему Зинаиде Тихоновне плащ:

— Я быстро.

— Не спеши, все в порядке.

Он ободряюще коснулся ее плеча, и ей сразу стало как-то легче. Во всяком случае, неловкость ее необъяснимая сделалась поменьше, может, потому что Кирилл ничего неловкого в происходящем не видел.

Старушкин спутник уже ожидал у калитки.

— Это мой сын Константин, — сказала Зинаида Тихоновна. — А это Белла, Немировского Леонида

Семеновича внучка, — представила она Белку. И зачем-то пояснила ей: — Костя про вашего деда очень любил в детстве слушать. Особенно про то, как наша часть к Михайловскому в сорок четвертом году подошла. К самому Лукоморью, к дубу зеленому... Я ему на ночь вместо сказки рассказывала.

Белка вдруг почувствовала острое сожаление от того, что ничего про все это не знает.

«И не узнаю уже теперь никогда», — подумала она.

Эта простая мысль поразила ее.

— А вы приезжайте к нам, — сказала Зинаида Тихоновна. — Я вам все и расскажу. Правда приезжайте, Белла.

Ее проницательность была достойна удивления: Белка отлично знала, что не относится к людям, у которых все мысли написаны на лбу. К совсем противоположным людям она всегда себя относила.

— Спасибо, — сказала она. — Может, когда-нибудь соберусь.

При этих словах она краем глаза заметила, что Константин усмехнулся.

«Ну да, никогда не соберусь, — сердито подумала Белка. — А чему тут усмехаться? С какого это перепугу меня в ваши леса могло бы занести?».

— Я вам адрес оставлю.

Зинаида Тихоновна расстегнула ридикюль, достала ручку и блокнот на пружинке. Она явно не принадлежала к людям, которые что-либо предлагают лишь из вежливости.

Белка и сын Константин смотрели, как она записывает адрес округлым почерком престарелой отличницы. Белка чувствовала при этом нетерпение и досаду. Сын, судя по выражению его лица, тоже. Хотя причины для схожих чувств у них наверняка были разные, у него это, скорее всего, была неловкость за мамину наивность.

— Вот, — сказала Зинаида Тихоновна, подавая Белке вырванный из блокнота листок. — До свидания, Белла. Вы меня очень порадовали.

— Чем? — удивилась Белка.

— Тем, что вы есть. — По ее серьезному лицу мелькнула улыбка. — Люди должны оставлять след на земле, я думаю. Леонид Семенович и так-то добрый след оставил, а что еще и внучка есть, это очень хорошо.

Белка не знала, что на это ответить. Константин молчал тоже. Впрочем, он и вообще ни слова не произнес и только в этом смысле был похож на свою неговорливую матушку. Внешне он совсем на нее похож не был — никакой простонародности, холодные, резкие черты.

Белка направилась к подъезду сразу же, не стала провожать их взглядом. Зачем? Хоть в этой Зинаиде Тихоновне ничего неприятного не было, но чувство, которое она вызвала у Белки, несомненно, было неприятным. Досада, неловкость, сожаление необъяснимое... Да еще и от любовника отвлеклась из-за нее. Забыть, поскорее и навсегда забыть!

Забыть оказалось не трудно. Едва Белка вошла в квартиру, как попала в объятия Кирилла, он нарочно подкарауливал ее в прихожей у входной двери.

— Не сердись! — воскликнула она.

— За что же сердиться?

Голос его звучал весело. Понятно было, что никакой обиды он не затаил и если скрывает сейчас какие-нибудь мысли, то лишь из области секса.

— Что я ее сюда привела, — все-таки объяснила Белка. — Могли бы у подъезда поговорить.

— Привела, и ладно, — беспечно заметил он. — Это не заслуживает долгих размышлений. К тому же она довольно интересная старушка, про войну, опять же, рассказала. Даже жалко, что мало.

— Это да, — согласилась Белка. — И про Лукоморье... Оно что, в самом деле есть? Я думала, это сказка.

— Я тоже. Но это не имеет значения. У нас своя сказка, — напомнил Кирилл.

И принялся целовать Белку, а потом прижал ее к стене, и она тут же оплела его ногами, руками, и вся их любовь произошла прямо здесь же, в прихожей, и от этого была не менее приятной, чем в постели, а может, и поболе еще.

«Поболе!.. — весело подумала Белка, когда страстные судороги закончились и, часто дыша, Кирилл сел на пол у ее ног. — Словарный запас вятских лесов! Или Лукоморья... Может, оно и правда есть?»

Глава 10

— Вот оно, Лукоморье.

По-утреннему сырой сизый дым окутывал капитана так плотно, что его голос звучал, словно из облака. А может, не из-за дыма Зине так казалось, а потому что она смотрела на капитана как на бога. Спасителем он для нее был уж точно, поэтому каждое его слово она принимала на веру. Но Лукоморье?..

— Разве оно есть на самом деле? — спросила Зина.

Она вышла из землянки, умылась, привела себя в порядок и уже собиралась обойти песчаный холм, на котором стояла артиллерийская батарея — за этим холмом в сосновом лесочке расположился медсанбат, — когда увидела капитана. Он стоял над обрывом, курил и смотрел за реку на едва видимый в тусклых рассветных лучах усадебный дом Михайловского.

Михайловское!.. Само это слово вызывало у Зины благоговение. И она старалась не смотреть в его сторону. Больно сознавать, что там происходит, еще больнее видеть разоренный парк, гаубицы у самого пушкинского дома, суетящихся немцев.

— Конечно, есть, — ответил капитан. — Вот оно, перед тобой. Правда, излучина здесь речная, но видишь, как вода разлилась? На море похожа.

Зина кивнула. Хотя еще только начинается апрель и большой разлив впереди, но река Сороть уже раскинулась так широко, что в самом деле напоминает море.

— Вообще же Лукоморье это такое особое место на краю света, — сказал капитан. — У Лукоморья стоит мировое древо, в пушкинском варианте дуб зеленый, и по нему можно взобраться или спуститься в другие миры.

— Почему? — спросила Зина. И тут же поправилась: — То есть не почему, а как?

— Почему — тоже правильный вопрос. Потому что это древо — ось мира. Вершина его в небе, а корни в преисподней. А как по нему перемещаться, я не знаю.

На этих словах капитан чуть заметно улыбнулся. Улыбался он редко, и от его улыбки у Зины каждый раз кружилась голова и сердце замирало.

— Вы все знаете, — убежденно сказала она.

А разве не так? Вот ведь и про мировое древо это самое... Он же врач, значит, не по специальности изучал, и раз все-таки знает, то это означает, что знает он все на свете. Зина была рассудительна, и такой вывод был для нее очевиден.

— Выспалась ты? — спросил капитан.

Зинины слова про его всезнание он пропустил мимо ушей. Зина предполагала, что он относится к ней снисходительно, как к несмышленышу, но не обижалась. Во-первых, потому что она вообще не могла себе представить, как можно обижаться на такого человека, как капитан Немировский, а во-вторых, потому что этой своей снисходительности он в повседневной жизни никак не проявлял, а значит, и обижаться не на что.

Вчера ночью он лично отправил Зину отсыпаться, потому что за сутки до того пришла артиллерийская батарея, в которой много было раненых, и ровно эти сутки не спал весь личный состав медсанбата, а Зина и до того еще сутки не спала, потому что дежурила.

Артиллеристы шли к Пушкинским Горам через Новоржевские болота, которые нелегко дались даже Зине, привычной к ходьбе по лесному бездорожью. Замполит батареи рассказывал вчера капитану Немировскому, Зина слышала, что не шли они через эти болота, а плыли, утопая в черной жиже, что снаряды и мины пришлось перегрузить с машин на телеги, но и те увязали в грязи, кони падали и не могли подняться, и только люди двигались вперед со злой решимостью.

Дойдя наконец до Пушкинских Гор, артиллеристы принялись обустраиваться на северной окраине деревни Зимари, напротив Михайловского. Они стали готовить огневые позиции и рыть окопы, а раненых передали в медсанбат. Из-за их наплыва капитан теперь и спрашивал Зину, выспалась ли она.

— Я выспалась, — ответила Зина.

Ей в самом деле хватило нескольких часов, чтобы отдохнуть после двух бессонных суток, даже удивительно.

— Врешь, наверное, — усомнился капитан.

— Я врать не приучена, — покачала головой Зина.

— Да, — согласился он. — Это я уже понял.

Конечно, понял. Он ведь знал Зину уже целый месяц, а что она за загадка, чтобы такой умный и проницательный человек за такое долгое время ее не изучил? Вся как на ладони.

Свой первый военный месяц Зина вспоминала с содроганием. Не думала она, что война окажется такой... несправедливой. Она готова была к трудностям, к лишениям, к ранениям, к боли и к смерти — ко всему, что ей выпадет. И фифой никогда не была, особых условий для себя не ожидала. Но отношения к себе как к человеку она ведь вправе была ожидать! А вместо него...

Зина Филипьева дождаться не могла, когда наконец закончит медучилище. И хоть в связи с военным временем курс обучения был сокращен, но готовили все-таки не санитаров, а квалифицированных медсестер, и работать им придется в боевых условиях, значит, спешки в учебе быть не может, это Зина понимала. Но понимала лишь умом, сердце же ее рвалось на фронт так, как у ее ровесниц рвалось оно только к любимым.

Любимого у Зины не было, но это ее не удручало. Может, это даже и хорошо: так бы она стремилась быть необходимой ему одному, ну а раз единственного человека нет, то она может отдать все свои силы многим людям, которые воюют за родину.

Зина вовсе не была восторженной — такие свои мысли она считала самыми обыкновенными и жалела только, что восемнадцать ей исполнилось в сорок четвертом году, а не раньше. Теперь-то победа была уже совсем близко, Зина боялась не успеть на войну, а потому считала дни, отделявшие ее от окончания училища и, значит, от настоящей жизни.

Ее направили на 2-й Прибалтийский фронт, и догонять войну пришлось в Псковской области. От Кирова, где она жила и выучилась, путь был неблизкий, но этому Зина только радовалась: хорошо ведь, что большая часть страны уже освобождена от захватчиков. И всю нашу землю скоро вернем, и Европу освободим! — так она думала, глядя в окошко поезда, который вез новобранцев на запад.

В часть Зина попала как раз в тот день, когда медсанбат должен был уходить из Новоржева в район боевых действий. Как хорошо, что успела! Вот простоял бы поезд под Псковом еще полдня на запасных путях, и осталась бы она у разбитого корыта, и догоняй тогда свою часть как знаешь. Но ведь успела, вот радость-то!

Эту свою радость Зина и высказала командиру медсанбата капитану Немировскому, когда тот сообщил ей, что их часть выступает немедленно и даже поесть она не успеет, потому что полевая кухня уже ушла.

— Радость? — усмехнулся капитан. — Удивительно.

— Что удивительно? — не поняла Зина.

— На эфемерное создание вы не похожи, Филипьева. Но восприятие действительности у вас наивное.

Зина залилась краской и стала судорожно сглатывать, стараясь удержать слезы. Ей показалось, что она успешно скрыла их, но только показалось.

— Почему слезы? — бросив на нее быстрый взгляд, спросил Немировский.

— Я... ничего... — пробормотала Зина. — Извините, товарищ капитан.

— Говорите, говорите, — потребовал он. — Что вас обидело в моих словах?

Зина наконец справилась со своим глупым расстройством и ответила:

— Ничего не обидело.

— Вам в училище не объясняли, что на фронте вы должны будете выполнять приказы старших по званию? — сухо спросил Немировский.

— Объясняли...

— Так выполняйте, — приказал он. — Говорите, что случилось.

— Правда ничего не случилось, товарищ капитан! Просто я... Ну, просто мне стыдно, что я толстая! — выпалила она наконец.

— Что-о?! — Удивление его было таким сильным, что даже осунувшееся от усталости лицо озарилось этим чувством. — С чего вы взяли?

— Это же всем видно, — пробормотала Зина. — Вот и вы заметили...

— Я ничего такого не заметил, — пожал плечами он.

— Эфемерная значит худая, я это слово знаю. А раз не эфемерная, то значит толстая.

Зина сквозь землю готова была провалиться от того, что такой разговор вообще затеялся. И далось же капитану выспрашивать! Она была уверена, что уже не переживает из-за своей похожести на лесной грибок-боровичок; так мама про нее говорила. Стыдно было бы переживать из-за такой ерунды, когда ты уже взрослая и уходишь на фронт. И вот пожалуйста, снова выплеснулось школьничество.

— Пусть это будет в вашей жизни самой большой бедой, — усмехнулся капитан.

Тогда Зина и увидела впервые его усмешку, да нет, не усмешку — улыбку. Она осветила его лицо лишь на мгновенье, но так ярко, так необыкновенно, что у Зины занялось дыхание. Никогда она не видела, чтобы короткая улыбка преображала человека всего, до донышка.

Через мгновенье лицо капитана стало прежним, непроницаемым.

— Вы откуда прибыли? — спросил он.

— Из Кирова, — ответила Зина. — В документах написано.

— И родились там?

— Родилась в деревне в Оричевском районе. Родители в Киров перебрались, когда мне год исполнился.

— Видно, что корни у вас деревенские, — заметил он.

— Это плохо?

— Ничуть. Глядя на вас, я наконец понимаю, каким был Филиппок. Читали, надеюсь, Толстого?

Детские рассказы Льва Толстого Зина, конечно, читала. И про акулу, и про сливовую косточку, и про маленького крестьянского мальчика Филиппка, который вместе с большими ребятами пришел учиться в школу.

Она кивнула и подумала, глядя на капитана: «А вот он-то уж точно не деревенский. Из большого города, даже из самой Москвы, может».

Внешность у Немировского была такая, которую в книжках называют утонченной. То есть Зина лишь предполагала это, знать про утонченность наверняка она не могла, потому что наяву никогда ее не видела. И такого лица, как у него, не видела тоже, потому и связала с ним это слово.

Черты его лица были особенные: скулы точно скульптором вылеплены, и глаза, темно-зеленые, как лед на чистой реке, в точности повторяют их изгиб.

Не топором лицо его вырублено — рубленые лица Зине встречались во множестве, она прекрасно знала, как они выглядят. И еще, глядя на капитана, Зина поняла удивительную вещь: что он совсем не осознает, как сильно нравится женщинам. Да, именно эта мысль пришла ей в голову и именно такими словами. Раньше она не размышляла так сложно, а вот теперь вдруг стала.

«Наверное, я повзрослела», — решила Зина.

Эта догадка ее обрадовала, но обдумать ее получше она не успела.

— Идите к машинам, Зинаида... — Немировский заглянул в мобилизационное предписание. — ... Тихоновна. Спросите старшую медсестру Воскарчук, она объяснит ваши обязанности. Осваиваться придется на ходу.

И Зина, не очень ловко отдав честь, пошла на улицу к полуторкам, на которых медсанбат должен был следовать вместе с войсками, брошенными на прорыв немецкой оборонной линии «Пантера».

Так она окунулась в войну — сразу. Она даже не окунулась в нее, а завязла в ней так же, как грузовики вязли в болотах, раскинувшихся на сотни километров вперед, от Новоржева до Пушкинских Гор.

К лесам Зина была привычна, поэтому могла направить все свои силы на то, чтобы привыкнуть к войне. А вот это было не просто, потому что война оказалась совсем не то, что Зина про нее думала.

Медсанбат шел вместе с саперным батальоном, то и дело попадая под обстрел немецкой артиллерии, бившей по болотам с пушкиногорских холмов. Зина радовалась, что хоть и боится обстрелов, но все-таки не до оцепенения — страх не парализует ее, и она может выполнять свои обязанности, оказывать помощь раненым. Если бы это было иначе, то ей было бы стыдно, но, к счастью, нервная система у нее оказалась крепкая, стыдиться не пришлось, а дня через три она привыкла к обстрелам и страх прошел совсем.

К другому не могла она привыкнуть... Через те же три дня Зина поняла, что все кроме нее давно уже к войне пригляделись и не испытывают того душевного подъема, который, она была уверена, должен испытывать каждый, кто воюет за правое дело. У любого из бойцов душевный подъем если в чем и проявлялся, то лишь в злости, а от того, что противник был далеко и вместо боя их задачей являлся сейчас только путь, они испытывали даже не злость, а злобное раздражение.

Немецкая артиллерия била не точно, раненых было не много, и старшина Воскарчук решила, что, пока не начались бои, медсанбат должен воспользоваться возможностью и прямо в дороге проверить личный состав саперного батальона на педикулез.

— Вши препятствуют нормальной боевой и политической работе. Особенно лобковые, — сказала Воскарчук. И попросту пояснила, разведя сильными короткопалыми руками: — Наступаем же. Население освободителей встречает-привечает, женщины в том числе. Радуются. Вот и напустили заразы. Они ж с немцами спали тут. Известно, что на оккупированных территориях творилось.

Зине неприятно было это слышать. Какое право имеет Воскарчук вот так, походя, оскорблять незнакомых ей женщин? Почему это они спали с немцами? И вообще, разве люди виноваты, что не смогли эвакуироваться? Ведь Гитлер напал внезапно, поэтому отступать нашим войскам пришлось так далеко. Зина представила, что фашисты дошли бы не только до Пскова, а до самого Кирова, и они с мамой не успели бы уехать...

Она рассердилась и высказала старшине Воскарчук свое мнение. Она вообще не привыкла его скрывать и не понимала, зачем это делают другие.

— Молодая ты еще, Зинаида. — Воскарчук на Зинину резкость не обиделась. — Жизни не знаешь. Повидала бы, что мы за войну повидали, по-другому бы на людей смотрела. Так что давай, Филипьева. Также старайся выявить венерические заболевания. Гонорею, сифилис изучала? Проведешь осмотр, составишь список выявленных больных.

Возразить было нечего. Оставалось только выполнять приказ, да Зина и не собиралась отказываться.

И вот эта проверка... Какой же это оказался ужас!

Стоял март, морозы шли на убыль медленно, поэтому болота еще не раскисли, и это облегчало движение. Правда, от езды по кочкам у Зины было такое ощущение, будто из нее день за днем вытряхивают все внутренности, но она понимала, что это еще ничего: когда морозы спадут, то болота станут не просто кочковатыми, а непролазными.

На привале она подошла к командиру первого взвода саперов и сказала, чтобы он приказал своим солдатам пройти проверку на педикулез. Произнесла она это самым строгим тоном, на какой была способна.

— Хозяйство наше смотреть будешь? — усмехнулся комвзвода. — Ну, смотри. Нам не жалко.

Зина предполагала, что во время осмотра, который проводился за плащ-палаткой, растянутой между двумя соснами, будет немало соленых шуток, и к этому она была готова. Но вот к тому, что в действительности услышала от каждого входившего к ней за плащ-палатку, она не была готова совсем. И совсем это все не напоминало шутки...

— Нет у меня мандавошек, — сказал первый боец, расстегивая штаны. — Тебя не награжу, не бойся. — И предложил, ухмыляясь: — Попробуем, как стемнеет?

Он был совсем молодой, на щеках пушок вместо щетины, но в голосе его звучало какое-то подзаборное бесстыдство, которое он не только не считал нужным скрывать, но наоборот, всячески подчеркивал.

А второй был не молод, даже пожилым он был по Зининым меркам, лет сорока уже, наверное. Застегивая штаны после осмотра, он сказал:

— Шо, девка, нэма в мэнэ сифилиса? Ну так в рот возьми, погуляйся.

И в том, как он это произнес, даже бесстыдства не слышалось, буднично звучал его голос.

Именно после его «погуляйся» у Зины потемнело в глазах и темнело с каждой минутой все больше, и сердце перемещалось в голову, и колотило изнутри тяжелым молотом... Ей даже заплакать не хотелось от наката всех этих однообразных в своем похабстве слов и жестов, которыми сопровождался каждый следующий осмотр, она чувствовала только, что ей физически плохо, как будто ее раз за разом бьют и бьют по голове.

В какую-то минуту она поняла, что от этих ударов перед глазами у нее мелькают ослепительные вспышки, то есть в полном смысле слова ослепительные — она ничего не видит. И, значит, толку нет от ее работы, она элементарно не выполняет своих обязанностей.

Логика забилась в самый дальний угол ее сознания, но все-таки не исчезла. Сообразуясь с этой встроенной в нее от рождения логикой, Зина выбралась из-за натянутой между соснами плащ-палатки и, цепляясь ногами за кочки, чуть не падая, побрела прочь — от грузовиков и полевой кухни, от медсанбата с невозмутимой Воскарчук, от солдат, которые не считали ее человеком, от всего, что было обратно тому, что с детства, с рождения и даже, может, еще до рождения казалось ей само собой разумеющимся и незыблемым...

Зина почувствовала, что задыхается. До сих пор она считала, что такое ощущение бывает только в книжках, но нет, оно и правда такое, и точно как в книжках, рванула она ворот гимнастерки, думая, что это поможет ей отдышаться, но не помогло...

Болотные кочки заставляли ее тело ходить ходуном. «Морошка выдернет ножки», так в здешних местах говорят — от кого услышала? Но она не чувствовала этого и брела все дальше, и при этом ей казалось, что не бредет она, а бежит.

— Филипьева! Ты куда направляешься?

Зина остановилась машинально, как лошадь, услышавшая свою кличку, названную знакомым голосом.

— Ты зачем в болото идешь?

Тут капитан Немировский, наверное, понял, что Зина, хоть и смотрит прямо на него, но не узнает его и не понимает, о чем он ее спрашивает.

— Зина, что с тобой? — спросил он уже совсем другим голосом.

Не с удивлением, а с догадкой сочувствия.

Зина наконец поняла, кто перед нею. То есть не поняла, а осознала. И сразу, к собственному удивлению, почувствовала, что молот у нее в голове утих и вспышки перед глазами прекратились. И сразу же ей стало стыдно за то, что она такая расхристанная, с разорванным воротом и, наверное, с диким выражением лица.

— Провожу осмотр бойцов, товарищ капитан, — судорожно сглотнув, сказала она.

— В болоте?

— Тут везде болото, — глупо ответила Зина.

Должна же она была хоть что-то ответить! А ведь нечего.

— Но не везде трясина, — возразил Немировский. — А ты в самую трясину направляешься. — И спросил: — Что за осмотр проводишь?

— На педикулез. С выявлением венерических заболеваний.

— Та-ак... — протянул он. — Это кто ж тебе поручил?

— Старшина Воскарчук.

— Ну Наталья! — Немировский покрутил головой. — Ну!..

Похоже, он не находил больше слов, чтобы охарактеризовать это поручение.

— Но что же в этом такого? — тихо сказала Зина. — Я же медсестра.

— Воскарчук тоже медсестра. Приспичило проверять, ну и осматривала бы сама, а не...

— Не — что?

— Не Филиппку поручала.

Он улыбнулся. Впервые не усмехнулся, а именно улыбнулся. И если даже от его усмешки у Зины замирало сердце, как от неожиданного, щекочущего глаза солнечного зайчика, то улыбка показалась ей просто сплошным световым потоком. Она еле удержалась от того, чтобы зажмуриться. Ей даже пришлось шмыгнуть носом.

— С Воскарчук я поговорю, — сказал Немировский. — А ты успокойся. — И, секунду помолчав, добавил: — На солдат обижаться нельзя, Зина. Как на ангелов. Их завтра не будет.

— Почему... завтра?.. — пробормотала она.

— Потому что немцы вот-вот к нам пристреляются. Может, не завтра даже, а сегодня. Линия эта, «Пантера», у них такой мощности, что нас огнем накрыть ничего не стоит. Мы потому и спешим болота пройти, укрепиться хотя бы. Так что осмотр приказываю отложить до более спокойных времен. Жаль, что тебе его вообще затеять пришлось. Лучше бы ягоды пособирала.

— Какие же в марте ягоды? — улыбнулась Зина.

— Да вот клюква перезимовала. Разве в ваших лесах так не бывает?

— Бывает. У нас ягод много. И грибов.

«Сейчас скажет, что я сама на гриб похожа», — мелькнуло у Зины в голове.

Но капитан ничего такого не сказал, а протянул руку и разжал пальцы. На его ладони лежало несколько мерзлых багровых клюковок.

— Ну держи тогда, — сказал он. — На следующем привале и сама соберешь.

Но на следующем привале клюкву собирать уже не пришлось, да и привала больше никакого не было.

Капитан не ошибся: немецкая артиллерия в самом деле пристрелялась. Последние десять километров пути превратились в непрерывный грохочущий ад, и только у деревни Зимари, вырвавшись наконец на освобожденный от немцев плацдарм, медсанбат смог развернуться так, чтобы оказывать раненым первую хирургическую помощь.

Зине пришлось переквалифицироваться, потому что операционную сестру ранили, Немировский приказал ей становиться с ним к столу, и она даже испугаться не успела — да как же, мол, я же этому не училась! — а встала и подавала ему необходимые инструменты с четкостью автомата, но этому, пожалуй, удивляться не стоило, потому что он не только говорил ей, протягивая руку, названия нужных инструментов, но и, кажется, даже описывал их двумя-тремя точными словами, а если она ненароком ошибалась, то не ругался и не орал, а поправлял ее, а вот сама она, если б случилось, в такой ситуации точно орала бы и ругалась даже матом, наверное.

А может, и не ругалась бы. После того, что он сказал ей в клюквенном болоте — про ангелов, — на солдат она больше обижаться не могла, а на войне ведь все солдаты.

За месяц, что длилось относительное затишье и медсанбат стоял через речку от Михайловского, Зина освоила все военно-сестринские специальности и полностью освоилась на войне. Она вообще была расторопная — ладная, как мама говорила, — ей надо было лишь преодолеть первоначальную растерянность. Она и преодолела.

Ей нравились здешние места, даже теперь, когда война искорежила их и выжгла. Красоты они были невозможной, вот уж точно — чистой красоты. Всё леса, да луга, да изгибы рек, да снова луга и холмы повсюду...

Зине казалось, что даже людская речь соответствует здешнему пейзажу. Вчера вот приходил в медсанбат старик из Воронича, Леонид Семенович вскрыл ему гнойник на руке, и старик потом все звал его к себе в баню, приговаривая:

— Ты не думай, доктор, баня моя хоть и в землянке по военному времени, а хорошая. Сладкая баня, аж вопль от нее идет!

А дочка, приведшая его, ожидала в сенях медсанбатского блиндажа, кормила грудью младенца, тихо напевая, и если прислушаться, то можно было разобрать слова ее песни:

— Ой, куда ездил, где гулял, добрый молодец, где Бог тебя носил? Ой, да ездил я, душечка, с города до города, ой, да искал я, душечка, себе молоду жену, молоду жену-красавицу, найти-то нашел, да нет мне с ней ни веселья, ни радости...

Зина тогда слушала эту песню как завороженная, потому что поняла вдруг: вот так вот и Пушкин сидел где-нибудь под овином и эту же самую песню слушал...

О Пушкине говорили все и постоянно, его ведь это места. Артиллеристам приказано было по Михайловскому не стрелять, потому что оно святыня, замполит даже памятки раздал бойцам, в них рассказывалось и про Михайловское, и про соседнее имение Тригорское, которое Пушкин в «Евгении Онегине» описал. Зина очень себя ругала, что в школе мало пушкинских стихов наизусть выучила. Вспоминала бы сейчас, глядя на Лукоморье.

— Ну, отдохнули — пора работать, — сказал Немировский. — Иди, Зина, я тебя догоню. Докурю только.

— Хорошо, Леонид Семенович, — кивнула она.

Он сам велел называть его по имени-отчеству. Может, это напоминало ему мирную жизнь и родной

Ленинград, который, как известно, самый культурный город в Советском Союзе. Зина жалела, что ей не удалось побывать там до войны: когда их класс ездил в город на Неве во время зимних каникул, она как назло заболела корью.

В Ленинграде, Зина знала, у Леонида Семеновича остались жена с дочкой, и это было ему, конечно, очень тяжело, потому что он не имел от них известий с самого начала блокады. И теперь, хотя блокаду сняли, известий не было тоже. Обо всем этом она знала не от него, а стороной — девчонки рассказали, сам Немировский об этом речь не заводил.

Зина развернулась было, чтобы идти к сосновому леску, к медсанбату, но тут же обернулась снова, потому что он вдруг крикнул:

— Смотри!

Немировский указывал за реку. Там, в михайловском парке, происходило какое-то движение, которое сначала показалось Зине хаотическим. Но уже через минуту она поняла, что происходит, и ахнула:

— Они же дом рушат!

В стене усадебного дома, возле которого копошились немцы, в самом деле открылся пролом или, скорее, сделанная заранее прорезь, и в ней появилось артиллерийское орудие. Оно возникло как-то зловеще, словно из небытия, помолчало несколько секунд и выстрелило. Снаряд пронесся у Зины с Немировским над головами и взорвался за холмом, где стояла подошедшая вчера батарея. Оттуда сразу же заговорили в ответ орудия, но били они недолго — после трех-четырех беглых выстрелов немецкая пушка затихла; видимо, была у наших на точном прицеле.

И сразу же, как только затихло русское орудие, над домом взметнулся огонь.

— Не от снарядов, — сказал Немировский. — Изнутри подожгли.

— Но зачем?.. — растерянно проговорила Зина. И вскрикнула: — Зачем же дом пушкинский жечь?!

— Затем, — зло бросил Немировский. — Зачем все остальное, затем и пушкинский дом. — И скомандовал: — В медсанбат, быстро! Немцы за дымом спрятаться хотят. У них по всему парку укрепления, сейчас оттуда стрелять начнут.

Что это означает, не было нужды объяснять: новый поток раненых.

На бегу Зина оглянулась. Пушкинский дом над высоким берегом Сороти пылал как свеча.

— Не оглядывайся! — прикрикнул Немировский. — Будет как с Лотовой женой!

При чем здесь чья-то жена, Зина не поняла, да толком и не расслышала. Она со всех ног припустила к медсанбату.

«Мы все заново отстроим, — сжав зубы и задыхаясь, думала она на бегу. — И Михайловское, и... Все-все!».

Она сама понимала, что это детские какие-то мысли, и плакать ей хочется от детской же досады, и странно, и даже стыдно хранить в себе такую детскость на такой войне. Но ничего не могла с собою поделать: война и обыденные, необходимые на войне действия — это было одно, а то, что думала она и чувствовала — другое, и никому она ни мыслей своих, ни тем более чувств открывать не стала бы.

Разве что капитану Немировскому. Но ему они не нужны, конечно.

Глава 11

— Бэлль, а все-таки — куда ты хотела бы поехать?

Кирилл с самого начала стал называть ее именем из мюзикла, хотя, даже если ее считать красавицей, то его чудовищем назвать было трудновато. Ну да она привыкла, что каждый новый любовник переиначивает ее имя на собственный оригинальный лад, и это ей нравилось.

«Куда ты хотела бы» означало, что он собирается устроить себе кратковременный отпуск, предполагает, что она тоже это сделает, и намерен совершить совместное романтическое путешествие. Или не романтическое, а просто увлекательное, что гораздо лучше и правильнее.

Однажды они такое путешествие уже совершили — слетали на три дня в Марокко. Белке понравилось: воображение у нее работало хорошо, и интерес к происходящему просыпался уже от одного сознания того, что она в настоящем Магрибе. К тому же отель был не просто дорогой, а атмосферный — воплощенный Восток со всеми его восхитительными приметами, — и это прибавило ей уважения к Кириллу; устройством поездки занимался он.

Теперь, значит, повторить хочет. Что ж, она только за.

— Ну-у... — протянула Белка. С таким увлечением она, пожалуй, размышляла над географическими названиями только в детстве, когда играла «в города» в коммунальной кухне вот этой самой квартиры. — Например, в Австралию!

— Отлично, — согласился Кирилл.

Было очень интересно слушать его голос: он звучал непосредственно у него в животе и проникал в Белкину голову через затылок, минуя уши. Такое необычное

взаимодействие получалось по вполне обычной причине: они лежали голые на разложенном белом диване,
их тела образовывали перпендикуляр, и Белкина голова
находилась у Кирилла на животе. Руки она при этом
раскинула так, что одна доставала до его носа, а другая
почти до щиколоток. На этой линии находились всяческие
приятные части его тела, которые Белка время от времени поглаживала, заставляя его немножко вздрагивать
и немножко постанывать. Он в ответ на это прихватывал
зубами ее локоть, как раз попадавший на его рот. Так они
отдыхали после секса, прикидывая, не возобновить ли его.

— Австралия — отлично, — повторил Кирилл. —
Но ее придется внести в список на будущее. Ибо далеко
лететь, а у меня освободится только три дня. Еще?

— Себе! — засмеялась Белка. — Мы что, в блэк-джек
играем?

— Ну куда, куда?

— Венеция!

— Идет! Я там, представь себе, ни разу не был.

— Я, представь себе, тоже.

Что он не бывал в Венеции, не казалось Белке удивительным. Мужчины обычно попадают туда по на-
водке своих подруг, самим им, если они не художники
и не поэты, редко приходит в голову съездить в город
влюбленных. Кириллу не с мадам же своей туда было
ездить, влюбленной ее представить трудновато. А других
женщин, по крайней мере постоянных, у него не имелось,
в этом Белка после полугода связи с ним была уверена.
По какой причине не имелось, она, правда, до сих пор
так и не поняла, но факт очевидный: ей почему-то до-
стался в любовники мужчина, у которого при множестве
выдающихся, даже исключительных вводных не было
ни выдающихся, ни тем более исключительных романов.

Можно было ломать голову над таким парадоксом, но Белка не ломала. Зачем? Она давно уже поняла, что слова «так не бывает» не имеют к жизни никакого отношения. В жизни бывает и так, и этак, и вопреки всему, ни одна голова не выдумает того, что в действительности происходит самым обыденным образом.

Ну а сама она не бывала в Венеции по какому-то дурацкому заклятью, и хорошо, что оно будет наконец снято. И не зря, выходит, бросала монетку в зеленую воду венецианской Лагуны, и не зря обещала себе, что в ближайшее время непременно приедет в этот город. Вот оно и настало, ближайшее.

— Когда у тебя образуются три дня? — уточнила Белка.

— Послезавтра. Я сегодня закажу билеты и отель, а ты завтра вечером приезжай сюда с вещами. Послезавтра утром отсюда и отправимся.

Белку слегка покоробило, что он излагает все это как уже утвержденную программу. Мог бы, между прочим, спросить, как ее начальница отнесется к таким планам. Хотя и то сказать, ну как он стал бы об этом спрашивать? «Отпустит ли тебя моя жена?» Глупее было бы только ему лично к ней обратиться: «Отпусти, Леночка, мою любовницу со мной в Венецию прошвырнуться».

Представив себе это, Белка фыркнула. Ладно, примем его руководящий тон без возражений. Три дня в Венеции стоят этой маленькой уступки мужскому шовинизму.

Они еще немного посексуальничали, потом выпили по бокалу вина за будущее путешествие, и Белка отправилась домой.

Весь следующий день она посвятила обновлению гардероба. У Кирилла был хороший вкус, он замечал каждую новую изюминку ее образа, и ей нравилось их для него изобретать.

Именно поэтому она купила ярко-красное пальто.

Даже мама оценила этот выбор, хотя обычно мало обращала внимания на ее приобретения, и чем оригинальнее они были, тем менее мама их замечала. Это могло показаться удивительным только тому, кто не знал, что у мамы имеются собственные представления о ценном и неважном, заметном и не стоящем внимания. Одежда должна быть аккуратной и недорогой, так она полагала, и Белка не тратила зря время и силы, чтобы ее переубедить.

— Это очень красиво, Белочка, — сказала мама, когда та повертелась перед ней в новом пальто, которое притягивало любой встречный взгляд. И неожиданно спросила: — Ты едешь с мужчиной?

Вообще-то это был удивительный вопрос. Мама разбиралась в мужчинах еще меньше, чем в видах одежды, поэтому никогда не расспрашивала об их присутствии в дочкиной жизни. Она относилась к этой теме с такой опаской, что Белка временами думала: «Может, она меня от святого духа родила?»

Ни одного мужчины она в мире своей мамы никогда не наблюдала и пока не выросла настолько, чтобы завести себе свой собственный мир, ей казалось, что их как-то и вовсе нет на белом свете.

Похоже, такое отношение к мужчинам было в ее семье наследственным. Белка помнила, как бабушка Тая в детстве говорила ей:

— Скоро Новый год, будешь хорошо себя вести, тебе Снегурочка подарки принесет.

Она тогда еще удивлялась: почему в детском саду подарки приносит Дед Мороз, а мама с бабушкой даже не знают о его существовании?

Но у бабушки Таи все-таки имелся муж, просто он был много старше и оставил ее молодой вдовой, а вот каким образом при таком отношении к мужчинам умудрилась забеременеть мама, было для Белки загадкой.

Еще большей загадкой являлось то, что при всем этом сама она, повзрослев, чувствовала себя в мужском мире как рыба в воде, легко разбиралась в мужских желаниях и мотивах и была поэтому объектом повышенного мужского внимания. Оставалось только предполагать, что такие выдающиеся качества происходят от неизвестного ей отца. Когда Белка в любопытном подростковом возрасте пыталась выяснить у мамы, так ли это, та либо переводила разговор на другие черты ее наследственности — «лицом ты, Белочка, вылитый дедушка, и у глаз в точности его рисунок, только цвет бабушкин», — либо просто умолкала. Выйдя из подросткового возраста, Белка эти расспросы забросила. Во-первых, не любила усилий, которые не приносят результата, а во-вторых, поняла, что и сама считает бессмысленным и, следовательно, излишним знать подробности о своем биологическом отце. И в кого у нее такой характер, а не другой, имеет для нее не больше значения, чем сакральное знание, в кого она пошла формой глаз. Какая есть, такая есть, не все ли равно почему?

Так что маминому вопросу Белка удивилась.

— А почему тебя это именно сейчас заинтересовало? — спросила она вместо ответа.

— Ты сейчас какая-то необычная, — объяснила мама. — Я и подумала, что ты, может быть, полюбила.

О господи! Институт благородных девиц какой-то. Но не объяснять же маме, что в отношениях полов все не так возвышенно, и в желании женщины предстать перед любовником в красном пальто не больше любви, чем в яркой расцветке бабочки.

— У меня появился мужчина, — объяснила она, из человеколюбия пропустив слово «новый».

— А кто он? — спросила мама. — Если это не секрет.

— Не секрет, — ответила Белка. — Ну кто он может быть? Бизнесмен, конечно.

— Почему «конечно»?

— Потому что деньги есть только у чиновников и бизнесменов. Чиновники убогие. Значит, бизнесмен.

— Странно ты рассуждаешь, — пожала плечами мама. — Как будто бы...

— Я знаю. Не в деньгах счастье. Но в моей ситуации — в них. Во всяком случае, не в последнюю очередь в них.

— Какая уж такая у тебя особая ситуация? Ты неплохо зарабатываешь. А если бы работала по специальности, то зарабатывала бы еще лучше.

Маму почему-то удручало, что Белка не использует по назначению полученные в вузе знания. И сколько она ни объясняла, что считает их не знаниями, а сомнительными домыслами, переубедить маму ей не удалось.

— Ма, — сказала она, — в зарабатывании денег надо делать перерывы, иначе от скуки умрешь. Вот у меня сейчас как раз перерыв.

— Ты бросила работу? — насторожилась мама.

— Нет, — улыбнулась Белка. — Я перестала думать о деньгах.

Это была чистая правда. Кирилл дал ей такую возможность, причем очень непринужденно: подарил в один прекрасный день банковскую карту со словами, что не умеет выбирать подарки и у нее самой это гораздо лучше получится. На карте Белка обнаружила приятную сумму и сделала себе подарок немедленно — погасила кредит, который давно ее раздражал. Через месяц телефон сообщил ей о пополнении счета, и она не стала с ним это обсуждать — не с телефоном, а с Кириллом, — только в очередной раз порадовалась, что ее любовник ведет себя таким правильным образом.

— Мне все это не очень понятно, Белочка, — вздохнула мама. — Но я тебе своего мнения не навязываю, — поспешно добавила она. — Мы жили в другое время.

«Неужели я в пятьдесят лет тоже буду говорить о себе «жили»? — подумала Белка. — Не дай бог!».

— Через три дня вернусь, — сказала она. — Кальций не забывай принимать.

Чемодан она к этой поездке тоже купила новый. Он катился на четырех колесиках легко, будто вальсировал, везти его по улице было так приятно, что Белка даже такси вызывать не стала — решила прогуляться.

Осень в этом году вышла долгая и сухая, к концу октября еще не облетели листья. По бульварам, пронизанным двойным золотом, листьев и фонарей, Белка шла от метро к Дому со львами.

Да, Москва была так хороша, что поездка в Венецию выглядела не возможностью вырваться из нее, а просто переменой, и не участи, а лишь обстановки.

И когда Белка шла по этим насквозь живым бульварам, то думала: как глупо считать, будто она не знает, что такое любовь. Знает, знает — вот к этому городу, в котором то трудно, то беспечно, но всегда цельно и полно идет ее жизнь.

У Никитских ворот она зашла во французскую кондитерскую, купила десяток маленьких пирожных-птифуров. Раз уж повезло тебе иметь хороший обмен веществ и не толстеть даже от самой калорийной еды, то глупо ведь не получать от этого удовольствие.

Окна квартиры были еще темны. Вообще-то Кирилл обещал, что приедет пораньше, но бизнес есть бизнес, не все предусмотришь.

За то время, что длилась ее связь с Кириллом, Белка стала получать от обновленного Дома со львами немалое удовольствие. Оно охватывало ее сразу же, как только она входила в подъезд, украшенный ухоженными живыми цветами, а потом в бесшумный, блестящий металлом лифт, а потом в чистую — раз в неделю приходила нанятая Кириллом уборщица — квартиру, где всегда стоял легкий запах кофе.

Белка специально купила в магазине на Мясницкой самый ароматный сорт и оставляла немного свежесмолотого кофе на блюдечке в кухне, и сейчас она почувствовала его запах в темноте, как только вошла в прихожую.

Свет вспыхнул так резко, что она не сразу даже осознала, что это произошло без ее усилия.

«Любит он сюрпризы!» — мелькнуло у нее в голове.

Но вместо Кирилла, к которому относилась эта мысль, перед Белкой предстал совсем другой человек.

— Прилетела птичка в гнездышко... — зловещим тоном произнесла мадам Мазурицкая. — А самца-то нету!

Белка и представить не могла, что Ленка способна произнести такие дурацкие слова, к тому же бабским базарным тоном. Она даже решила на какую-то секунду, что, может, это и не Ленка встречает ее в прихожей, может, это ей просто почудилось из-за неожиданно вспыхнувшего света.

Но нет, конечно, не почудилось — именно начальница предстала перед нею, и если было что-то незнакомое в ее виде, то лишь выражение лица.

На лице ее застыла такая неукротимая злость, которую даже при Ленкиной природной и нескрываемой стервозности Белке все-таки видеть не приходилось.

Таким мощным был этот направленный на Белку злобный поток, что она чуть не захлебнулась в нем, как в самом настоящем водном потоке.

— Что молчишь? — с той же протяжной интонацией проговорила Ленка. И вдруг взвизгнула: — Не видать тебе больше полюбовничка! И сама сдохнешь!

Визг был такой пронзительный, что Белка чуть уши не зажала. И не сделала этого только потому, что Ленка вдруг бросилась на нее. Да не бросилась даже, а прямо-таки катапультировалась — с бешеной, неостановимой энергией ненависти. Свихнулась, точно!

Белка отпрянула, ударилась спиной о входную дверь и швырнула в Мазурицкую коробкой с птифурами. На лету коробка открылась, одно пирожное почему-то осталось у Белки в руках, остальные брызнули в Ленку. Но это, конечно, не могло ее остановить — с искаженным лицом, с кремовой блямбой на лбу она подлетела к Белке.

«Вот когда «ежик» пригодился! — мгновенно подумала та. — Хоть волосы не выдерет».

Она выставила перед собой руки, но это помогло не больше, чем бросок пирожными. И «ежик» тоже не помог — Мазурицкая вцепилась ей не в волосы, а в уши. Она рвала их в стороны, а оскаленным ртом тянулась к Белкиному горлу. Как вампир! Это было бы даже смешно, если бы боль в разрываемых ушах не оказалась такой сильной и если бы мадам не дотянулась все же до Белкиного горла и не впилась в него зубами так, как никакому вампиру не снилось. И ничего невозможно было сделать, ничего! У Белки просто не хватало сил, чтобы справиться с обезумевшей бабой.

Одно было хорошо: от всего этого ей стало так страшно, так как-то нутряно страшно, что силы ее удвоились, несмотря даже не адскую боль. А может, благодаря этой боли. Она схватила Ленку за плечи и молча, чтобы не растрачивать свои спасительные силы попусту, отшвырнула ее от себя. При этом боль в шее стала, правда, еще острее, потому что Ленка рванула ее зубами, но зато от Белкиного швырка она отлетела к противоположной стенке и грохнулась на пол.

— Дура! — воскликнула Белка.

То есть это ей показалось, что воскликнула, а услышала она только невнятный хрип.

Но выжимать из себя что-либо более внятное она не собиралась. Дрожащими, перемазанными кремом руками Белка повернула дверную ручку, вывалилась на лестницу и, забыв про лифт, помчалась по ступенькам вниз. Шея горела, уши тоже, слезы лились по лицу, но она не чувствовала, что плачет, просто все у нее внутри тряслось. Теперь уже не от страха и даже не от боли, а от ошеломляющего унижения, которое оказалось сильнее, чем боль и страх.

Белка пробежала несколько лестничных пролетов, когда наверху с грохотом открылась дверь и раздался Ленкин голос.

— Не получишь!.. — орала она. — Падла!.. Убью!.. Все равно тебя достану!

Она орала так хрипло, как будто только что чуть не перегрызла не Белкино, а свое собственное горло. Невыносим был этот крик, доносившийся словно с другой планеты, на которой человек человеку дикий зверь.

Что-то загремело по ступенькам. Наверное, какая-нибудь щетка для обуви, хотя Белка не удивилась бы, если бы Мазурицкая метнула в нее молнию. Но разбираться в этом было уже ни к чему — Белка распахнула дверь подъезда и вылетела на улицу.

«С ума сошла, с ума сошла!..» — билось у нее в голове, пока бежала по Малой Молчановке.

Хорошо, что уже стемнело, по крайней мере, от нее не шарахались прохожие. Уши и горло горели так, что нетрудно было представить, как они выглядят. Да еще голова, наверное, расцарапана; Белка вспомнила, что сначала мадам пыталась вцепиться ей в волосы.

«Уже хоть что-то осознаю. Хорошо», — подумала она, заметив, что ее мысли приобретают связный характер.

Она остановилась. Вокруг было тихо. Свет в окнах ближних домов был жилой, домашний. Новый Арбат гудел в отдалении. Белка огляделась и поняла, что попала в Николопесковский переулок. Да, способность смотреть на мир здравыми глазами к ней вернулась. Но может и зря — от здравого взгляда ее охватил ужас.

Как такое может быть, как?! Она могла предположить, что Ленка прознает о наличии у супруга любовницы, могла представить, что закатит ей скандал, уволит с работы... Но что вопьется зубами в горло, этого и вообще представить было невозможно, и тем более по отношению к Мазурицкой.

Белка не раз слышала, как начальница разговаривает с мужем по телефону, однажды видела это воочию. Каждый раз тон был будничный, иногда даже раздраженный, и уж точно не слышалось в Ленкином голосе такой страстной любви, которая способна довести до безумия.

Никогда с Белкой такого не бывало. Никогда. С ней просто не могло такого быть! Она выстроила свою жизнь так, чтобы всегда находиться среди доброжелательных, открытых людей, она сознательно выбрала именно их мир из множества разнообразных московских миров, и пусть эти люди тщательно охраняли необременительность своих отношений, пусть отношения между ними были даже и поверхностными, но в кошмарном сне невозможно было увидать, чтобы кто-нибудь из этих людей попытался оторвать другому уши или перегрызть горло.

Тут Белка почувствовала, что горло уже не просто ноет, а пульсирует до ярких вспышек в глазах, и огонь в ушах не утихает, а становится таким сильным, словно их и правда подожгли. Вместе с усилением боли усилилось и осознание того, что вот она стоит посреди улицы одна, раздавленная и униженная, что чемодан остался в прихожей чужой квартиры, что вид у нее наверняка ужасный и явиться домой в таком виде невозможно, потому что произошедшего не объяснить маме, и непонятно, что теперь делать. Ни вообще — непонятно, что делать после такого унижения, — ни в частности сейчас, на ночь глядя.

Друзей у Белки было немало. Если бы она, например, сломала ногу, то без долгих размышлений попросила бы таксиста отвезти ее к любому из них. Но явиться опять же к любому с распухшими ушами и следами зубов на горле, понимая, что на следующий день все знакомые будут обсуждать это во всех социальных сетях, пусть даже и сочувственно обсуждать... Нет, этого ей совсем не хотелось.

По счастью, в прихожей остался только чемодан — ремень сумки Белка перекинула через плечо таким образом, что та с плеча не свалилась и даже не открылась во время безумной драки. Это была особенная английская сумочка с цветочными принтами, Белка купила ее в Лондоне, у нее имелся индивидуальный номер и единственным ее недостатком являлось то, что ей не было износу, спустя сто лет она выглядела бы точно так же, как в день покупки, а теперь ведь это не нужно, никто ведь не пользуется теперь вещами по сто лет кряду...

«О чем я думаю? — одернула себя Белка. — Ум за разум зашел. Сумка цела, и ладно, хоть паспорт не придется потом у бешеной мадам выцарапывать, и деньги при мне».

Мысль о наличии денег как-то ее успокоила. Все-таки чистую правду она сказала маме: в ее ситуации, особенно вот в этой, сложившейся в последние полчаса, деньги имели решающее значение.

Где можно поблизости отыскать гостиницу, она, конечно, не знала: у нее никогда не возникало необходимости это знать. Но такие знания приобретались, по счастью, легко. Достав из уцелевшей сумки уцелевший айфон, Белка почувствовала себя еще спокойнее. Все-таки мир, который она для себя выбрала, любимый ею легкий и светлый московский мир, стоял незыблемо, как башни Нового Арбата, и она сейчас же в него вернется и позабудет все, что с ней только что случилось, как страшный сон!

Глава 12

Хостел в Столешниковом переулке был маленький, чистенький и уютный. Правда, цена у него была такая, что не хостелу, а пятизвездному отелю впору, но и то сказать, не Лондон же, недорогой гостиницы из разряда «бэд энд брекфест» в центре Москвы ожидать не приходится. Белка уж и тому была рада, что на оплату этого, с позволения сказать, молодежного пристанища хватило денег на подаренной Кириллом карте. Она с каким-то самоиздевательским удовольствием высадила все средства с этой карты на то, чтобы провести три дня в двух шагах от Кремля.

И все эти дни не оставляло ее ощущение, что она находится в странном, искаженном мире. Почему, понять было нетрудно: когда в родном городе ни с того ни с сего оказываешься в гостинице, ощущение нереальности от этого даже большее, чем от опухшей шеи и исцарапанных ушей, которые каждое утро являются тебе в зеркале.

Из гостиницы она почти не выходила. Не столько потому, что не хотелось пугать прохожих своим видом, сколько от абсолютного нежелания видеть людей, даже незнакомых. Едой довольствовалась той, которую купила по дороге в гостиницу. Тогда она взяла, что на глаза попалось в киоске, не понимая даже, что именно покупает. Это и сейчас не имело для нее значения.

С того вечера, когда Белка получила ключ от номера и заперла за собой дверь, внешний мир она видела только за окном, да и то старалась пореже раздвигать занавески.

Время от времени звонил ее телефон, но номер Кирилла не высвечивался, а говорить с кем-то еще она не хотела. Собственно, она и с Кириллом говорить сейчас не хотела, для разговоров с ним ей надо было, самое малое, прийти в себя. Но с ним она поговорила бы все-таки, хоть выяснила бы, что произошло. Да и чемодан забрать из Дома со львами не помешало бы, если, конечно, фурия не размолотила его в прах и не развеяла этот прах по ветру.

Но звонка от Кирилла не было, а самой ему звонить Белка не считала возможным. Это он пусть объяснит, что случилось с его благоверной, пусть предложит, что делать, прощения пусть попросит, в конце концов! Нет? Ну и черт с ним!

Так она думала, сидя с ногами на кровати в полумраке гостиничной комнаты, а потом ложилась, отворачивалась к стене и вообще переставала думать сколько-нибудь рационально, и лишь обрывки воспоминаний, почти видения носились не перед глазами ее даже, а перед мысленным взором.

«В нем не было ничего такого, что могло бы предвещать весь этот бред, — говорили ей эти видения. — Он обычный мужчина, да, может быть, немного более интересный, чем обычный, но все-таки понятный, как любой другой мужчина. Никто из них не тайна, ты ведь знаешь».

Она действительно это знала. И даже помнила, когда это стало так — помнила первого мужчину, с которым поняла, как устроен мужской мир, какие в нем действуют закономерности и как всем этим можно управлять.

Это был не первый ее мужчина, то есть не тот мальчик, с которым она классическим образом целовалась на кораблике во время выпускного бала и с которым потом, утром, когда сошли на берег, как-то очень легко, нежно и беспоследственно случилась ее первая близость. Тогда-то она и думать не думала, что это за мужской мир такой, а просто радовалась своей юности, огромной жизни впереди и тому, что жизнь эта будет счастливой.

А тот, который открыл ей глаза на все связанные с мужчинами возможности, случился у нее через год, во время первой студенческой практики. Собственно, она у него эту практику и проходила, в его психологической консультации.

Звали его Борисом, фамилию Белка не могла уже теперь вспомнить, зато отлично помнила, что он был высокий, эффектный, уверенный в себе настолько, чтобы эту уверенность ежеминутно не демонстрировать. Завидный был мужчина, что и говорить, и вообще-то должен был ей показаться загадочным, необъяснимым, недостижимым... Но не показался.

То есть сначала показался: едва придя на практику, она почувствовала к нему жгучий интерес, который можно было даже считать влюбленностью. Но почти сразу же ощутила, что точно такой же его интерес направлен на нее. И в лучах этого его направленного интереса он вдруг не то что стал ей понятен, просто она почувствовала, что может делать с ним все что хочет. Вот именно так, мгновенной вспышкой, догадкой Белка это поняла.

Она притягательна для мужчин — в этом и заключается секрет ее по отношению к ним проницательности.

Вряд ли Белка сама додумалась бы до такого сложного вывода — это он ей объяснил, руководитель ее первой практики. Как же его фамилия-то? Нет, теперь не вспомнить. Да и зачем ей вспоминать его фамилию?

— Мужчины реагируют на блеск женских глаз, — сказал Борис. — Мы ведь, малыш, существа в общем-то малоэнергетичные. Да-да, не удивляйся, у нас мало самостоятельной энергии, поэтому мы мгновенно замечаем источники, из которых можем ее черпать.

Белка не удивлялась, но слушала очень внимательно. Это тем более легко было делать, что говорить ее взрослый любовник умел, особенно о себе, и размышлял вслух очень охотно каждый раз после того, как у них случался секс.

— На тебя потому и делают стойку мужчины, — говорил он, — что сразу чувствуют в тебе вот эту восхитительную женскую энергию побуждения.

Мужчины в то время на Белку никакой стойки не делали. Нельзя же было считать мужчиной мальчика из параллельного класса, который вскоре после выпускного уехал учиться в Америку и забыл о мимолетном выпускном романе с нею, да и она забыла тоже. И вяло ухаживавший однокурсник по ее девчачьему факультету под определение мужчины как-то не подходил, и не было никаких признаков того, что он вообще где-либо ищет источники энергии. Но комплимент, пусть и незаслуженный, вот от этого взрослого мужчины был ей приятен.

— Научись пользоваться своей побуждающей энергией, — объяснял Борис и во время того разговора, и впоследствии. — Не стремись быть утилитарной. Не командуй мужикам: делайте то, не делайте это. Они подзарядятся от тебя и сами все сделают правильно, без твоих советов. Ты, главное, испытывай к ним живой интерес — и всё, можешь получать заслуженное удовольствие и от их действий, и от всяческих благ, которыми они тебя благодарно осыплют.

Все это было ново и давало ощущение какого-то необыкновенного женского будущего.

Но главное, это не оказалось обманом! Да, он не обманул ее, этот замечательный Борис, фамилии которого она не запомнила, потому что их роман закончился вместе с окончанием студенческой практики. Профессия ее обманула — именно во время той практики Белка впервые почувствовала в своих занятиях психологией что-то сомнительное, — а он не обманул нисколько. Мужчины вскоре действительно окружили ее неиссякающим сонмом, они были так многочисленны и разнообразно хороши, что у нее всегда был выбор, и от этого появилась в ее поведении беспечность по отношению к ним, которая, как она быстро поняла, позволяет им расслабиться и не опасаться, что их хотят прибрать к рукам.

Живой интерес к ним исходил от нее сам собою, естественным образом, а завоевательская опасность не исходила совсем, и это многократно усиливало мужское к ней притяжение.

И вот в таком беспечном притяжении она жила, и появление в ее жизни Кирилла было всего лишь еще одним проявлением, еще одним подтверждением этого мужского притяжения, и она получала заслуженное удовольствие и от него самого, и от благ, которыми он ее благодарно осыпал.

И какого ж черта все это закончилось вдруг таким безумием, и почему он не считает нужным хотя бы объяснить ей, что, собственно, произошло?! Так и ограничится все идиотским электронным посланием: «Убирайся! Чтобы духу твоего здесь не было!» — которое пришло ей с Ленкиного адреса?

Интересно, откуда ей предлагается убраться? Из Москвы, из страны, с лица земли? Несмотря на то что написано это было явно в умоисступлении, а потому размышлений не заслуживало, Белка все-таки задала себе эти глупые вопросы прежде чем стерла дурацкое письмо из компьютера и из своей памяти.

Она с радостью стерла бы из памяти и многое другое. Особенно ей почему-то не давало покоя воспоминание о том, как она встретилась с Кириллом возле Дома со львами. Даже не о самой по себе встрече неприятно было думать, а о своих глупых измышлениях по этому поводу. Что есть якобы какое-то предопределение во встрече возле дома, где прошло детство, что все это не может быть пустой случайностью, что во всем этом прослеживается судьба, и, значит, судьбою является в ее жизни Кирилл...

Не было во всем этом никакой судьбы. И предопределения никакого не было. Невозможно считать предопределением исцарапанные уши и судьбой своей невозможно считать человека, который позволяет своей супруге проделывать подобное.

В таких размышлениях Белка провела три дня и к концу этого срока поняла, что провести в подобном состоянии еще хотя бы час просто не может. Все-таки, как ни относись к психологическому образованию, а структурировать саморефлексию ее научили и с чего начинается депрессия, объяснили, и в депрессию она скатываться не собиралась.

К вечеру третьего дня Белка вышла на Столешников переулок, купила в ближайшем бутике дорогущий тональный крем — косметикой она пользовалась мало, а уж всяческими пудрами не пользовалась вовсе, их у нее и не было никогда, — и тщательно замазала следы Ленкиных когтей и зубов на ушах и горле. Потом позвонила маме, выяснила, когда та собирается в издательство за очередным переводом, и явилась домой именно в это время, чтобы не объяснять отсутствие чемодана после романтического путешествия в Венецию.

Для того чтобы все это проделать, ей, конечно, потребовалось взять себя в руки, охладить голову и обуздать нервы, но нельзя сказать, чтобы такое усилие было для нее сверхъестественным. Не проживешь на белом свете, если не умеешь все это с собой проделывать, Белка давно уже поняла.

И все! Забыли. Царапины на ушах поблекли, горло она закрыла воротником свитера, благо похолодало быстрее, чем в квартирах включили отопление, и думать о случившемся прекратила. Не любила она пустопорожних размышлений.

Расспросы о личной жизни, которые мама затеяла перед Белкиным несостоявшимся путешествием в Венецию, были делом исключительным, больше она их не повторяла, так что вообще ничего не мешало Белке отряхнуть с себя прах этого дурацкого происшествия.

Следовало найти новую работу, этим она и занялась.

Хвататься за первую попавшуюся Белка не хотела, да в этом и не было необходимости: европейский кризис, так напугавший ее, когда она потеряла работу в прошлый раз, благополучно растворился на российских просторах, московская жизнь бурлила, давая возможность для разнообразных видов самореализации.

Белка закинула вопрос о работе во все социальные сети, обзвонила знакомых, у которых было собственное дело — что-нибудь вроде туристического, рекламного или пиар-агентства, — повесила свое резюме на парочке нужных сайтов, в общем, сделала то, что и всякий бы сделал на ее месте.

Результат не заставил себя долго ждать — пиар-агентство прорезалось первым. Интеллигентный мужской голос сообщил, что увидел ее запрос на сайте и тут же ему как раз позвонила их общая приятельница Оля Пустынышева, которая очень ее рекомендовала, и не зайдет ли Белла завтра в конце рабочего дня на собеседование.

«Поздновато, однако, у вас рабочий день завершается», — подумала Белка, услышав, что прийти ей предлагается в восемь вечера.

Но решила все-таки сходить: должен же в поисках работы быть какой-то первый блин, пусть и комом.

Рекомендации, что надевать и чего ни в коем случае не надевать на собеседование с работодателем, Белка считала ерундой. То есть, может, они не были ерундой, но она в них не нуждалась: в ее гардеробе и так не имелось вещей, который могли бы вызвать отторжение у вменяемого городского человека. То есть у такого человека, с которым ей хотелось бы работать. Поэтому она надела что под руку попалось, джинсы и кашемировый свитерок чистого и неяркого зеленого цвета, и вышло очень мило.

Из-за чьей-то дурацкой идеи жить круглый год по летнему времени в осенней Москве вообще не осталось белого дня. Уже в подъезде ей показалось, что она отправляется куда-то в кромешную ночь. Для делового похода — необычное впечатление, ну да...

Додумать Белка не успела. Едва она взялась за дверную ручку, чтобы выйти на улицу, как почувствовала сильный рывок. Кто-то схватил ее за плечо и отбросил от двери. От неожиданности она вскрикнула, но тут же замолчала — ужас перехватил ей горло.

— Тебе что, непонятно написали? — услышала она. — Тебе ж сказали: убирайся. Чтоб духу твоего тут не было, сказали.

Кто это говорит, Белка не видела. Голос был мужской, но весь его тон был как будто вне пола, возраста и как-то... Вне человеческой сущности. От ледяной угрозы, которая слышалась не в словах даже, а вот именно в тоне, Белку и охватил ужас.

— Сказали тебе? — вопросительно повторил голос из тьмы.

Она чуть не ответила «да»; от этого ее удержал лишь горловой спазм.

— Тогда почему ты до сих пор тут?

Может, она все-таки преодолела бы этот спазм, может, произнесла бы что-нибудь в ответ, хоть возмутилась бы… Но ничего этого она сделать не успела.

Удар в лицо свалил ее с ног. Она не упала навзничь только потому, что за спиной у нее была стенка. Но лучше было бы упасть — может, тогда не последовало бы второго удара, снова по лицу, а за ним еще одного, и еще…

Белке показалось, что голова у нее раскололась. Глаза превратились в огненные шары, она не могла понять, от чего происходит боль, от ударов или от этих жгучих шаров… Одно хорошо: от боли спазм отпустил горло, и она закричала во весь голос и даже громче, чем хватало голоса.

— Кто там? — Женский возглас раздался сверху, с лестницы. — Что там?! В полицию звоню!

Сразу же залаяла собака.

— Чтоб духу твоего тут не было.

Белке показалось, теперь это звучит не рядом, а прямо внутри ее головы. Но, наверное, тот, кто ее бил, просто наклонился к самому ее уху.

Потом он смолк — и сразу же свистнул воздух, и на ее левую руку между кистью и локтем обрушился такой удар, от которого все померкло перед ее глазами, и огненные шары померкли тоже, и только собачий лай еще звучал несколько секунд, приближаясь, но потом исчез и он.

Глава 13

— Повезло тебе. Даже нос не сломали. Синяки сойдут, опять красавица будешь.

«Почему он говорит «опять»? — подумала Белка. — Он же меня без синяков не видел».

Подумала вяло, как будто не о себе. Такой равнодушный образ мыслей был спасительной, спасающей реакцией ее организма, это она понимала.

С той минуты, когда она пришла в сознание и под причитания соседки, под лай ее овчарки попыталась встать, но не смогла, внутри у нее поселился такой страх, с которым невозможно было жить.

И потом, уже в больнице, куда ее отвезла «Скорая», страх этот не только не прошел, но наоборот, раздулся у нее внутри как жаба, заполнил ее всю — и живот, и сердце, и голову с сотрясенным мозгом.

Как жить с этим страхом, Белка не понимала.

Днем и ночью мерещился ей жуткий голос, произносящий: «Чтоб духу твоего не было».

Он не оставлял ее ни на минуту, как боль в сломанной руке, и даже назойливее боли, она-то проходила от вечернего укола, а страх не проходил, потому что стал Белкиной частью. Нет, не частью — сутью ее стал. Он не давал ей уснуть ночью, а если все-таки удавалось нырнуть в сон, то утром, стоило открыть глаза, страх возвращался снова, и ее бросало в холодный пот, и всю ее прошибала даже не дрожь, а судорога.

Невозможно было жить с этим страхом. И некуда было его девать, так сросся, слипся он с ее жизнью.

— Чем тебя все-таки по руке саданули, не вспомнила? — спросил палатный врач Анатолий Геннадьевич. — Хотя вообще-то понятно, прутом железным, скорее всего.

Он пришел с утренним обходом и осматривал Белкину загипсованную руку.

— Чурки, точно, — сказала соседка на койке справа.

— Жизни не стало от хачей, из дому выйти нельзя, — сразу же откликнулась соседка слева. — Куму мою полгода назад тоже вот так вот огрели. Поймали его потом — таджик с аула, на дозу не хватало, он и пошел баб убивать. Им чего? Сами не люди, и нас за людей не считают.

Прежде Белка с ума бы сошла от таких разговоров, которые приходилось слушать целыми днями. Теперь ей было все равно: страх оказался сильнее, чем неприятие глупости человеческой.

— Выпишите меня домой, Анатолий Геннадьевич, — сказала она.

И сразу же пожалела о своих словах. Здесь все-таки больница, люди кругом, а дома что она будет делать? Думать, куда ей исчезнуть с лица земли?

— Через неделю выпишу, — ответил врач. — Голова ведь болит? Болит. Вот и пусть сотрясение пройдет. Торопиться некуда. Мозги-то у тебя не казенные, пригодятся еще.

Белка совсем не была уверена, что ей пригодятся мозги. Она не радовалась, что начали сходить синяки и отеки на лице. Это не вызывало у нее и отчаяния. Страх распоряжался всей ее жизнью, и вся она состояла теперь только из страха.

Врач ушел, соседки зашуршали какими-то свертками, принялись что-то есть, о чем-то заговорили. Белка сползла с кровати и побрела в коридор.

Вообще-то она старалась не выходить из палаты. Все от того же страха, конечно. Ей казалось, что человек, лишь по случайности ее не убивший, настигнет ее сразу же, как только она окажется на сколько-нибудь открытом пространстве, даже таком относительно открытом, как больничный коридор.

Она и сейчас никуда бы не вышла, но ее бросило в пот. Холодный, отвратительный, он покрыл всю ее спину, крупными каплями пополз по лбу, по шее... Открывать окно соседки позволяли только когда выходили из палаты, а сейчас они явно никуда не собирались.

Белка прошла в самый конец коридора, остановилась у окна, уперлась лбом в стекло. От его холода стало полегче, по крайней мере, со лба пот испарился. Хорошо бы, чтоб кто-нибудь выплеснул ей на спину ведро холодной воды.

— Белла...

Она дернулась так, что едва не разбила лбом стекло. В голове сразу же вспыхнула боль, все-таки не прошло еще сотрясение.

— Белла, — повторил Кирилл, — извини, что я не пришел раньше.

Да, именно он стоял перед нею. Белка узнала его не по голосу, а только когда обернулась к нему наконец.

Голос у него переменился. Так переменился когда-то голос бабушки после того как она вставила искусственную челюсть; какие-то пришлепывающие интонации у нее тогда появились.

Вот и у него сейчас губы пришлепывали, как будто он старался говорить быстрее, чем был способен.

— Я не мог прийти, — с этим торопливым губным пришлепыванием проговорил он. — Я объясню тебе, почему не мог.

— А больше ты мне ничего не хочешь объяснить? — глядя в его убегающие глаза, спросила Белка.

— Хочу... Должен, — поправился он. — Да, давно должен. То есть я с самого начала должен был понимать, что может этим кончиться. Но я надеялся...

Что он должен был понимать, да еще с самого начала, Белке как раз было совершенно непонятно. И из-за этих его шлепающих губ, и из-за убегающего взгляда смысл его слов для нее не прояснялся.

— Я не буду тебе называть ее девичью фамилию, — сказал Кирилл.

Этого Белка уже просто не выдержала.

— Да какое мне дело до ее фамилии! — воскликнула она. — Какое мне вообще дело до твоей жены?! Да мне и до тебя-то теперь никакого дела нет! Пропадите вы пропадом оба, раз так! Нашлись святые!

Она выкрикивала все это, может, и не слишком связно, но отчетливо — бросала ему в лицо.

— Я не хочу называть ее девичью фамилию, — повторил он.

Теперь Белка посмотрела на него с недоумением. А ведь хорошо, что он пришел! Его появление каким-то непонятным образом вырвало ее из страха, в который она была погружена. Да, именно так, он выдернул ее из страха, как морковку из грядки, и его слова про девичью фамилию супруги, бессмысленные, совершенно неуместные слова подействовали на Белку как то самое ведро холодной воды, о котором она только что мечтала.

— При чем здесь ее девичья фамилия? — вздохнув, спросила она.

И с удовольствием услышала при этом, что голос ее звучит уже почти спокойно.

— При том, что ее отец... В общем, он человек очень высокого ранга. С самого верха человек. Больше я ничего тебе сказать о нем не могу. Тебе просто спокойнее будет о нем не знать.

— Я о нем и не знала, — усмехнулась Белка. — Но мне это не помогло, если ты заметил.

— Заметил...

Кирилл вздохнул и отвел взгляд еще дальше от Белкиных глаз. Прямо-таки искривил он траекторию своего взгляда. Вопреки законам физики.

— Мне страшно и стыдно видеть твое лицо, — словно подслушав ее мысли, пробормотал он. — Синяки эти...

Надо же, какие мы чувствительные! Эстетически и этически.

— Тогда зачем сейчас пришел? — хмыкнула Белка. — Дождался бы, пока я снова стану прелестная. Тогда бы и с предложениями дальнейшей любви подкатывался.

— Я тебя действительно полюбил, Белла, — тихо произнес он. — Ты зря иронизируешь. Хотя, конечно, после всего этого... Имеешь право.

— Нашелся правозащитник!

— Я не должен был втягивать тебя в свою жизнь, — не обращая внимания на ее иронию, сказал он. — В дурацкую мою, ненормальную жизнь... Как ты думаешь, почему у меня не было любовницы?

— Очень мне надо об этом думать! — фыркнула Белка.

Неправда, конечно. Сейчас — да, ей не до этого, но раньше ведь она об этом думала, так и не определила причину.

— Ты не могла этого не заметить. С твоей-то наблюдательностью, с твоим пониманием психологии... Я просто не решался на это.

— На что? — не поняла Белка.

— На сколько-нибудь прочные связи. При одной мысли, что она может об этом узнать... Елена, Елена, — объяснил он, заметив Белкин недоумевающий взгляд. — Она воспринимает меня как свою собственность.

— Все жены воспринимают мужей как свою собственность, — пожала плечами Белка. — Не понимаю, почему ты говоришь об этом таким трагическим тоном.

Она в самом деле этого не понимала. Ну да, она никакого мужчину как свою собственность воспринимать не хотела и еще менее хотела, чтобы какой бы то ни было мужчина как собственность воспринимал ее, потому и замуж не собиралась. Но то она, а все другие женщины, во всяком случае замужние, относятся к своим мужьям ровно так — как к законной собственности. Это что, великая новость для него?

— У нее даже не ревность, — сказал Кирилл. — Будь ревность, я бы понял. Но у нее другое... Она так привыкла с детства, так воспитана, понимаешь? Что хочу, то мое. Кто попытается возражать, того стереть с лица земли.

Белка вздрогнула при этих словах. Притихший было страх снова зашевелился у нее внутри.

— У них так принято, — сказал Кирилл. — Кто нас обидит, три дня не проживет.

— Да у кого «у них»? — воскликнула она.

— У этих... Я их даже людьми не могу назвать. По телевизору каждый вечер показывают, как они в Кремле суетятся. Посмотри ты на них — мертвые лица. Ничего живого в глазах!

Только теперь Белка наконец сообразила, о ком он говорит. То есть Ленкин папаша, выходит, какой-то высокий кремлевский чин?

— Он случайно не президент, тесть твой? — поинтересовалась она.

— Если судить по влиянию — иногда я думаю, он-то настоящий президент и есть. Во всяком случае, он и ему подобные. Коллективный президент.

Чем дольше он говорил, тем сильнее разрастался у нее внутри холодок страха.

Все относящееся к власти находилось в слепом пятне ее сознания. Все это не имело ни малейшего отношения к ее жизни. Даже когда политика сделалась модной и многие ее знакомые ходили простестовать на Болотную площадь, или куда они там еще ходили, Белка этому модному направлению не последовала. И правильно сделала — оно вскоре вышло из моды так же, как выходили из моды все подобные занятия. Как входили, точно так и выходили. Как в мультике про Винни-Пуха и ослика Иа — шарик входит, шарик выходит... То на роликах все катались, а то стали кататься на велосипедах, мода переменилась, ничего больше.

Впрочем, мода на политику с самого начала вызывала у Белки отторжение. И тоже вышло, что она оказалась права. Ну надо же быть полным идиотом, чтобы ходить на какие-то митинги, где людей бьют дубинками и ни за что бросают в тюрьму! То есть, может быть, кто-то желает посвятить всю свою жизнь тому, чтобы выяснять отношения с государством. Вот тот пусть и ходит. А она этого точно никогда не желала, у нее пожелание к государству всегда было только одно: чтобы оно не вмешивалось в ее жизнь. Оно и не вмешивалось — ему плевать было на какую-то Белку, оно ни в чем ей не помогало, но и слава богу, и не надо ей от него никакой помощи, сама со своими проблемами справится.

И вдруг, вот сейчас, здесь, у холодного больничного подоконника, она поняла, что эта посторонняя махина не то что вмешалась в ее жизнь — что она, Белка, находится в точке ее пристального внимания и в полной ее власти. И раздавит ее эта махина как хлебную крошку, и произойдет это не по ее, Белкиной, вине и даже не по какой-нибудь государственной необходимости, а лишь по воле вздорной бабы... Но как такое может быть?!

Это было сродни удару кулаком в лицо или железным прутом по руке. Белка хотела что-то сказать, но не могла произнести ни слова: губы онемели.

— Мы с ней в одном классе учились, — не дождавшись ее ответа, сказал Кирилл. — В Сибири, не здесь. У нее отец в обкоме работал, у меня родители вообще развелись. Но она в меня влюбилась. То есть это ей казалось, что она влюбилась, а на самом деле так... Как она умеет. Хочу — возьму. Родители с нее пылинки сдували, они бы ей, наверное, и так-то слова не сказали, а тут еще у нее со здоровьем что-то началось в выпускном классе, что-то по женской части, и врачи им осторожненько намекнули, мол, надо бы девочке половую жизнь начать, сразу выздоровеет. — Нелегко ему было об этом говорить. Как ни мало Белка думала сейчас о его чувствах, но даже она это поняла. Кадык у него судорожно дернулся. Он замолчал. Но потом все-таки продолжил: — Я для этой цели подходил — лучше некуда. Здоровый, непьющий, а главное, никого за мной, в любую минуту мне ногой под зад. Но я об этом тогда не думал, все меня устраивало. Поди плохо! Парни в этом возрасте каждые полчаса совокупляться готовы, только и смотрят, какая бы девка дала, а тут сама на шею вешается, в постель тянет. Она жениться потребовала — свадьбу ей хотелось, как я сейчас понимаю, фату, куклу на машине, ну, всем же девчонкам хочется...

— Мне не хочется, — перебила его Белка. — И никогда не хотелось.

Ей хотелось его перебить — хотелось, чтобы он на минуту вырвался из плена тех чувств, которые вели его рассказ. Она сама не заметила, как появилась у нее жалость к нему. В соединении со страхом это было невыносимо.

— Ты необычная. — Кирилл отдышался и быстро вытер лоб ладонью. — Я потому с тобой сразу... Ты меня поразила. Ты ведь это и сама заметила, я знаю. А она... Она даже не столько на моем жеребячестве возрастном сыграла, сколько на тщеславии. Как же — кто был ничем, тот станет всем, обкомовским зятем! Ну и стал... Потом времена вроде бы переменились, но именно вроде бы — папаша ее при полной силе остался, как и все его коллеги. Всего я тебе рассказывать не буду. Стыдно это, Белла, стыдно и противно вспоминать. Только лет в тридцать я очнулся. Выяснилось, что детей у нее быть не может. И не то чтобы я такой уж чадолюбивый был, но почему-то меня это уязвило. Я уже к тому времени и так-то с трудом ее характер выносил, а тут еще это... Давай, говорю, разведемся. Вот тут она мне все и высказала. Что мадам Брошкиной она быть не собирается и разлучит нас с ней поэтому, как в сказке, только смерть. Естественно, моя, потому что сама она умирать не намерена, могу даже не надеяться, а если я себе бабу заведу, то она ее уничтожит. Я, конечно, в эти ее выкрики не поверил, не такая уж я тряпка, как ты сейчас, наверное, думаешь.

Он посмотрел на Белку вопросительно. Она молчала. Ничего она сейчас не думала, только слушала эту дикую историю.

— И что? — все-таки спросила она.

— И ушел. А следующий год провел частично в больнице — веселые ребята меня вечерком на улице встретили, частично на нарах — вдруг выяснилось, что я налоги недоплатил, да и вообще бизнес у меня сомнительный и прикрыть его в любую минуту можно. А тюрьма, Белла, она любого... В общем, вышел я оттуда верным супругом. Потом, правда, еще кое-какие телодвижения пытался совершать. За границу сбежать, к примеру. Но это они очень просто пресекли, для них границ нет. И всё. Последние десять лет и бизнес у меня процветал, и с супругой я жил — обзавидуешься. Пока тебя не встретил.

— Лучше бы не встретил! — вырвалось у Белки.

К страху и жалости добавились у нее в душе презрение и ярость. К нему, к нему! Да прекрасно же он понимал, чем дело кончится, прямым текстом ему сказали, что бабу его уничтожат, на личном опыте убедился, что шуток не будет. Так какое право он имел ее не спрося во все это втягивать?! Кто ему дал право считать, будто она его так беззаветно любит, что на все ради него пойдет?

— Ты слишком высокого о себе мнения, — еле сдерживаясь, процедила Белка.

— Почему? — не понял он.

— А сам не понимаешь?

— Понимаю...

— И что мне теперь предлагаешь делать?

Именно это интересовало ее в первую очередь. И во вторую тоже. И в третью. Только это ее теперь интересовало, а не достоевские страсти в его благородном семействе.

— Тебе надо уехать, — сказал Кирилл.

— Интересно, куда? В Венецию? — съязвила она.

Кирилл ее язвительности не расслышал. Или не обратил на нее внимания.

— Было бы хорошо, — кивнул он. — Но я не уверен, что удастся.

— Это почему еще? — не поняла Белка.

— Белла, еще раз: надо понимать возможности этих людей. Если она действительно решила тебя уничтожить, то за границу она тебе выехать не даст.

Смысл его слов был так ужасен, что Белка даже не обратила внимания на проскользнувшие в его голосе назидательные интонации, которые в другой ситуации, конечно, пресекла бы немедленно.

— Решила меня... — пробормотала она.

И поперхнулась окончанием фразы.

— Я не могу с уверенностью сказать, что это именно так, — поспешно произнес Кирилл. — Она сейчас в безумном состоянии, даже в клинику согласилась лечь. Так что пока не понятно, что она в дальнейшем предпримет. Но я не исключаю, что у пограничников на тебя стоит какой-нибудь сторожок и за границу ты выехать не сможешь.

Белка не верила своим ушам. Какой еще сторожок? Какое отношение она имеет ко всему этому, причем она к миру, в котором подобное возможно?!

— Это счастье, что она легла в клинику, — сказал Кирилл. — Только поэтому я смог наконец к тебе прийти. Айфон пришлось на работе оставить, — невесело усмехнулся он. — Через него мои перемещения отслеживают.

— А без него не отслеживают? — зло спросила Белка.

— Я вышел из офиса через окно туалета. И через него же вернусь обратно.

Она слушала и не верила своим ушам, своему мозгу. Неужели в простой человеческой жизни возможен такой шпионский триллер, и из-за чего, из-за обычного романчика на стороне, заведенного на третьем десятке супружеской жизни?

— Она всегда такая была, — сказал Кирилл. — Я же тебе объяснил: они так воспитывают своих детей. А у нее еще и гормональные проблемы. С возрастом усугубились.

— У нее, я так поняла, в любом возрасте проблемы одни и те же, — поморщилась Белка. — И что теперь, я до конца своих дней должна в подполье уйти?

— Это кончится, — сказал Кирилл.

Голос его прозвучал так, что Белка посмотрела на него с удивлением. Она хотела спросить, чем это кончится, но не стала спрашивать. Ей показалось, что в глазах его мелькнуло безумие. Лучше не знать о планах этих людей! В том, что за долгие годы Кирилл сделался частью этого жуткого мира, у нее сомнений не было. По своей воле или в самом деле, как он говорит, под давлением неодолимых обстоятельств, это уже не имеет значения, тем более для нее. Она должна из всего этого вырваться, вот что сейчас главное.

— Тебе лучше уехать поскорее, — сказал Кирилл.

Белка уверилась в своей догадке о том, что благодаря напряженной супружеской жизни он научился читать женские мысли.

— Поскорее — это когда? — спросила она.

— Лучше сегодня. И лучше прямо отсюда, не заезжая домой. Она вчера легла в клинику, пока под капельницами в искусственном сне, выключена из процесса. А что она предпримет, когда вернется, неизвестно. А я... Я тебя люблю, Белла. — Его голос дрогнул. Наверное, не стоило сомневаться в искренности его признания. Но ей уже было на его искренность наплевать. — После того, как... все это случилось, я каждую нашу минуту вспоминаю. Днем, ночью — как сомнамбула. У меня все перед глазами стоит, до мелочей. Как мы с тобой фильм под звездами смотрели, как в Марокко ездили, как ты чай в винных бокалах подала, помнишь, когда старушка та приходила... Все я помню, Белла! Каждый твой шаг.

Она слушала рассеянно. Вся эта лирика не имела значения по сравнению с переменами, которые ей предстояли. А они предстояли точно, от этого уже невозможно было отворачиваться после всего, что он ей сообщил.

«Маме придется все рассказать, — краем уха слушая Кирилловы излияния, думала Белка. — Ну, не все, но многое. Может, и ее с собой увезти? Но куда, куда?.. Во всяком случае, надо ее предупредить, чтобы в случае чего знала, что про меня говорить. Пусть скажет, что я с каким-то мужчиной куда-то уехала! Да, это будет правильнее всего. Кирилл-то вот он, у супруги на глазах, а я, значит, с другим уехала, про меня можно забыть. Они и забудут. Забудут. Не может быть иначе!».

Она чуть не проговорила это вслух для убедительности. Она, как за соломинку, хваталась за эти соображения. Иначе — что? Иначе — как?

— О деньгах не думай, — сказал Кирилл. — Об этом я позабочусь.

— Ой, вот только давай без пафоса, — поморщилась Белка. — Деньги я у тебя и так возьму, можешь не сомневаться. В качестве моральной компенсации. И материальной, кстати, тоже. Как мне теперь работать, где? Ладно! — вздохнула она. — Иди ты уже отсюда, а? У меня еще, между прочим, сотрясение не прошло и от твоей информации голова разболелась. А мне подумать надо. Составить план дальнейшей жизни, — усмехнулась она.

— Это кончится, — все с той же — с безуминкой — интонацией произнес Кирилл. — Я это кончу. И тебя найду.

— Не надо! — поспешно воскликнула Белка.

— Я тебя люблю. Ты лучшее, что есть в моей жизни. Единственное, что в моей жизни есть жизнь.

— Тебе пора, — напомнила она. — А то в туалете окно закроют.

Она видела, что Кирилл хочет ее поцеловать. Дрогнули его красивые изогнутые губы, дрогнули руки на краю подоконника рядом с ее руками... Белка шагнула в сторону от окна и повернулась, чтобы идти в палату.

— Не забывай меня, — произнес Кирилл у нее за спиной.

«Рада бы, да не забудется», — подумала она.

Часть II

Глава 1

— А я вот, поверите, когда еще даже не к Кирову, только к Котельничу на поезде подъезжаю, уже сердце биться начинает. Быстро так, чисто птица... Родина есть родина, что тут скажешь.

Белка так устала, что слушала разговорчивого таксиста краем уха. Котельнич, о котором он говорил, запомнился ей лишь тем, что там она сделала последнюю пересадку. После путешествия от Москвы до Кирова на перекладных поездах и даже электричках слово «родина» вызывало у нее содрогание.

Маршрут пришлось составлять по настенной карте, которую она обнаружила на Ярославском вокзале. Айфон, воспользоваться которым было бы для этого естественно, Белка сообразила отдать маме, причем в последнюю минуту сообразила, уже прощаясь в больничном дворе — вспомнила, как Кирилл упомянул, что через айфон отслеживаются все его перемещения, и решила не рисковать.

И выехав таким вот образом из Москвы, сразу же погрузилась в доисторическое время, точнее, в полное безвременье.

То, что она все же добралась наконец до города Кирова, ничуть не прибавило ей оптимизма.

Мысль об этом городе пришла ей в голову точно таким же путем, каким пришла мысль не брать с собой айфон. Вернувшись в палату, Белка стала последовательно перебирать в уме все, что говорил ей Кирилл. Вспоминались все мелочи, в том числе и бокалы с чаем — тут и выплыла на поверхность взбудораженного сознания Зинаида Тихоновна.

Но вряд ли само по себе это воспоминание повлияло бы на ее решение ехать в незнакомый город по приглашению незнакомого человека. Мало ли какие случайные тени мелькают в памяти! Дело было в другом...

Перебирая в голове города и веси, которые могли бы ее приютить, Белка поняла, что кроме мамы у нее нет на всем белом свете ни одного родного человека. То есть она и раньше это, конечно, знала, но как-то не обдумывала.

Когда, пораженная этим неожиданным осознанием очевидного, Белка спросила о родственниках у мамы, срочно приехавшей по ее звонку в больницу, та ответила:

— Мама моя, бабушка твоя Тая, о родне вспоминать даже не любила, не то что общения искать. Она ведь девчонкой из Владимирской области в Москву пешком пришла и больше в тех местах никогда не бывала. Даже я ничего про ее детство не знаю, но что она его отринула, знаю точно.

«Ломоносов практически!» — подумала Белка.

Она и сама не понимала, чего больше в этой мысли, злости или горечи.

Итак, бабушка не зналась со своими родными в силу каких-то неведомых причин. Мамино существование тоже не предполагало поисков давно потерянной родни. Все мамины подруги жили в Москве, как и подруги Белкины, так что в качестве ориентира для бегства не подходили. Странно было бы заявиться к ним с просьбой пожить непонятно сколько дней или месяцев — Белка все-таки надеялась, что не лет, — не выходя на улицу и не отвечая на телефонные звонки.

И вот в ту минуту, когда она все это осознала, идея уехать в город Киров не показалась ей странной.

Странным можно было считать лишь то, что бумажка с адресом Зинаиды Тихоновны Филипьевой отыскалась в сумке. Вообще-то у Белки не было сентиментальной привычки хранить ненужные мелочи вроде использованных театральных билетов или приглашений на давно прошедшие вечеринки.

— Вот вам улица Володарского, — сказал таксист. — А вот и дом.

Дом был двухэтажный, деревянный, очень старый. Окна нижнего этажа скрыты были кустами или, может, низкорослыми деревьями, Белка не разобрала. Темные, мокрые от ноябрьского дождя стены дома показались бы ей даже красивыми — во всяком случае, аутентичными, — если бы она не была охвачена усталостью и глубоким унынием.

Из-за этого уныния Белка, отпустив такси, несколько минут стояла перед калиткой в пустом оцепенении, а когда подносила к звонку руку, то даже в ней чувствовала тяжесть и тягость.

Калитка открылась. Если свое имя старушка, по счастью, записала на листочке вместе с адресом, то припомнить имя ее сына Белка не могла. Уже и то хорошо, что она его по крайней мере узнала, убедившись таким образом, что не ошиблась адресом, таблички с номером на доме не было.

— Здравствуйте, — сказала Белка. — Вы меня не помните, конечно. Зинаида Тихоновна пригласила меня к ней приехать.

В конце концов, та ведь при вот этом самом сыне ее пригласила, и адрес записывала при нем, значит, она не должна выглядеть в его глазах совсем уж конченой идиоткой.

— Я вас помню, — сказал он. — Но Зинаиды Тихоновны нет.

Жаль, что она не попросила старушку записать вместе с адресом и телефон — позвонила бы, предупредила. Но разве можно было предполагать, что это ей понадобится?

— А когда она будет? — спросила Белка.

— Она умерла, — ответил тот.

Ох ты!.. Броситься очертя голову по случайному адресу к случайному человеку — по всем Белкиным представлениям о жизни такой поступок должен быть судьбой вознагражден. Но, видно, жизнь ее переменилась теперь настолько, что все прежние представления следует забыть.

Сын Зинаиды Тихоновны смотрел на Белку теми самыми глазами, про которые в Библии написано «темна вода во облацех». Или не в Библии, неважно. Ничего нельзя было понять по его глазам.

«Интересно, такси здесь на улице останавливают или заказывать надо?» — подумала Белка.

Куда она поедет на этом такси, было ей уже даже неинтересно. Оцепенение, нарушенное известием о смерти Зинаиды Тихоновны, сменилось безразличием ко всему, в том числе к собственной участи.

Надо вернуться домой. Убьют так убьют. Да, не смелость, не решимость, а только безразличие было в этой ее мысли.

— Входите, — сказал старушкин сын.

— Зачем? — вяло отозвалась Белка.

— Дождь начался.

Вошли в калитку, обогнули дом. Сын шел впереди, с его брезентового плаща капли падали так же, как с древесных веток. Он поднялся на крыльцо, открыл дверь и пропустил в нее Белку. Она делала все, что ей предлагалось, потому что сама не могла предложить ничего.

В доме пахло щами, как в общественной столовой. За дверями, ведущими куда-то, упало что-то и раздался сначала сердитый женский крик, а потом такой же сердитый детский. Все это было так тоскливо, что глупость и бессмысленность собственного поступка стали для Белки еще более очевидны, чем в ту минуту, когда она узнала о смерти Зинаиды Тихоновны.

— Поднимайтесь наверх. Там мамина комната.

«Зачем мне в ее комнату?» — подумала Белка.

Но поднялась по скрипучей деревянной лестнице так же послушно, как выполняла все задачи, которые он для нее формулировал. А что оставалось делать?

Очередная дверь перед нею открылась, и она оказалась в комнате совсем не очередной. Очень отличалась от всего дома эта комната!

Не верилось, что в ней жила старая женщина, такой девической ясностью было все здесь отмечено. Дождевая мгла не была видна за плотными льняными светлыми занавесками. Запах щей как отрезало, хотя дверь в коридор была еще открыта.

— Располагайтесь, — сказал Белкин провожатый. — Туалет во дворе, а воду я сейчас принесу.

Он ушел. Белка присела на кресло, покрытое вязаной зеленой накидкой. Такая же накидка была на узкой кровати с блестящими металлическими шишечками. Подушки — на них накидка была не зеленая, а белая, но тоже связанная из тонких ниток — возвышались на этой кровати так, что сами собою начинали смыкаться веки. Книги, стоящие на открытых полках, излучали тишину.

Будь ее воля, Белка улеглась бы на кровать и немедленно уснула. В детстве ей казалось странным, что Царевна, попав в незнакомый дом семи богатырей, преспокойно на полати взобралась и тихонько улеглась, а теперь это не вызывало у нее удивления. Хотя хозяин дома, в который она попала примерно таким же случайным образом, как Царевна из пушкинской сказки, богатыря не напоминал.

Он вошел в комнату и налил воду из принесенного ведра в большой фаянсовый кувшин, стоящий в фаянсовой же миске на узком столике у стены. Белка видела такие умывальные принадлежности только в книжке «Хижина дяди Тома», где на картинках был изображен дом плантатора. Впрочем, на плантатора хозяин этого дома был похож так же мало, как на богатыря.

— Спасибо, — сказала Белка, — но я сейчас пойду. Поеду.

— Зачем сейчас? — Он пожал плечами. — Московский поезд вечером. Не сидеть же вам весь день на вокзале. Или вы хотите осмотреть местные достопримечательности?

Осмотреть достопримечательности Белка не хотела, поэтому на его усмешку не обиделась. И даже почувствовала себя как-то свободнее. Идиотизм ее приезда и должнен вызывать у нормального человека именно усмешку, а с нормальным человеком дело иметь просто.

— Как вас зовут? — спросила она. — Я не запомнила.

— Константин.

— Меня — Белла.

— Я запомнил. — Он кивнул на ее гипс и спросил: — А что у вас с рукой?

— Сломала месяц назад, — не стала вдаваться в подробности Белка.

Она тут же вспомнила, что у нее не только гипс на руке, но и остатки синяков на лице, и он не может этого не замечать. Что он, интересно, о ней при этом думает?

— Располагайтесь, — сказал Константин. — Если хотите есть, спускайтесь в кухню. Если нет, отдыхайте.

Белка ожидала, что он спросит о ее дальнейших планах, но он не спросил. Его немногословность была очень кстати. Если вообще могло быть что-нибудь кстати в ее нынешнем глупом положении.

За ним закрылась дверь, и она заплакала. Невозможно было этого ожидать, она ведь была совершенно спокойна, да мало сказать спокойна, она же была охвачена безразличием! И вдруг... С чего вдруг?..

Слезы лились по ее щекам потоками, она тряслась и всхлипывала, и хотя зажимала себе рот, все равно не могла эти всхлипы удержать. От того, что рыдания не имели никакой видимой причины, во всяком случае, такой причины, которая была бы привязана именно к этой минуте, отличала бы вот эту минуту Белкиной жизни от тех предыдущих, когда жизнь ее вдруг превратилась в кошмар, — от этого растерянность ее становилась больше, а способность успокоиться — меньше.

Дверь открылась, и Константин снова появился на пороге.

— Что с вами? — спросил он.

Даже сквозь сплошные всхлипы Белка расслышала, что в его голосе нет ни праздного любопытства, ни холодного равнодушия. Что есть в его голосе, она, правда, не поняла, но, видно, так привычен ей стал в последнее время дурной напор внешнего мира, что хотя бы отсутствие его уже казалось благом.

Она замахала было руками, но тут же подумала, что Константин может понять этот жест как просьбу уйти, а ей совсем не хотелось оставаться сейчас в одиночестве. Она боялась, что в одиночестве рыдания не остановятся вовсе.

— Я... так глупо к вам приехала!.. — всхлипывая, проговорила Белка. — Но просто... так сложилось... мне совершенно... Я влипла в такую дурацкую историю, что мне просто некуда было деваться, — наконец более-менее внятно выговорила она.

— Да я понял, понял, — сказал он.

— Как вы это поняли? — удивилась Белка.

— Вы переменились. Выглядите растерянной. Значит, с вами что-то случилось. И что вы сюда приехали значит то же самое.

Впервые за все бестолковое время сегодняшнего общения с Константином Белка посмотрела на него внимательнее.

В нем совсем не чувствовалось спокойствия, наоборот, была какая-то резкость, даже нервность, смягчавшаяся, кажется, только усталостью, которая въелась в него очень глубоко, как железная пыль в пальцы рабочего. Этот состав личности был ей знаком, она даже курсовую по данному психотипу писала и точно знала, что никакого спокойствия общение с такими людьми не дает. Но — успокоилась от его слов или, может быть, даже от интонаций только. Это ее и удивило.

— Но плакать-то что же? — сказал он. — Приехали и приехали.

— Но ваша мама ведь... — начала было Белка.

— Но вы ведь не то чтобы именно к ней приехали, — пожал плечами он. — Так какая разница? Оставайтесь сколько вам надо.

Он так и не вошел в комнату, стоял в дверях. И, уже выходя, добавил:

— Мамина комната свободна, и вы никого не стесняете.

Это было сказано без видимого радушия, но и без скрытого недовольства. Белка никогда не размышляла, умеет ли читать в чужих сердцах, даже не была уверена, возможно ли это и нужно ли, но в чужих побуждениях она не ошибалась.

Побуждения этого человека, которого она видела второй раз в жизни, в точности совпадали с его словами. Не так уж много она знала людей, которым было присуще такое совпадение, и, наверное, именно с этим совпадением было связано спокойствие, которая она таким странным образом ощущала в его присутствии.

Белка поднялась с кровати, на которую присела, когда ее так неожиданно накрыло рыданьем.

Ничто не нарушало тишины и ясности, царящих в этой комнате. Голоса женщины и ребенка внизу стихли тоже.

На одной из открытых деревянных полок перед книгами стояла фотография Зинаиды Тихоновны. Белка подумла, что фотографию, наверное, поставили здесь уже после ее смерти. Вряд ли она сама украсила бы комнату собственным портретом.

Фотография была черно-белая. Для тех лет, когда она была сделана — Зинаида Тихоновна была на ней совсем молодая и в военной форме, — качество ее было очень хорошим. Можно было даже разобрать, что волосы уже и тогда были покрашены. Странно, неужели на фронте находилось для этого время и неужели в те годы вообще было принято красить волосы в таком юном возрасте? Кажется, нет.

А в общем, все эти подробности не имели значения. Зинаида Тихоновна смотрела с фотографии молодыми серьезными глазами, и спокойствие, исходившее от нее спустя годы и спустя смерть, объяснило наконец Белке, почему оно исходит от ее сына, который внешне ни в чем не кажется похожим на мать.

И, почувствовав на себе этот спокойный взгляд, Белка успокоилась тоже.

Глава 2

В парке стояла такая тишина, будто снизошел наконец на него покой. Но это было не так, конечно.

То и дело гремели невдалеке не раскатистые, но гулкие взрывы — саперы с утра до вечера занимались разминированием. Эти взрывы доносились и из-за озера — от Тригорского, Петровского, — и от каждой рощи и лощины. По всей линии «Пантера» немцы подготовились к обороне основательно. Но взяли же мы эту линию и другие все возьмем, и Берлин тоже, обязательно!

Зина так была в этом убеждена, что как-то случайно произнесла вслух.

— Да, — ответил   Немировский. — Конечно. И Берлин.

Но ответил рассеянно, как будто думал о другом.

Как только выдавалось свободное время, Немировский с Зиной ходили из Зимарей в парк Михайловского и гуляли там. То есть неправильно было говорить «они ходили» и тем более «они гуляли». Просто Немировский, идя туда, предлагал ей пойти с ним, и Зина была ему за это благодарна. И очень счастлива, конечно, потому что Леонид Семенович чрезвычайно умный и интересный человек, и... Ну, и не только поэтому была она счастлива.

Точно так же он предложил ей пройтись по парку сегодня перед дежурством. Зина поспала после работы часа четыре, так что чувствовала себя отлично отдохнувшей и бодрой. Но ее расстраивала его рассеянная печаль, которая вряд ли происходила от усталости, во всяком случае, не только усталость была для его печали причиной.

Они стояли перед небольшим холмом, на вершине которого рос огромный дуб. Вообще-то он уже вряд ли рос, только сохранял равновесие: под его корнями немцы устроили блиндаж, и понятно было, что дерево теперь погибнет.

О чем Леонид Семенович печалится, Зина спрашивать не стала. Конечно, о жене и дочке — о них по-прежнему не было известий и по-прежнему не было у него возможности получить отпуск или командировку в Ленинград, чтобы что-нибудь выяснить.

— А ведь это и есть дуб уединенный, — вдруг сказал он.

— Уединенный?

Она удивилась необычному слову, но еще больше обрадовалась тому, что Леонид Семенович что-то говорит сам, а не просто отвечает рассеянно и безразлично на ее вопросы.

— Да. Пушкин смотрел на дуб уединенный и думал: патриарх лесов переживет мой век забвенный, как пережил он век отцов.

У него была необычная манера читать стихи: он и не читал их, а произносил как простые слова. Зине эта манера нравилась, потому что таким образом чтение стихов не выглядело нарочитым. Правда, и ничто из того, что говорил и делал Леонид Семенович, нарочитым не выглядело.

Зина закинула голову и еще раз оглядела дуб. Но, к сожалению, ничего кроме очень высокого дерева не увидела и никакие мысли ей в голову не пришли. Она лишь еще раз убедилась в том, что является самым обыкновенным человеком и не умеет видеть прошлое и настоящее так, как Немировский.

Но это ее нисколько не угнетало. Ведь при такой ее обыкновенности Леонид Семенович разговаривает с нею, делится своими мыслями. Это ли не счастье?

Сегодня он высказал одну только мысль — про уединенный дуб, который переживет многих, — и от его слов Зина почувствовала безотчетную грусть и тревогу. И не спросишь же, почему так. Непонятно ведь даже, что именно спрашивать.

— Пойдем, Зина, — сказал Немировский.

И она пошла за ним по развороченной аллее, мимо срезанных осколками и размозженных артиллерийскими снарядами деревьев.

До Зимарей шли в молчании. Молчание казалось сумрачным, хотя утро было такое, каким может оно быть только ранним, еще не устоявшимся летом. Чистоты и ясности было полно это утро.

На опушке рощи Леонид Семенович сразу направился к медсанбату, а Зина остановилась, потому что ее окликнула Наташа Воскарчук, которая только что освободилась после дежурства и шла из медсанбата к землянке, где жили медсестры.

Прошло то время, когда старшина Воскарчук казалась Зине слишком простой, даже грубой. Она давно уже поняла, что Наташа золотой человек, добрый и отзывчивый, а что говорит все без обиняков, так Зина и сама такая, просто манера выражать свои мысли у них разная.

— Как отдежурила? — спросила Зина.

— Да ничего, — пожала плечами Наташа. — Леденев умер.

Тон, которым она сообщила о смерти раненого, мог бы показаться слишком равнодушным, но они обе знали, что сержант Леденев был не жилец: с того момента, как его доставили в медсанбат, не приходил в сознание, а если бы пришел, то сразу же и умер бы от болевого шока, потому что у него было тяжелое ранение в голову.

Наташа поправила кудряшки — она всегда делала перманент, и где только раствор доставала? — и сказала:

— Я Алке велела бинты скручивать, так ты проследи. Эх, ка-ак усну сейчас и спать буду, и спать-спать!..

С этими словами она потянулась так сладко, что даже выспавшейся Зине захотелось зевнуть.

Они разминулись на протоптанной между медсанбатом и землянкой тропинке. Каждый пошел в свою сторону.

Уже у самого входа в медсанбат Зина оглянулась. В голове у нее мелькнуло: как жаль, что Наташа будет спать в такое ясное утро! Но мысль эта была слишком нелепой, чтобы ее высказывать, да Наташа уже и скрылась в землянке.

И в то же мгновенье тишина, установившаяся с тех пор как Зина с Леонидом Семеновичем вышли из Михайловского парка, нарушилась протяжным свистом, и сразу же после, еще даже на излете этого свиста, раздался взрыв. Совсем другой, чем от подрываемых вокруг мин, такой мощный и оглушительный, что Зина перестала что-либо слышать.

Но видеть она в эту минуту не перестала. Наоборот, зрение ее обострилось, и этим своим обострившимся, невыносимым зрением она увидела, как сестринская землянка разлетается черными комьями, и над ними, среди них взлетают в не потемневшее, по-прежнему ясное утреннее небо руки, ноги, ошметки рваного мяса... И в центре этого жуткого месива летит по чистому небу, как солнце, голова Наташи Воскарчук.

Зина видела ее голову так отчетливо, что могла разглядеть не только округлившиеся во мгновение смерти Наташины глаза, но даже завитки перманента. Как такое может быть, она не понимала.

Но и вряд ли что-либо из происходившего сейчас в ее сознании могло называться пониманием. Это вообще не умещалось в рамки того, что имеет название на человеческом языке.

К землянке — вернее, к черной шевелящейся яме, которая от нее осталась, — бежали люди. Взрывов больше не было, этот оказался единственным. Пальнула немецкая гаубица, случайно уцелевшая и сделавшая свой послдний выстрел прямой наводкой.

Но все это Зина узнала гораздо позже. А теперь она словно к земле приросла. Зазвенело в ногах, в руках, и плечи зазвенели тоже, и только голова оставалась ясной.

Она откинула полог, закрывавший вход в медсанбат. Санитарка Алла Спиридонова едва не сбила ее с ног, потому что бежала, наоборот, на улицу. В руках у Аллы была груда бинтов, которые Наташа Воскарчук приказала ей скрутить после стирки.

В медсанбате тревожно гудели раненые, кто-то пытался встать.

— Откуда стреляли? — услышала Зина. — Попали куда?

Она не поняла, кто это спрашивает, и ничего не ответила. Она не услышала, как вслед за ней кто-то вбежал в медсанбат и что-то крикнул.

Зина прошла в дальний угол, где плащ-палаткой был отделен топчан, на котором медсестрам иногда удавалось прикорнуть во время ночных дежурств, и, не раздеваясь, не сняв даже сапог, легла на этот топчан.

Ее охватил глубокий мертвый сон.

Глава 3

— Она спала трое суток. Проснулась седая.

— И ничего не помнила? — спросила Белка.

— Почему? Все помнила.

Белке стало неловко от своего предположения. Слишком оно было поверхностным, она только теперь это поняла.

Когда ближе к вечеру Константин зашел к ней в комнату, она спросила, почему Зинаида Тихоновна так рано начала красить волосы, да еще на войне. Он ответил кратко, про летящую в небе голову только упомянул, и многое дорисовало Белкино воображение.

— Не представляю, как ваша мама после этого опять стала в медсанбате работать, — сказала она. — Я бы не смогла.

— Она была несентиментальна.

— Нет, я тоже несентиментальная. Но все равно...

— Я ее, когда в школе учился, уговаривал на открытый урок прийти: «Мама, выступи, ты же герой, на фронте была!». Она мне всегда отвечала: «А где я должна была быть? Я медсестра. И что я вам буду рассказывать? Как ноги-руки ампутированные в тазах выносила?».

— Во сколько поезд? — вздохнула Белка.

— Какой именно?

— Московский.

— Ваши проблемы уже разрешились?

— Не знаю.

— Тогда почему вы хотите ехать в Москву? Или проблемы у вас не там, а в Лондоне?

— Почему в Лондоне? — удивилась Белка.

— Ну, или в Лиссабоне, не знаю. Вы же сами говорили, что приехали сюда, потому что влипли в дурацкую историю. Это изменилось?

— Это — нет, — уныло пробормотала Белка.

— А что изменилось?

— Ничего...

Она шмыгнула носом. Когда он вот так вот задавал вопросы, сверху вниз глядя на нее, сидящую на краешке стула, она чувствовала себя несмышленой школьницей. Это было странно, Белка и в школе ничего подобного не чувствовала.

— Я же сказал, вы можете оставаться здесь столько, сколько вам необходимо.

В его голосе Белке послышалось неудовольствие. Она поставила себя на его место и поняла, что и сама не хотела бы несколько раз повторять то, что было выражено внятно и определенно уже с первого раза.

— Если бы я знала, сколько мне понадобится здесь оставаться, — сказала она, — то не чувствовала бы перед вами неловкости.

— Можете не чувствовать и так, — разрешил он.

— А вы бы не чувствовали, если бы ввалились к незнакомым людям с заявлением «а теперь я у вас поживу»?

Он промолчал, но Белка поняла, как мог звучать его ответ: «А я не ввалился бы к незнакомым людям с таким заявлением». Она угадала это не потому, что между ними установилась какая-нибудь особенная ментальная связь, а просто потому, что именно так ответил бы каждый нормальный человек.

— Чересчур вы щепетильны, — сказал Константин. — Для москвички даже удивительно.

— Ну конечно! — усмехнулась Белка. — Москвичи уверены, что все им что-то должны. Слышала.

— А разве не так?

— У меня другой опыт. Сколько я имела дело с провинциальными людьми, они всегда считали, что это я им что-то должна. По меньшей мере должна жить так же неприхотливо, как они, и считать это естественным. А поскольку я так не живу и так не считаю, то вызываю у них неприязнь.

Она произнесла это и тут же поняла, что вообще-то должна была сказать не «у них», а «у вас». Ей стало неловко.

— С отъездом как знаете, — сказал Константин. — Но пойдемте во всяком случае поужинаем, а то я на работу ухожу.

Жеманиться она не стала: в чем в чем, а в чутье на всяческую фальшь Белке было не отказать.

Только теперь, по дороге в кухню, она разглядела этот дом получше. И утвердилась во впечатлении, которое он произвел на нее с самого начала: это было впечатление неустроенности. Даже скрип деревянных половиц, который должен был бы звучать умиротворяюще, здесь звучал как-то тоскливо. Вдобавок свет над лестницей, в коридоре первого этажа, в кухне — повсюду, кроме комнаты Зинаиды Тихоновны, — был тусклый. Белка этого терпеть не могла, от тусклого света ее всегда охватывало уныние.

И после такой вот очевидной неустроенности дома она очень удивилась, увидев в кухне печку. Настоящую, как в сказке «Гуси-Лебеди». Печка дышала теплом, и оно отличалось от обычного тепла, которое получается с помощью паровых батарей или электричества. Белка всегда считала, что особый уют печного тепла — это просто фигура речи, а вот нет, оказывается.

Еще в кухне обнаружилось два стола и два холодильника. Вряд ли из-за большого количества съестных припасов, скорее из-за наличия двух хозяев. Это показалось Белке странным: она не предполагала, что деревянный дом может представлять собою коммунальную квартиру. Но, впрочем, задумываться об этом не стала — так, приметила мимоходом, просто из природной приметливости.

На одном из столов стояло блюдо, прикрытое глубокой тарелкой. Когда Константин эту тарелку снял, под ней обнаружились пироги. Квадратные, круглые и треугольные.

— Садитесь, — сказал он. — Суп будете?

Белка кивнула. Она только теперь, при виде пирогов, поняла, что просто умирает от голода. Ее бегство из Москвы было таким нервным, что она даже не помнила, ела ли по дороге вообще, а уж что не пироги домашние, это точно.

Чугунок с супом стоял прямо в печке. Константин разлил горячий суп по тарелкам, и они с Белкой стали есть его молча. Это оказались щи. Наверное, те самые, запах которых она почувствовала сразу же, как только вошла в дом.

Все это — печка, щи, пироги, разномастные тарелки на покрытом блеклой клеенкой обеденном столе, — оставляло смешанное ощущение покоя и неуюта.

— А с чем пироги? — спросила Белка между двумя ложками щей.

— Не знаю, — пожал плечами Константин.

Она откусила от треугольного пирога — он оказался с брусникой, и его пришлось пока что отложить.

Непонятно почему, но во время всех этих обыденных действий ей все больше казалось, что она попала на Марс. И еще она вспомнила, как мама однажды прочитала ей отрывок из дневника Толстого — она любила зачитывать что-нибудь из книг, которые ее увлекали, — и там было написано: «Пишу 1 июня в 10 ночи в Старогладковской станице. Как я сюда попал? Не знаю. Зачем? Тоже».

Вот это подходило точно. Как она сюда попала? Зачем? Белка не знала.

Но одновременно с недоумением по поводу того, что с ней происходит, она чувствовала смятение при одной лишь мысли о том, чтобы от всего происходящего оторваться. Это смятение было так же необъяснимо, как ее приезд в город Киров.

— Ты идешь, Костя? — услышала она. — Здравствуйте.

Приветствие относилось, конечно, не к Константину, а к ней. Белка оглянулась.

Женщина, входящая в кухню, привлекла бы внимание даже в толпе. Черты ее лица были просты и однозначны, но в однозначности своей так выразительны, что невольно притягивали взгляд. Сколько ей лет, понять было трудно — могло быть тридцать, но точно так же могло быть, что она молодо выглядит в сорок.

Белка всегда завидовала людям, которым от природы дана выразительная внешняя форма. Вот ей, например, приходится прибегать к различным ухищрениям, чтобы выглядеть не так, как все, прическу какую-нибудь необычную выдумывать, а эта женщина может волосы скрутить в пучок и выглядеть при этом так, что ни с кем ее не перепутаешь. Правда, она высокая и статная, а такая фигура всегда выигрышна.

— Здравствуйте, — ответила Белка. — Меня зовут Белла Немировская. Извините, что я вас побеспокоила.

— Вы — меня? — усмехнулась женщина. — Это кто вам такое сказал?

В ее голосе звучала нескрываемая неприязнь. Удивляться не приходилось: судя по тому, как она обращалась к Константину — с интонациями привычки и уверенности, — она являлась его женой, а какой жене понравится, что к ее мужу ни с того ни с сего явилась какая-то левая девка непонятно откуда и с непонятной целью?

— Иду, — ответил Константин, вставая.

«Да, он же сказал, что на работу уходит», — вспомнила Белка.

На какую работу можно уходить вечером в воскресенье, она спрашивать не стала. Мало ли, он полицейский, может. Хотя не похож вообще-то.

— Как мне дверь запереть? — спросила она.

— Просто захлопните, — ответил Константин.

Он вышел из кухни, женщина за ним. В дверях она обернулась и смерила Белку взглядом, в котором кроме уже замеченной неприязни было также превосходство. Еще бы его не было, с такой-то статью, с таким простым совершенством черт! Афина Паллада практически.

Хлопнула входная дверь. В окно Белка увидела, как они идут через мокрый сад, исчезая в сумерках между голыми стволами мокрых деревьев.

Она взяла надкушенный пирог с брусникой и принялась его жевать. Хороший пирог, ягод не пожалели.

Странным образом вкус этого пирога свидетельствовал о необходимости уехать даже более явно, чем неприязнь во взгляде женщины, которая его испекла.

Белка доела пирог. Собраться ей — только подпоясаться. То есть снести вниз свою сумку. Ну и в туалет зайти, странно, что только теперь захотелось, видимо, нервы отпустило наконец.

Константин сказал, что туалет находится на улице, но где именно, не уточнил, и Белке пришлось поплутать по саду, пока она нашла будку, допотопную, но чистую.

Темнело быстро, и когда она шла обратно по дорожке, вымощенной не плиткой, а круглыми крупными плашками из распиленного древесного ствола, то уже не различала очертаний дома. Окно кухни было скрыто перилами крыльца, но светилось окно наверху, в комнате Зинаиды Тихоновны. Белка забыла погасить там свет и на этот ровный свет теперь шла.

Выходя из дому на поиски туалета, она повернула колесико замка так, чтобы замок не защелкнулся. Но теперь, подергав дверь, поняла, что сделала это неправильно. Дверь была заперта наглухо.

Белка подергала ее сильнее — бесполезно. Она спустилась с крыльца и подошла под кухонное окно, надеясь, что оно откроется снаружи. Это ей не удалось, конечно. Она взобралась на выступ под окном и, держась незагипсованной рукой за жестяный откос, попробовала открыть форточку. Форточка была закрыта изнутри на примитивный, но надежный шпингалет.

Белка спрыгнула на землю и в досаде топнула ногой. Вот только этого не хватало! Длинна полоса ее невезения, причем даже географически длинна, раз аж до вятских лесов дотянулась!

Поблизости, впрочем, лесов не просматривалось. Да и ничего не просматривалось, сумерки быстро превратились в кромешную темень. А кроме того, до костей пронизывал осенний вечерний холод. И совершенно непонятно было, что делать. Все ее вещи остались в доме, телефона у нее не было, а если бы и был, то куда она стала бы звонить? Разве что в службу спасения, но оттуда вряд ли приезжают по вызову каждой бестолковой идиотки.

Белка уселась было на крыльцо, но уже через минуту вскочила и принялась подпрыгивать на месте, чтобы согреться. На некоторое время это помогло, но стоило ей присесть, как холод впился в нее снова. Пришлось повторить прыжки, потом еще и еще раз.

«К соседям пойти?» — чуть не плача, подумала она.

Но тут же представила, как станет объяснять соседям, кто она такая, каким образом ее вещи оказались заперты в доме посторонних людей, как станет доказывать, что это вообще ее вещи... А просить, чтобы соседи пустили ее к себе до появления Константина с женой, так ведь непонятно, когда они появятся, не час же длится у него работа и не два, наверное.

Белка проговаривала все это вслух, чтобы губы не сводило холодом. Зубы у нее при этом клацали, потому что она снова прыгала то на одной ноге, то на другой.

Длилось все это с полчаса. Как только она переставала прыгать, то чувствовала себя Нансеном, замерзающим на Северном полюсе. Или это Амундсен замерз на Северном полюсе? Или на Южном? Попытки согреть сознание подобными мыслями производили не больший эффект, чем прыжки на одной ножке: утомительно и бесполезно.

«Лучше по саду пробежаться, — решила она. — Точно! Как сразу не догадалась?»

Сад оказался невелик. Вымощенная деревянными плашками дорожка закончилась быстрее, чем Белка хоть чуть-чуть согрелась. Тогда она повернула направо, там дорожки уже не было, метров через двадцать налево, потом побежала в обратном направлении, потом...

Что бы она ни намеревалась делать потом, жизнь рассудила по-своему. Споткнувшись о выступающий из земли древесный корень, Белка пролетела несколько метров вперед — ей показалось, прямо по воздуху пролетела — и плашмя, как лягушка, грохнулась о землю.

«Как лягушка-путешественница», — успела подумать она.

Земля-то была мягкой, но вот ногу, которой она зацепилась за корень, пронзила такая боль, что все мысли сразу вылетели у нее из головы. К тому же гипс на руке отвратительно затрещал... От всего этого Белка вскрикнула, как заяц, и слезы брызнули у нее из глаз без всякой ее воли.

Чтобы прийти в себя, ей понадобилось немало времени. И все это время она лежала на мокрой садовой земле, уже не замечая холода. Что ж, все познается в сравнении, боль оказалась сильнее всех других физиологических проявлений.

Наконец Белка попыталась встать на ноги. Но смогла — только на четвереньки. Вернее, на три опоры смогла она встать, загипсованную руку пришлось держать на весу. Но не стоять же так до бесконечности — она поползла, ориентируясь на свет во втором этаже дома. Вдобавок ко всему и голова вдруг заболела так, что хоть кричи, сотрясение-то не прошло еще, из больницы ведь она, можно считать, сбежала...

Белка доползла до деревянной дорожки, и тут во всем доме вспыхнул свет. Поочередно загорелись окна на первом этаже, потом на втором.

Потом с крыльца донеслось:

— Белла!

— Я здесь! — не веря своему счастью, крикнула она. — Я в саду!

Наверное, света окон было достаточно, чтобы ее разглядеть — Константин наклонился над ней, ей показалось, в ту же минуту.

— Что случилось? — быстро спросил он.

— Ничего. Упала просто.

Белка шмыгнула носом. Ей было стыдно, что она такая дура. Боль она в эту минуту ощущать перестала: вопреки физиологии, такое абстрактное ощущение, как стыд, оказалось сильнее.

— А рука? — спросил Константин.

Не дожидаясь ответа, он каким-то очень ловким образом поднял Белку с земли. Забывшись, она ступила было на ногу, но тут же вскрикнула и повисла, обхватив его за шею.

Таким же неуловимым и умелым движением, как с земли, он поднял ее на руки. Удивительно, как летко у него это вышло: он совсем не был похож на атлета, эффектно подхватывающего девушку и уносящего ее вдаль.

Вдаль ее нести, правда, не пришлось: Белка доползла почти до крыльца.

Константин внес ее в кухню и посадил на табуретку.

— Покажите ногу, — сказал он, присев перед нею на корточки.

Белка увидела, что на нем форменная синяя куртка с надписью «Скорая помощь».

«Я что, так орала, что «Скорая» приехала?» — мелькнуло у нее в голове.

Но такого быть, конечно, не могло, да и причем «Скорая» к ее крикам, скорее уж полиция бы приехала.

— Вы на «Скорой» работаете, Костя? — наконец сообразила она.

— Ну да, — кивнул он. — По дороге сообразил, что замок может захлопнуться. Вот так больно?

Так было больно, и этак тоже, и лодыжка распухала на глазах.

— Похоже, вы и ногу тоже сломали, — сказал Константин.

— Если так дальше пойдет, то следующей будет шея, — пробормотала Белка.

— Сплюньте, — посоветовал он.

— А толку? Плюй не плюй, неизвестно, когда эта полоса неудач закончится.

— Это как посмотреть, — заметил Константин. — Можно считать перелом неудачей, а можно считать удачей, что он, кажется, без смещения.

— Если уж что считать удачей, — вздохнула Белка, — так это только ваше появление. Я уж подумала, всю ночь придется на крыльце просидеть.

— Да я сам виноват. — В его голосе действительно мелькнули виноватые нотки. В нем не было очевидности и даже ясности, может быть, не было, но он не относился к людям с двойным дном, это Белка уже поняла. — Забыл вас предупредить, что замок застопорить нельзя, надо в дверях табуретку ставить, когда в туалет идете. Замок только вчера сломался, — добавил он.

Видимо, ему было неловко за неполадки в его доме. Белка же не находила в этом ничего неловкого, ей постоянно приходилось вызывать то электрика, то сантехника, то еще какого-нибудь мастера, поскольку в их с мамой квартире вечно сгорали патроны в люстрах и торшерах, текли краны и ломались механизмы оконных рам. А идея о том, что мужчина, в отличие от женщины, должен быть рукастым и одной левой чинить краны и унитазы, казалась ей глубоким анахронизмом. Не в Средневековье живем. Хотя здесь, может, все иначе.

— Придется вам в больницу поехать, — сказал Константин. — Может, и гипс не потребуется, лангетки хватит. Но сделать надо.

И вот стоило тащиться на перекладных через полстраны, чтобы заполучить очередной перелом?

— Придется, — вздохнула Белка. — И у вас тут остаться теперь придется.

— Это уже дело второе.

Как сказать. Для него может и второе, если он не вникает в тонкости быта, а для его жены может и первое, мало ли что она про Белкин приезд подумала... Не хватало еще и здесь выяснять отношения с ревнивыми женами!

Как бы там ни было, вариантов не просматривалось. Более насущным являлся сейчас вопрос, далеко ли от дома остановилась «Скорая», на которой так своевременно прибыл доктор, и сумеет ли Белка на одной ноге до нее допрыгать. Но оказалось, что и этот вопрос не насущен: Константин снова взял ее на руки, любезно сообщив, что ему приходилось переносить трупы, а она гораздо легче.

И Белка не стала возражать. Не тому, что она легче трупа, а тому, чтобы он донес ее до «Скорой». Во-первых, возражения в такой ситуации выглядят пошлым кокетством, а во-вторых... Нет, в главных — она просто устала. Она устала одиноко сопротивляться жизни, ударам жизни, крупным и мелким, и если хотя бы на пять минут жизнь сама несет ее на руках, на руках вот этого вот мужчины, который сравнил ее с трупом, — как хорошо, какое счастье!..

Счастье длилось недолго. Константин доставил ее в больницу и сдал мрачноватому врачу, который осматривал Белкину ногу так бесцеремонно, что она то и дело вскрикивала от боли. Потом ее отправили на рентген, такой допотопный, что она не удивилась, когда врач едва взглянул на снимок: видимо, то, что можно было ожидать от аппарата такого качества, было видно и невооруженным глазом.

— А смещение есть? — на всякий случай спросила Белка, пока хмурый врач накладывал лангетку.

— Нету, — буркнул он. — Через две недели придешь, лангетку снимем.

Пока же он снял треснувший гипс с ее руки и велел, чтобы она ее разрабатывала.

Потом Белка ждала в закутке перед приемным покоем так долго, что двести раз пересчитала все пузыри вздувшейся краски на грязно-синей стенке, потом появился незнакомый парень в такой же, как у Константина, форменной куртке и сообщил, что тот освободится не скоро, а потому попросил его доставить ее домой, после чего точно так же, как Константин, без напряжения оттащил ее на руках в «Скорую», а потом на второй этаж дома на улице Володарского. Видно, все они натренировались на трупах.

И оказавшись снова в комнате со светлыми плотными шторами, сняв вязаное покрывало с кровати с металлическими шишечками, Белка поняла, что никакая сила не заставит ее теперь покинуть эту гавань.

Глава 4

Она почти и не покидала ее весь следующий месяц.

Быт здесь настолько лишен был изысков, что никакой домашней активности от нее не требовалось. Константин проводил на работе большую часть своего времени — настолько большую, что Белка недоумевала даже: неужели врач может оказывать полноценную помощь, если он даже выспаться не успевает? Правда, спал Константин почти все время, которое проводил дома, так что работа его не страдала, наверное, а страдал ли от такого режима он сам, было Белке неведомо, потому что виделись они редко.

В свое первое утро в этом доме она проснулась так поздно, что это уже и утром неприлично было назвать. Сквозь белые шторы солнце наполняло комнату таким необычным светом, что казалось, кто-то умело поставил этот свет, как в театре.

Но только в первую минуту после пробуждения Белке что-то такое казалось. Потом она вдохнула этот свет вместе с воздухом и ее охватило полное и безотчетное счастье.

Оказалось, что она вполне может наступать на закованную в лангетку ногу, поэтому дорога в туалет не является большой трудностью. Оказалось также, что в кухне никого нет и можно сварить себе кофе в закопченной турке, стоящей на том из столов, за которым они с Константином ели щи и пироги, и выпить этот кофе в одиночестве и размышлениях.

Возле кухни она обнаружила душевую кабину и с удовольствием вымылась, поливая на себя теплую воду из бадьи, которая стояла рядом, и вытянув ногу, чтобы не промочить лангетку.

Как только Белка поднялась обратно в комнату Зинаиды Тихоновны, внизу хлопнула входная дверь и быстрые шаги послышались на лестнице. Потом в комнату постучали и в сразу же приоткрывшуюся дверь стал виден блестящий любопытством глаз. Потом показался нос, потом мальчишечье лицо, на скуле украшенное фингалом. Белке показалось, что мальчишке лет девять. А может, больше или меньше, она плохо разбиралась в детях.

— Привет, — сказала она. — Заходи.

Скорее всего, мальчишка вошел бы и без приглашения: по виду он был не из тех, кто приучен к церемониям.

— Ты правда из самой Москвы приехала? — спросил он. — А зачем?

— Меня зовут Белла, — сообщила Белка. — А тебя?

— Сева. А зачем ты приехала?

«Мальчик привык добиваться своего, — подумала Белка. — И получать, что хочет, немедленно».

— Ты здесь живешь? — спросила она.

Не ей воспитывать чужого ребенка, но и отвечать на все его вопросы она тоже не обязана.

— Ага, — кивнул Сева. — А ты зачем приехала?

«В конце концов, я живу в его доме, — подумала Белка. — Отвечу, язык не отсохнет».

— Я приехала к Зинаиде Тихоновне, — сказала она. — Я не знала, что она умерла.

— Она только недавно умерла, — сообщил настойчивый мальчик. — Ты теперь в ее комнате будешь жить?

— Нет. Нога пройдет, и я уеду.

— А правда, что у вас там в Москве все миллионеры?

— Неправда.

— А правда, что дельфины наркоманы, потому что шилобрюхих рыб жуют?

С ответом на этот вопрос Белка затруднилась. В голове у любознательного малыша, судя по всему, болталась смесь из завистливой бабской болтовни и сведений, полученных от просмотра канала «Дискавери».

— Не знаю, — честно сказала она. — Спроси у папы.

— У меня папы нету, — сообщил Сева. — Мать меня нагуляла.

Все-таки бабская болтовня была в его голове представлена чрезмерно.

— А Константин тебе кто? — зачем-то поинтересовалась она.

— Сосед. Матери тут комнату дали, ну они и стали вместе жить. Он мне типа отчим. Распишутся, может, тогда я его буду папой звать, а пока зачем? — рассудительно добавил он.

И чего спрашивала? Надо ей все это знать?

— Ты задачи умеешь решать? — спросил Сева.

— Какие задачи? — не поняла Белка.

— Обыкновенные. Про яблоки, про пешеходов, кто сколько прошел. По математике.

— Тащи, — разрешила она. — Решу.

Математику она последний раз изучала на первом курсе психфака, но задачки за третий класс, в котором, как выяснилось, учился Сева, оказались ей доступны. И что он не помощи в поисках решения хочет, а просто чтобы она нащелкала эти задачки вместо него, — об этом Белка догадалась правильно. Она быстро записала решение на листке, и довольный Сева побежал на первый этаж, к себе в комнату, чтобы переписать все в тетрадь, бросив вместо благодарности:

— Если тебе что надо, скажи, я принесу!

Не сказать, что его прагматизм показался Белке приятным, но он оказался удобным.

Для начала — все-таки Сева умел быть благодарным — он притащил ей пирог с брусникой. Когда Белка похвалила кулинарные способности его мамы, Сева пожал плечами:

— Ты че, когда ей пироги печь? В кафешке продаются. По восемь рублей штука.

— По сколько-сколько? — изумилась Белка.

Ей казалось, что восемь рублей даже коробка спичек не может стоить, а уж тем более набитый ягодами пирог величиной с ладонь. Или, наоборот, столько он и должен стоить? А что в Москве такие пироги — даже не такие, а гораздо хуже, — стоят в двадцать раз дороже, вот это и достойно удивления.

— А зачем тогда у вас печка? — спросила Белка. — Если не для пирогов.

— У нас тут отопление херовое, — объяснил Сева. — Дом-то на снос давно. Ну и топим печку. А так в ней только бабы Зины мать когда-то что-то пекла. Хлеб или типа того.

Мало в нем было детского и слишком много было той поверхностной липовой умудренности, которая раздражала Белку не то что в ребенке, но даже во взрослых, воображающих, что уж они-то знают, как все в жизни «на самом деле» устроено, и называющих наивными всех, кто их умудренности не верит.

Но, в конце концов, ее ли дело, что собой представляет этот ребенок? Ей достаточно, что он всегда готов сбегать в магазин за продуктами и она таким образом избавлена хотя бы от того, чтобы обременять этим хозяев.

Решение задачек и написание сочинений про золотую осень и про любимое животное казалось Белке не слишком высокой платой за такую помощь.

Любимого животного у Севы, правда, не было, поэтому пришлось написать про собаку по имени Шарик — Сева сообщил, что она была любимым Костиным животным, когда тот был маленьким. Белка выспросила у Севы про Шарика все, что возможно, выяснила даже, что он безропотно исполнял роль пограничной собаки, когда Костя и все мальчишки, которые жили в этом доме, играли во дворе в войнушку.

— А здесь разве много людей тогда было? — спросила Белка.

— Хватало, — ответил Константин. — Только немцы из другого двора приходили.

Увлеченная работой над сочинением, Белка не заметила, как он вошел в комнату. Три дня они не виделись совсем: у него было несколько дежурств подряд, и домой он возвращался поздно. Но вот сегодня вернулся пораньше, не ночью, а просто вечером.

— Привет, Костя, — сказала Белка. — Посиди с нами. Про Шарика расскажешь, а то для сочинения красочных деталей не хватает.

— Хватает уже! — торопливо заверил Сева и, схватив листок с написанным Белкой черновиком сочинения, пулей вылетел из комнаты.

— Что это он? — удивилась она такой поспешности.

— Знает, что я на все это скажу, — усмехнулся Константин.

— На что? — не поняла она.

— На то, что ты за него уроки делаешь. Медвежья услуга.

— Да ладно! — улыбнулась Белка. — Я ему воображение развиваю, тоже польза.

Она впервые назвала Константина на «ты», потому что обрадовалась, увидев его. Он перестал быть для нее посторонним, в этом, наверное, была причина.

Белка и сама не заметила, как это произошло. За две недели, которые она провела в его доме, они ведь действительно виделись не часто.

Может быть, и он почувствовал что-нибудь подобное. Во всяком случае, не ушел, а сел на стул у письменного стола, за которым сидела Белка.

— Жалко все-таки, что люди отсюда разъехались, — сказала она. — Понятно, что дом без удобств, но зато же с историей. Хотя, конечно... Непонятно, почему всегда надо выбирать, или история, или теплый сортир. — И вспомнила: — Твоя бабушка хлеб в печке пекла? Мне Сева сказал.

— Она в войну белье шила для фронта, ей за это дали патент на хлеб. Выдавали муку, хлеб она сдавала, а припек разрешали себе оставлять.

— Припек это что? — не поняла Белка. — Корка?

— Буханки, которые сверх нормы получаются. За работу не платили, но на припек все можно было выменять — нитки, соль.

Белке нравилось с ним разговаривать. В нем было глубокое обаяние, и она понимала, с чем оно связано: с тем, что он занят бесспорно необходимым делом, и занят не кратко, не на адреналиновом всплеске, а обыденно и повседневно, и потому не думает ни о необходимости этого дела, ни тем более о своем обаянии. Она мало знала таких мужчин, но для того чтобы догадаться, что они безусловно нравятся женщинам, не требовалось ни опыта, ни даже особенного ума. В нем было чему нравиться, чего уж там.

— Сева, ты здесь? — послышалось из коридора.

— Входите, Надя, — сказала Белка.

Надя открыла дверь, но в комнату не вошла. Если с Константином у Белки установились отношения непринужденные, а с Севой и вовсе дружеские, то с ней они оставались напряженными. Удивляться этому, понятное дело, не приходилось.

— Севка у вас? — повторила Надя.

Даже при взаимном напряжении невозможно было не любоваться античными чертами, которые проступали в ее простом лице, словно бы составляя его прообраз, полузримую основу.

— Он уроки пошел делать, — ответила Белка.

— Как же, уроки! Уже и след простыл, это на ночь глядя. Ты бы поговорил с ним, Костя, он тебя слушается. А то шпана ведь вырастет.

В ходе списывания задачек и сочинений Сева сообщил Белке, что у матери не хватает времени не только на пироги, но и на него, потому что она работает кассиршей в круглосуточном магазине и домой приходит никакая, особенно после ночи.

— Поговорю, — кивнул   Константин. — Только вряд ли это поможет.

Белка тоже считала, что назидательные разговоры — это последнее, на что Сева обращает внимание. Ему и обычные-то разговоры, без морали, в одно ухо влетали, в другое вылетали. Его интересовали только действия, он был не по годам практичен.

— Я шкаф хочу от двери к окну передвинуть, — сказала Надя. — Поможешь?

Константин встал. Белку взяла досада: она как раз собралась расспросить его о своем деде, интерес к которому стал у нее острым, как ни странно. А может, и не странно — трудно было не понимать, что для хозяйки комнаты, в которой она так неожиданно поселилась, ее дед был человеком значительным.

Недавно Белка даже поинтересовалась, не вела ли Зинаида Тихоновна дневников. Константин тогда удивился ее вопросу.

— Даже представить трудно, чтобы мама их вела, — сказал он.

— Почему трудно? — в свою очередь удивилась Белка.

— Она не считала свою жизнь какой-то выдающейся. Это нам теперь есть с чем сравнивать, а тогда — война и война, лично в своей жизни никто ничего особенного не видел. Но если вас какая-нибудь определенная история интересует, можете у меня спросить, я в детстве любопытный был, все у нее выспрашивал. И про деда вашего тоже.

Во время того разговора они еще были на «вы». Собственно, они до сегодняшнего вечера, вот буквально до этой минуты были на «вы». И только она собралась поговорить с ним про своего деда, как его супруге шкаф срочно понадобилось двигать!

Вообще-то Надины опасения на Белкин счет были так очевидны, что и про шкаф не было необходимости выдумывать. И надо сказать, случись встреча с Константином год назад, эти опасения не были бы беспочвенными. Не то чтобы Белка обязательно взялась бы его охмурять, но, как минимум, не считала бы это невозможным. Потому что — а почему бы и нет, собственно? Внутреннее неспокойствие, сдержанное лишь усталостью, отсвет того

и другого на всем облике, — это не может не привлекать
в мужчине. И то, что он значительно старше, не могло
являться препятствием. Тем более что при такой работе, как у него, держащей в постоянном нервном тонусе,
возраст мало сказывается на внешности. И такая малость,
как наличие жены, не могла бы год назад приниматься
Белкой во внимание, поскольку уводить его из семьи
она не собиралась бы.

Собственно, она и сейчас не собиралась этого
делать, но сейчас ей даже и роман с ним закрутить
не хотелось. Так понятно было, как будет развиваться
этот роман, как интерес к нему — по сути, всего лишь
интерес к новому впечатлению — постепенно сменится
цепочкой мелких разочарований и привычкой, и ис-
черпанностью... Так понятно все это было заранее, что
не стоило и начинать.

Может, злиться ей надо было на мадам Мазурицкую
и ее супруга за нынешнее свое безразличие к новому
мужчине, а может, спасибо им надо было сказать за то,
что интерес ее теперь направился на другие области.
На жизнь собственного деда, например.

Потому Белка и сердилась на эту Афину Палла-
ду вятского разлива. Да ешь ты его с маслом, мужика
своего! Поговорю, и пойдет он к тебе в постель и шкаф
по дороге передвинет.

Но сердись не сердись, а ясно, что вечер воспоминаний сегодня не состоится. Константин пожелал Белке
спокойной ночи, Надя не удостоила ее больше ни словом,
ни взглядом, и они вместе вышли из комнаты. Некоторое
время их шаги слышны были в коридоре второго этажа,
где располагалась комната Константина — комнаты Нади
и Севы были внизу, — потом все затихло, кроме чуть
слышных скрипов в деревянных стенах. Или, может, это

кровать скрипела, если Надя решила утвердиться в своем праве на мужа немедленно.

Белка выдвинула ящик стола и достала альбом с фотографиями. Константин с самого начала разрешил ей рассматривать все, что она найдет в этой комнате, объяснив это тем, что она является внучкой Леонида Семеновича Немировского, а к нему его мама относилась особенным образом, — и Белка пользовалась его разрешением.

Только вот трудно было что-либо понять из старых фотографий. Действительно, война и война — все сняты в гимнастерках и в шинелях. После войны — в перешитых из шинелей пальто.

И что тут про них про всех поймешь?

Глава 5

Зина не предполагала, что возвращаться с войны — это так тяжело.

Никогда родной город не казался ей таким унылым, как в первую неделю после возвращения.

А он ведь такой красивый... И старые купеческие дома на улице Большевиков, которую по привычке называют Казанской, и река с высоким левым берегом, и над рекою собор Трифоновского монастыря, который, конечно, не действует, но все-таки придает городу своеобразие, и все-все, что было ей дорого, о чем она с такой любовью вспоминала на фронте! На все это Зина смотрела теперь так, словно оно сдвинулось с привычных мест, сместилось, размылось. Она сама не понимала, что такое с ней происходит.

Зина еле-еле заставляла себя разговаривать с подружками, когда те приходили с ней повидаться. Они были точно такие, какими она их оставила, уходя на фронт, ни в чем не изменились, и когда она видела их, то ей казалось, что и с нею ничего не произошло за эти годы тоже. И что же это значит — все, что в действительности с ней произошло, просто исчезло? Но куда?..

Ерунда какая-то! И это вместо того чтобы радоваться, что осталась жива и вернулась домой с победой! Зина сердилась на себя за такие странные мысли, и это усиливало ее желание быть одной.

Вообще-то она не была нелюдимой, вовсе нет, но посидеть в одиночестве и подумать, особенно когда с тобой происходят значительные события, — эта потребность всегда была у нее сильной, и именно этого ей не хватало на фронте. Ни в медсанбате, ни в санитарном поезде, куда ее забрал Леонид Семенович, когда его назначили туда начальником, одиночества не было и помину, это понятно.

Но вдруг оказалось, что оно недостижимо и дома. Сразу после Зининого ухода на фронт мама взяла на постой две семьи, эвакуированные из Ленинграда, поэтому в двух комнатках, которые Зина с мамой и покойным отцом сначала снимали у хозяев, а перед самой войной по решению горсовета, как и другие жильцы, получили в пользование, сделалось так тесно, что даже соседи по дому стали выражать недовольство. На это мама по своему обыкновению битым словом ответила, что у себя в комнатах она хозяйка, а если кто недоволен, то пусть свое недовольство засунет сам знает куда, и соседи замолчали.

Зина новыми жильцами не возмущалась, конечно, хотя они занимали теперь ее комнату. При виде этих двух прозрачных женщин с тремя маленькими и такими же прозрачными детьми — мама говорила, что это они еще поздоровели за год на свежем хлебе, который оставался ей в качестве припека и которым она их откармливала, — при виде их сердце у Зины вздрагивало, и она понимала почему. Они были из того же города, что и Леонид Семенович, они, может, были даже его соседками — она не решалась спросить, на каких улицах они жили…

Но как бы там ни было, а одиночество дома было теперь недостижимо. За ним Зина уходила в Александровский сад.

В седьмом классе она впервые прочитала здесь, на лавочке в одной из дальних аллей, «Асю» Тургенева, и с тех пор этот огромный старый парк связывался в ее сознании с ощущением сильного чувства. Очень сильного и очень горестного. Тогда она не могла объяснить его природу и причину.

И вот, в первые дни после возвращения с фронта, Зина ходила по тем же аллеям, что и в школьные годы, но отличие было в том, что теперь она знала причину горести, которой полна была ее душа: это тоже была горесть от потери. И хотя потеря была совсем другая, чем в «Асе», но точно так же ничего с ней не поделать, никак ее не избыть.

Зина выходила к ротонде, садилась между ее белыми колоннами, смотрела с высокого берега, как осенние деревья роняют листья в реку, и понимала: все готова она пережить заново, даже... даже то, что произошло с нею, когда гаубица попала прямой наводкой в палатку медсестер в деревне Зимари, только бы и другое пережить тоже — мерзлую багровую клюкву, протянутую ей на ладони, и обращенный на нее взгляд у Лукоморья, и дуб уединенный, на который они смотрели вдвоем...

Все это кончилось вместе с войной. Зина чувствовала тоску и отчаяние, и ни красота осеннего парка, ни белизна ротонды, ни чистый блеск широкой реки не были ее душе подмогой.

Неизвестно, сколько времени пребывала бы она в таком состоянии, если бы не насущная необходимость устраиваться на работу. Продуктовые карточки-то никто не отменял и тунеядствовать никому не позволено, а настроения свои можешь в свободное время перебирать, как фотоснимки.

Через две недели после возвращения Зина устроилась медсестрой в областную больницу, в хирургию. Пустые мысли от этого сразу прекратились, потому что она стала уставать хоть и не так сильно, как на фронте, но достаточно — работа есть работа. Однако на душе у нее легче не стало, и с этим ничего нельзя было поделать, не помогала даже усталость. Вроде бы на кровать валилась как сноп, но через два-три часа просыпалась: виденья войны вставали в ее сознании так ясно, будто она и не засыпала вовсе.

Теперь это были совсем другие виденья, чем в осеннем парке, в ротонде, не были они теперь связаны с Леонидом Семеновичем. И добро бы виделось что-то другое хорошее, ведь немало хорошего было за войну, стольких настоящих людей она узнала, стольких друзей приобрела. Так нет — ночами приходила теперь только смерть, и тяжкое горе давило сердце так, словно смерть была своя, а не чужая, и ничего не значили резоны, что она ведь не погибла, и вернулась домой, и спит на той самой кровати, добротной и дорогой, которую купил для нее отец, когда был еще жив и молод, а она еще только должна была родиться, только забилось ее сердечко у мамы под сердцем...

Это происходило каждую ночь кроме тех, когда Зина дежурила. Она стала брать побольше дежурств, и от такого сочетания ночной работы с бессонницей вскоре сделалась похожа на тень.

— От тебя четверть осталась! — сердилась мама.

Каждое утро она покупала для Зины молоко, которое носили по дворам на продажу как раз четвертями, но и молоко не помогало.

«Это просто бессовестно! — Зина шла на работу и говорила сама с собою, хоть и не вслух, но в такт своим шагам. — Это бессовестно по отношению к больным. Ты можешь им навредить, потому что ходишь как под наркозом. Человек не кошка, он должен управлять своим сознанием. И ты обязана взять себя в руки. Это твой профессиональный долг».

Может, она и зря себя так уж пилила. Нареканий на нее по работе не было, навыки у нее после фронта были разнообразные, и многое она могла делать не задумываясь, почти что машинально, не зря Леонид Семенович ее хвалил... Стоило ей об этом вспомнить, как горесть, утихшая было, снова начинала шевелиться — так, как, наверное, шевелится под сердцем ребенок. Только не под сердцем была у нее горесть, а прямо внутри, в самой его сердцевине.

«Что за глупости! — снова одернула себя Зина. — Какая в сердце может быть сердцевина? А еще медик».

С такой досадой на себя вошла она в больницу.

Но досаду свою сразу же пришлось забыть.

— Скорее, Филипьева! — Старшая медсестра выбежала ей навстречу из сестринской. — Сергеенко просил, чтобы ты прямо в операционную шла.

— А что случилось? — спросила Зина.

— Женщину с аппендицитом привезли. Ну, стали смотреть, сомневались еще... А у нее раз — и перитонит!

— Кто смотрел?

— Да Сергеенко и смотрел. Пока то-се...

Ну конечно! «То-се» — это слово наилучшим образом объясняло, как работает доктор Сергеенко. С первых своих дней в больнице Зина удивлялась, как же врачу, всю войну проведшему в прифронтовом госпитале, не пошел впрок такой опыт. Иногда ей казалось, что он этим своим опытом не укреплен, а словно бы напуган. Но это было как-то чересчур сложно, и Зина не придавала таким мыслям значения.

В операционной она оказалась так скоро, как это только было возможно при соблюдении всех установленных правил. Больная уже спала под наркозом. Она была не женщина, а молодая девушка. И красивая, это Зина успела разглядеть несмотря даже на маску для наркоза.

Как только Сергеенко начал операцию, Зина поняла, что он выбрал неверную тактику. Она точно это знала, потому что однажды ассистировала Немировскому, когда тот оперировал майора, которого везли в санитарном поезде с ранением обеих ног и у которого в дороге случился аппендицит. Майор долго не сообщал, что у него появились какие-то новые боли — потом объяснил, что думал, это просто прежние так усилились, — потому и произошел разрыв аппендикса, и все это выглядело один в один так же, как вот у этой больной теперь. Выглядело-то так же, а вот оперировал Немировский совсем иначе, Зина отлично запомнила.

Она смотрела на руки хирурга Сергеенко и понимала, что красивая эта девушка, у которой все бледнее становится высокий лоб, — что сейчас эта девушка умрет, и это случится в том числе по ее, Зининой вине, хотя она всего лишь подает хирургу инструменты. Всего лишь подает инструменты...

— Виктор Тарасович, — негромко произнесла Зина.

Сергеенко не сразу расслышал ее голос, ей пришлось обратиться к нему снова, погромче. Он обернулся к ней резко, с видимым раздражением...

— Она за тебя всю жизнь должна теперь свечки ставить!

Анестезиолог Савичева произнесла это с такой уверенностью, словно верила в чудодейственную силу церковных обрядов.

— Причем здесь свечки? — пожала плечами Зина.

— При том, что ты ей жизнь спасла.

Они шли по коридору от операционной, мимо них провезли на каталке только что прооперированную больную, потому Савичева и высказала свои о ней соображения.

— Вы преувеличиваете, Ольга Владимировна, — сказала Зина. — Просто я вспомнила похожий случай и сказала об этом врачу.

«Вне всякой субординации», — подумала она.

Савичева усмехнулась так, будто умела читать мысли. Ну да в этом случае не требовалось быть провидицей, все было ясно как на ладони.

— У Сергеенко генерал на столе умер, — сказала Савичева. — За неделю до конца войны. Признали врачебной ошибкой, но не посадили почему-то. Он после этого не то что на воду — на воздух в операционной дует.

Зине стало понятно, почему от доктора Сергеенко так и веяло испугом. Кто бы не испугался! Хотя Леонид Семенович не испугался бы точно.

— А красивая эта Самарина, — сказала Савичева.

— Какая Самарина? — не поняла Зина.

— Да вот эта, прооперированная. Тоже загадочная персона, между прочим. Какой-то начальник столичного вида привез ее на черном авто и всячески стращал, чтобы лечили по высшему разряду, иначе никому тут мало не покажется. Сергеенко его уверял, что у нас всех лечат по высшему. Доуверялся...

Понятно, что после того как у такой больной случился перитонит, в голове у доктора Сергеенко появились не самые приятные мысли. И понятно также, что при таких мыслях врач вряд ли начнет совершать чудеса у операционного стола. Но все-таки Зина считала, что у медицинского работника должно быть достаточно воли для того, чтобы подобные мысли обуздывать.

Она зашла к больной вечером, когда та уже отошла от наркоза. Хотелось ее проведать и, если необходимо, подбодрить.

Положили Самарину в отдельную палату. Учитывая рассказ Савичевой про начальника столичного вида, этому, может быть, не приходилось удивляться. Но Зина не считала это правильным. Ведь едва ли такая молодая девушка могла быть в высоком воинском звании или обладать какими-либо особенными заслугами. А значит, никаких привилегий ей не полагалось.

Но все же это было не самой главной Зининой мыслью. Больная в самом деле выжила чудом, и теперь главным было, чтобы она выздоровела, ведь выхаживание после перитонита — дело нелегкое, и можно ожидать самых неприятных сюрпризов.

Не зря Зине показалось даже при беглом взгляде, что она очень красивая, эта Самарина. Теперь, когда лицо ее не было скрыто маской, это было совершенно очевидно. На него падал свет настольной лампы, и все его черты были как будто обведены сияющим контуром.

— А я знаю, на кого ты похожа!

Зине только сейчас пришла в голову догадка, и она ей обрадовалась. Но лампу все-таки отвернула. У больной и так от наркоза голова болит, наверное, а тут еще свет в лицо, и кто только додумался так лампу поставить.

Самарина посмотрела на нее с недоумением.

— Ты похожа на даму с горностаем, — объяснила Зина. — Картина Леонардо да Винчи, знаешь?

— Знаю.

Та кивнула и чуть заметно поморщилась: голова болела, конечно, Зина правильно догадалась.

— Я видела эту картину, — сказала Самарина.

— Я тоже, — кивнула Зина. — Нам Анна Станиславовна показывала, учительница истории, когда мы искусство Италии проходили.

Самарина улыбнулась Зининым словам. Это даже улыбкой трудно было назвать, лишь чуть дрогнула прекрасная линия губ. Ею в самом деле можно было любоваться, как картиной да Винчи.

— Садись, — сказала она. — Ты кто?

— Операционная сестра, — ответила Зина, садясь на стул у кровати. — Зина Филипьева.

— Я Полина. Это правда, что я чуть не умерла?

— Ты ведь не здешняя? — вместо ответа спросила Зина.

Она не хотела отвечать на Полинин вопрос. Сейчас больной совсем не время думать о таких тяжелых вещах, как граница жизни и смерти.

— Не здешняя, — ответила Полина.

— Из Москвы?

— Можно считать так.

Что означает этот Полинин ответ, было не очень понятно. Но в конце концов, это не имело значения, Зина никогда не страдала пустым любопытством.

— Ну, выздоравливай, — сказала она, вставая. — Я на минуточку зашла, просто посмотреть, как у тебя дела. Спи побольше, это для тебя сейчас очень важно.

«Надо ей брусники моченой принести, — подумала Зина. — Витамины — это тоже важно, не только сон».

Непонятно, чем эта Полина так привлекла ее внимание. Одной только красотой — едва ли. Но вот бывает же, что чувствуешь значительность какого-то человека, а почему, и сам объяснить не можешь. Без видимых причин.

— Зина, — вдруг окликнула Полина, когда она уже подошла к двери. — Помоги мне отсюда выбраться.

— В каком смысле? — не поняла Зина.

— В прямом. Мне надо уйти из больницы незаметно. И вообще скрыться. Чтобы никто не знал, где я. Можешь мне помочь?

— Но как же?.. — растерялась Зина. — Ты же совсем больная еще... Да глупости ты говоришь! Ты же умереть можешь!

Полинины слова были произнесены таким тоном, который не оставлял сомнений в том, что она осуществит свое странное намерение. Конечно, Зина испугалась.

— Это сейчас не главное, — сказала Полина. — Мне надо скрыться. Это необходимо.

В том, как она сказала, что возможность ее смерти сейчас не главное, не чувствовалось и тени нарочитости или рисовки. Зато чувствовалась та воля, которую называют железной. Зина знала таких людей. На фронте она их видела и теперь могла узнать с полуслова, как только они хоть чуть-чуть позволяли себе проявить свою натуру. Стальные ножи это, а не люди. Вот почему Полина сразу показалась ей такой недюжинной, наконец Зина поняла причину.

— А... когда тебе надо скрыться? — спросила она.

— Чем скорее, тем лучше. Желательно прямо сейчас.

— Прямо сейчас нельзя. Ты просто не поднимешься.

— Поднимусь.

— Ладно, пусть поднимешься. Но потом у тебя сепсис начнется. Хорошо это будет? Давай до завтра погодим, а? — Тут Зина вспомнила про начальника столичного вида и догадливо добавила: — На ночь-то вряд ли кто-нибудь к тебе сюда явится, да и не пустят никого. А завтра спокойно рассудим.

Она с удивлением заметила, что уже объединяет себя с этой девушкой, ставит свои действия в зависимость от ее решений.

— Он мне лекарство привез, — сказала Полина. — Английское. Сказал, это как раз от сепсиса. Может, уколешь?

— А я знаю, какое это лекарство! — обрадовалась Зина. — Леонид Семенович про него рассказывал. Что англичане во время войны изобрели и что для раненых это просто панацея. От гангрены спасает и от сепсиса.

— Ну так уколи мне, раз панацея, — сказала Полина. — Вон на тумбочке коробка.

— Я не могу просто так колоть, — покачала головой Зина. — Должен врач назначить.

— Ерунда. Там наверняка инструкция в коробке, и все написано, как колоть. Дай-ка ее мне.

Зина взяла с тумбочки и протянула Полине коробку с ампулами. Та распечатала ее, достала вкладыш, всмотрелась в английские буквы и с досадой сказала:

— В глазах все плывет! Наркоз не отошел.

Зина взяла у нее из рук листок с английским текстом и быстро его просмотрела.

— Действительно расписано, — сказала она. — Вся схема.

Полина удивленно взглянула на нее.

— Ты по-английски читаешь?

Зина улыбнулась. Она привыкла к тому, что ее владение английским языком удивляет всех, и ей даже нравилось наблюдать за этим удивлением у новых людей. Свои-то в санитарном поезде все уже знали, что она с легкостью читает инструкции к лекарствам, поставляемым по лендлизу из Америки.

— У нас в школе учительница по английскому очень хорошая была, — объяснила Зина. — Софья Робертовна Блэк. Она Оксфорд закончила.

— Оксфорд? А здесь она что делала?

— У нас тут таких много. Из Ленинграда, из Москвы. Кого выслали, кто сам приехал.

— В глушь, в леса? — кивнула Полина. — Разумно. Ну вот и не спрашивай, зачем мне скрыться надо. Помоги, и всё.

О причинах, по которым Полине надо было скрыться, Зина как раз спрашивать и не собиралась. Ссыльных в Кирове было немногим меньше, чем заключенных в окрестных лагерях, и если кто-нибудь думал, что все эти люди преступники или враги, то Зина такого не думала точно.

Ей было лет восемь, когда она впервые обратила внимание, что на торцах бревен-топляков, которые плавают в реке, где купаются все дети с их улицы, вырезаны или выжжены какие-то имена и даты. Она спросила маму, что это за надписи такие, и та ответила:

— Лагерники пишут. Для родных, может. Списать бы да родным бы их и сообщить, так кому сообщать-то, они фамилии боятся ведь указывать.

— А они почему в лагерях сидят? — спросила тогда Зина. — Потому что кого-нибудь убили?

— Глупостей-то за дураками не повторяй, — поморщилась мама. — Кто убил, а кто и нет, нам отсюда не разобрать. Ну и нечего зря на людей наговаривать. Отца вон твоего тоже было посадили. А за что? Пары рукавиц не досчитались на складе, никто и разбираться не стал, живо крайнего нашли. Так и сгинул бы в лагере, если б я его не выкупила.

Историю про то, как мама ходила выкупать своего мужа из лагеря, Зина узнала позже, лет в четырнадцать.

— Пошла ночью к лагерю, охранника вызвала, сказала, мол, мужа хочу выкупить. Он, дурень, спрашивает: а что дашь? Я ему: а ты не мужик, что ли? Ну и выкупила, — ответила она на вопрос дочери. — Тебе тогда два года уж было.

Так что лишних вопросов Зина задавать была не приучена.

— Сейчас шприц принесу, — сказала она.

— И подумай, куда мне отсюда уйти, — напомнила Полина.

Это Зина уже обдумала. Просто удивительно, как она сразу стала выполнять Полинины указания! Ведь никогда не была слабовольной мямлей. Но тут, видимо, дело было не в отсутствии собственной воли, а в силе Полининой и воли, и убежденности.

Ну и в стечении обстоятельств тоже. Именно вчера Зинина одноклассница Валя Лазарева отдала ей ключ от своей комнаты и попросила раз в три дня поливать цветы, пока она съездит в Саратов к любимому, с которым познакомилась через журнал «Огонек», куда он писал умные и интересные письма по разным вопросам, потому что был неравнодушным человеком, что в нем ее и привлекло. Валя — та точно была неравнодушная, она еще в школе была очень увлекающаяся, и одним из ее увлечений являлись цветы, она даже лимонное деревце у себя в комнате вырастила. Когда оно цвело, то комната наполнялась ароматом, который все подружки бегали нюхать, а с крошечными лимонами можно было по-настоящему пить чай, вот как!

— Уйти можно в Трифонов монастырь, — сказала Зина.

— Уйти в монастырь? Романтично!

Полина засмеялась и тут же поморщилась — видно, швы потянуло.

— Он не действующий, — объяснила Зина. — Там теперь коммуналки, у меня от одной комнаты ключ есть.

— В монастырь так в монастырь, — кивнула Полина. — В моей ситуации это даже своевременно. Неси шприц, — напомнила она.

И Зина послушно отправилась за шприцем.

Глава 6

— Никто не видел, как ты сюда пришла?

От того, что Полина сидела рядом с лимонным деревом, ее сходство с девушкой эпохи Возрождения сильно увеличивалось. К тому же и прическа была похожа — русые волосы, разделенные тонким пробором, двумя волнами прикрывали щеки, оттеняя плавный рисунок тонких скул. Может быть, после того как Зина сказала о картине Леонардо да Винчи, Полина нарочно стала делать такую же прическу, как у Дамы с горностаем. Нет, все-таки едва ли нарочно: нарочитость — это было последнее, в чем ее можно было заподозрить.

— Не знаю, — пожала плечами Зина. — А если кто и видел, то что? Пришла и пришла. У меня здесь одноклассница живет, да и мало ли кто здесь живет.

Народу в Трифоновом монастыре действительно проживало немало. Зина и знала-то его всю свою жизнь уже не как монастырь, а как огромную коммуналку. Самой ей совсем не хотелось бы здесь жить. Конечно, и они с мамой живут по сути в коммуналке с тех пор как хозяевам, у которых они когда-то сняли жилье, было объявлено, что дом больше не является их собственностью и жильцы становятся полноправными квартиросъемщиками. Но все-таки это дом, он бревенчатый, в нем стены дышат, а здесь не комнаты, а кельи и мрачные каменные своды вместо потолков, и холодно всегда — Валя свое лимонное дерево специальной лампой обогревает, — и свет вечно тусклый, какие лампочки ни вкручивай.

— Здесь даже привидения живут, — сообщила Полина. — Ночами в стенах стучат, ходят везде.

— Это соседи, — возразила Зина. — Жильцов много,
и постоянно кому-нибудь куда-нибудь нужно, вот всю
ночь и ходят.

— В стенах? Нет, Зин, это привидения. Я точно такие
шаги в Италии слышала, на вилле Медичи под Флорен-
цией. Всю ночь кто-то ходил, ходил... Хотя там никаких
жильцов не было, я была совершенно одна.

Полина часто сообщала что-нибудь вроде этого,
про виллу Медичи, притом таким обычным тоном, что
Зина готова была даже поверить, что она это все не выду-
мывает. Хотя верить такому, конечно, не стоило, просто
у Полины буйная фантазия, потому что натура взбал-
мошная и своенравная. И если чему следует удивляться,
то лишь тому, как это сочетается у нее со здравым умом
и сильной волей.

Насчет ее воли Зина не ошиблась, одно то, как
быстро Полина мобилизовала свой организм для выздо-
ровления, было тому подтверждением. Хотя и волшебное
английское лекарство пенициллин, безусловно, сыграло
важную роль.

— Там летучие мыши живут. Подвал бездонный.
Лужайка под окнами, как у Ботичелли на картине «Весна»,
да он там ее и писал. И так, знаешь, тихо вокруг этой
виллы Медичи, — задумчиво проговорила Полина. —
Только собаки ночами лают. И очень там однообразно.
Зато все, что происходит во внутренней жизни человека,
приобретает черты значительности. Потому что на-
ружно ничего значительного не происходит, и на этом
фоне внутренняя жизнь, чувства становятся очень
важны.

Зина замерла, слушая ее. Полина говорила так, что
ей невозможно было не верить. Значит, это правда, что
она жила на вилле Медичи?..

— А вообще-то я все это про вашу богоспасаемую местность говорю! — вдруг заявила Полина. — Сплошная у вас здесь тишь да гладь, поэтому все чувствительные, как барометры. Например, ты.

Она рассмеялась, а Зина перевела дух. Ну конечно, Полине просто нравится ее дразнить, а наблюдения свои она сделала уже здесь, в Кирове. Это же очень понятно, что вдали от столиц жизнь тихая и размеренная. Хотя Киров все-таки не такой уж маленький город, здесь развитая промышленность, а вот вокруг — да, сплошные леса, и глушь такая, что в распутицу не до всякой деревни доберешься, а зимою из тех деревень волки собак вместе с цепями уносят.

Ну а сами по себе наблюдения, конечно, очень интересные. Полина вообще наблюдательная и всегда замечает не мелочи, как большинство женщин, а что-нибудь красивое и значительное.

Она жила в Трифоновом монастыре уже две недели и за это время много всего такого успела Зине порассказать. Выдумка смешивалась в ее рассказах с правдой так причудливо, что невозможно было отделить одно от другого.

Еще она рассказывала, например, что до войны жила в Берлине. Это, наверное, было выдумкой, но с другой стороны, во всем ее облике было то, что заметно отличало ее от всех женщин, которых знала Зина, а она ведь за войну узнала людей из самых разных областей страны, но таких не видала. И дело было не в необычных вещах Полининого гардероба. Когда наши войска вошли в Европу, то многие слали оттуда родне посылки, а потом вернулись домой с трофеями. Однако у Полины не только чулки-паутинки и платья были заграничные, но и манера держаться, и говорила она как-то не по-здешнему. А когда

Зина сказала ей об этом, то она по своему обыкновению загадочно улыбнулась и совершенно серьезным тоном заявила, что является шпионкой. Вот и говори с такой!

Но Зина и говорила, и делала все, что Полина считала нужным. Один побег из больницы чего стоил! Она самолично не только Полину из палаты вывела, но и вынесла чемодан с ее вещами, который стоял у нее под кроватью. Это как? Сумасшествие, больше ничего. И, главное, ни единого вопроса не задала — зачем, почему. Полина только потом ей объяснила, что ее преследует назойливый любовник, от него она и хочет скрыться. Зина не очень-то этому поверила, но сочла, что это не ее дело, и просто помогла Полине осуществить побег.

— Ты попала под обаяние авантюризма, — объяснила Зине ее же собственное поведение Полина. — Не ты первая, не ты последняя, под него многие попадают, причем самым неожиданным для себя образом. Кто имеет душу живу, тот и попадает, это главный критерий. Дело даже не во мне, я всего лишь его проводник. Да здравствует авантюризм!

После ее побега поднялась такая паника, будто не больная из больницы, а заключенная из лагеря сбежала. А потом вдруг все мгновенно успокоилось, словно и не было никакой пациентки Самариной, и искать ее перестали. Полина сказала, что это так и должно было произойти, и опять-таки Зина не стала расспрашивать, почему. Никогда у нее не было такой необыкновенной подруги.

— Раз никто тебя не видел, то пойдем хоть вокруг монастыря прогуляемся, что ли, — сказала Полина. — А то я здесь скоро сама в привидение превращусь, в этой смиренной обители.

Одновременно с ее словами за дверью комнаты, в коридоре, раздался яростный мужской рев, потом женский вскрик и протяжный вопль.

— Впрочем, обитель не так уж и смиренна, — спокойно заметила Полина. — Слышишь, Голиаф ревет? Есть здесь одно семейство, которое таким вот образом выясняет отношения ежедневно.

— Скорее всего, не одно, — пожала плечами Зина. — У нас тоже такое семейство было, муж сильно пил. Но потом мама моя его успокоила, и он перестал.

— Пить перестал?

— Жену бить перестал. И пить тоже.

— Здесь, к сожалению, такой мамы-примирительницы нет, — усмехнулась Полина. — Зато есть...

В коридоре раздался еще один мужской голос, потом снова рев, потом звук падающего тела. Потом женский вопль перешел в надсадные причитания.

— Ага! — с живым интересом сказала Полина. — Вот и примиритель вмешался. Есть здесь такой нервный товарищ, бывший зэк, насколько я могла понять. Только он нашего Голиафа и успокаивает. За что избиваемая супруга всей своей мягкой женской душою этого доблестного Давида ненавидит. Пойдем, Зина. — Она сняла с вешалки длинное черное пальто с широкими подкладными плечами, набросила поверх него горжетку из чернобурки. — Еще десять минут в этих праведных монастырских стенах, и я с ума сойду.

Зина считала, что Полина еще не оправилась после операции и ей следовало бы посидеть дома, особенно в такую холодную погоду, какая установилась к ноябрю. Но спорить она не стала. И свежий воздух все-таки нужен, и все равно Полина сделает по-своему.

Они вышли в коридор и направились к выходу. Картину драки Полина воспроизвела точно, даром что на слух. По пути ко входной двери им пришлось перебираться через здоровенного мужика. Он лежал поперек коридора и громко охал, а рядом с ним сидела на полу растрепанная жена и еще громче причитала:

— А горе, а беда! А проклятый! А кто ж тебя с лагеря-то выпустил, честных людей убивать?! А в тюрьме ж тебе место, вражина!

Никого кроме супругов в коридоре не было.

— А ты вражину, между прочим, видела? — негромко поинтересовалась Полина, переступая через ногу лежащего Голиафа. — Я бы на твоем месте познакомилась. Очень привлекательный мужчина, несмотря на всю его нервность. Или благодаря ей.

Полина уже выяснила, что у Зины нет кавалера, и сразу же заявила, что это ненормально, и сразу же стала такового ей приглядывать, причем даже в таких неподходящих ситуациях, как вот эта, с битвой Давида и Голиафа в коммунальном коридоре.

— Пойдем к роднику, — сказала Полина, когда они выбрались наконец из здания. — Жаль, искупаться нельзя, соседи будут шокированы.

— Можно подумать, если бы не соседи, ты бы искупалась, — хмыкнула Зина.

— Конечно. А что особенного?

— Ничего. Только вода в ноябре холодная.

— Вода холодной не бывает, — пожала плечами Полина. — Купаться можно в любую погоду, и в ноябре я купалась много раз.

Зина хоть и не поверила, но не проверишь ведь.

Они вышли из монастыря, прошли вдоль его стены и уселись на шаткую лавочку возле родника, бьющего прямо из склона в каменный резервуар.

Когда-то, мама говорила, над родником стояла часовня, но после революции ее разрушили, так же как и монастырские рыбные садки, в которые вода из резервуара отводилась по деревянным трубам. Зина считала, что часовня была разрушена неправильно. Понятно, что религия обман и что священники угнетали простой народ, но разрушать... Ей сразу вспоминался изувеченный снарядами парк и сожженный дом Пушкина в Михайловском, и от такого сравнения становилось не по себе.

Стена монастыря укрывала от ветра, и долго можно было здесь сидеть, вдыхая острый от травяных и листвяных осенних запахов воздух.

— Полина, — спросила Зина, — а почему ты убежала от того мужчины? Ну, от того начальника, который привез тебя в больницу?

— Это очень романтическая история, — сказала Полина.

Зина вздохнула. По Полинину тону она поняла, что та сейчас начнет выдавать подряд все, что будет приходить в ее буйную голову. Может, мама и права, когда говорит, что буйной голове цены нет. Но в любом случае удивительно, если эта буйная голова прямо-таки светится кротким совершенством. И очень грустно, если вместо дружеского доверия она порождает какие-то сомнительные вымыслы.

— Очень романтическая, — повторила Полина. — Он влюбился в меня, когда я была еще ребенком. Ну, почти ребенком, мне было тринадцать. Хотя, правда, я была для своих лет довольно порочна и мужчин не считала взрослыми дядями, а наоборот, обращала на них самое пристальное внимание и изо всех сил старалась, чтобы они обращали внимание на меня. Но что в этом ужасного? В конце концов, раньше девушек в этом возрасте замуж выдавали. Как бы там ни было, он в меня влюбился. Неизвестно, чем бы кончилось, но мои родители уехали из Москвы и меня, разумеется, взяли с собой. И мы с ним не виделись... сейчас сосчитаю... Да, мы не виделись пятнадцать лет.

— Тебе двадцать восемь? — удивилась Зина. — Я думала, лет двадцать, не больше.

— Больше, Зина, больше, — усмехнулась Полина. — По-моему, это даже слишком понятно. Ну да, впрочем, такое незамутненное существо, как ты... В общем, мы с этим, как ты выразилась, столичным начальником снова встретились год назад. Он тут же заявил, что старая любовь не ржавеет, ну и прочие подобные пошлости. И я от него сбежала. А он стал меня преследовать, и таким вот образом мы с ним добрались до вашего славного города.

— Из Берлина до Кирова? — усмехнулась Зина.

Все-таки она рассердилась. Слишком уж откровенно Полина ее обманывала.

— К тому времени я уже жила в Москве, — ничуть не смутившись, заявила та. — Я бросилась на Ярославский вокзал, он за мной... В дороге у меня случился аппендицит, а дальше ты сама все видела.

Полинины удлиненные глаза сверкали двойными искорками правды и лукавства. Разобрать, где которые искорки, не представлялось возможным.

— Что же ты теперь собираешься делать? — вздохнула Зина.

В ее неожиданной подруге было так много жизни, что обижаться на нее подолгу было просто невозможно.

На жизнь ведь не обижаются. И к тому же с появлением Полины исчезли смертные виденья, которые мучили Зину, и она воспряла духом. Видно, Полинина жизненная сила все виденья победила.

— Что делать собираюсь? — пожала плечами Полина. — Довлеет дневи злоба его. Знаешь такие слова?

— Не знаю.

— Сегодняшнему дню достаточно собственной заботы, а завтрашний день сам о себе подумает. Так это на русском языке будет.

— А сразу ты на каком языке сказала?

— На церковнославянском. Это же из Библии. Я думала, ты знаешь.

— Почему я должна это знать?

— Про Давида и Голиафа знаешь же.

— Про Давида и Голиафа — это мифология. Ее должен знать каждый культурный человек.

Полина расхохоталась.

— Зина, я таких, как ты, никогда не встречала! — воскликнула она сквозь смех. И добавила уже без смеха: — Даже не предполагала, что в современном мире еще живут такие тургеневские девушки. Или крестьянские дети Некрасова, не знаю, что больше подходит.

Зина не поняла, лестна или обидна такая характеристика. Полина с ее леонардовской внешностью, авантюрным обаянием, невероятными фантазиями, сшитым по берлинской моде пальто, способностью купаться в ледяной воде и знанием церковнославянского оставалась для нее загадкой.

— Пойдем домой, — сказала Зина, поднимаясь с лавочки. — Я замерзла. А ты после операции подвержена любой простуде.

— Я еще немного посижу, — покачала головой Полина. — Посмотрю на ваш знаменитый овраг. Никогда не предполагала, что жизнь занесет меня в город Глупов.

В ее голосе прозвучала усмешка. Хотя чему усмехаться? Всем известно, что Салтыков-Щедрин описал под названием Глупов именно Вятку. Но понятно же, что современный город Киров не имеет к Глупову никакого отношения!

Зина пошла вдоль монастырской стены к воротам. Она была расстроена. Полина привлекала так же сильно, как бесцеремонно отталкивала. Словно оберегала в себе таким образом какую-то загадку.

У входа в монастырское здание стоял человек в шинели с майорскими погонами и изучал табличку на двери. Наверное, разбирался, сколько раз ему следует звонить.

Когда Зина подошла ближе, майор обернулся.

— Зина, — сказал он. — А я почему-то и подумал, что увижу тебя вот так... Просто увижу на улице.

И все мысли тут же вылетели у нее из головы, улетучились, она ахнула, бросилась к нему, остановилась, не добежав двух шагов, сделала эти два шага и, обняв его, зарыдала так, словно навсегда потеряла, а не наоборот, наконец-то увидела человека, без которого не было ей ни счастья, ни жизни.

Глава 7

— Первый тост — за предопределенность счастья.

Полина подняла свою чашку и выпила не чокаясь.

«Как на поминках», — подумала Зина.

Наверное, зря она так подумала. Просто чокаться чашками глупо, а рюмок в Валиной комнате не нашлось.

Хорошо, что Зина как раз принесла Полине поесть. Сразу же поставили на стол всю домашнюю снедь, которая была в ее сумке. Ничего особенного там, правда, не было и даже мало было такого, что подходило бы для закуски, не под простоквашу же выпивать. Но пригодилась картошка и другие овощи, которые росли на их с мамой огороде. Зина сварила их дома, а здесь собиралась накрошить из них винегрет, но теперь возиться не стали и выставили овощи просто так.

— А в чем заключается предопределенность счастья? — спросила она, когда выпили спирт из чашек.

Пить его Зина научилась на фронте, и хотя делать это не любила, но если надо, могла и выпить, как все.

— В том, что Леониду Семеновичу сразу же по прибытии выдали ордер на комнату именно в Трифоновом монастыре, — объяснила Полина. — Что ты находилась здесь ровно тогда, когда он пришел вселяться по ордеру. Таким образом ваша встреча была предопределена.

Зину смутило это объяснение. Хоть Полина и сказала теперь просто «встреча», а не «счастье», но все равно...

— Мы бы и так встретились, — сказала она. — Завтра в больнице.

— Зиночка, не будь занудой, — улыбнулась Полина. — Ей не хватает бесшабашности, — сказала она уже не Зине, а Немировскому. — Даже странно.

— Что странного? — спросил он.

— Мне казалось, на фронте без этого качества не выжить.

— Или с этим качеством не выжить.

— Да, это парадокс! — засмеялась Полина.

— Это не парадокс, а софистика, Полина Андреевна, — сказал он.

Их разговор был Зине не очень понятен, но она и не старалась вникнуть в смысл произносимых слов. Гораздо важнее было то, как выглядел сейчас Леонид Семенович, это вызывало у нее тревогу.

Она его не то что не узнавала, нет, конечно, не до такой степени он изменился, но внутренние перемены были в нем так сильны, что повлияли и на его облик. Даже глаза, ей казалось, переменились — если раньше были цвета льда на чистой реке, такие же неярко-зеленые, то теперь этот лед словно бы подтаял, потускнел и не зеленым стал, а серым.

Зина понимала, почему это произошло. Не надо было особенного ума, чтобы догадаться. Раз он приехал из Ленинграда один, без семьи... Может, надо было спросить его о жене и дочке, но Зина не могла этого сделать. Она спросит, конечно, спросит. Только не сейчас. Сейчас ей достаточно просто смотреть на него во все глаза и...

Зина вдруг почувствовала, что в глазах у нее режет, словно дым в них попал, и в горле першит, и в носу. Она поняла, что сейчас заплачет. Слезы поднялись у нее изнутри сразу и неожиданно, это от спирта так сделалось, наверное, вообще-то она умеет руководить своими чувствами, может быть, и слишком хорошо умеет, вон, Полина даже занудой ее назвала...

Она поспешно поднялась из-за стола и пошла к двери, благо комната-келья у Вали была маленькая.

Ни Леонид Семенович, ни Полина не стали спрашивать, куда она, оба люди культурные. И слава богу, что не надо ничего говорить и никто не услышит в ее голосе слезы.

Коридор был так длинен, что сводчатый потолок делал его похожим на ущелье. Зина хотела выйти на улицу, чтобы успокоиться на свежем воздухе, но ее пальто осталось в комнате, и она пошла в противоположную сторону, к кухне.

Ни за одной из многочисленных дверей, выходящих в коридор, не было тишины и, ей казалось, не было покоя. Может быть, просто не было покоя в ее душе, вот она и переносила свое состояние на все вокруг. Но это и объективно было так: за каждой из дверей кто-нибудь смеялся, плакал, ругался или пел, а за одной кто-то даже играл на балалайке.

В кухне на трех столах гудели примусы. Рядом с этими столами стояли и сидели хозяйки. Зина этому не обрадовалась: она надеялась, что в кухне никого не будет и у нее появится возможность посидеть в одиночестве, взять себя в руки. Но сразу же убедилась, что и так никого как будто бы нет: ни одна из женщин не обратила на нее ни малейшего внимания.

Зина присела на колченогую табуретку возле узкого окна. Пока собирали на стол, пока выпивали, начался дождь, и теперь его струи хлестали в окно вперемежку с голыми черными ветками.

Она смотрела на эти ветки, сливающиеся с дождем, и думала. Вспоминала. Как проснулась после того гаубичного выстрела, села на топчане. Брезентовая занавеска перед нею была задернута неплотно, и в тусклом свете коптилок она видела лежащих раненых, их забинтованные головы, ноги, руки. Слышала их стоны. Несколько секунд не понимала, почему лежит здесь, в медсанбате. Ранена, что ли? Ощупала свои плечи, коснулась головы. Да нет, вроде не ранена. Волосы, которые обычно заплетала в косу и скручивала узлом за затылке, теперь распущены. От прикосновения они упали на лоб. Она с удивлением увидела у себя перед глазами белые пряди. У нее ведь темно-русые волосы. Как странно сместился мир, как ничего в нем не совпадает с тем, что было прежде!..

Зина хотела встать с топчана, но не смогла из-за слабости в ногах. Ею владела пустота.

Занавеска отодвинулась, и она увидела капитана Немировского.

— Вот и проснулась, — сказал он. — Вот все и хорошо.

— Я что, долго спала? — с трудом выговорила Зина. Губы слушались ничуть не лучше, чем ноги. — Почему же меня не разбудили?

Вместо ответа Немировский присел на край топчана, взял ее за руку. Зина видела, что он просто считает пульс, но чувствовала при этом такую радость, как будто он держал ее за руку как-нибудь по-особенному. Его рука была ласкова к ней вне его собственных намерений.

И вдруг она вспомнила! Как шла по тропинке к медсанбату, как разминулась с Наташей Воскарчук, как вошла та в землянку медсестер и как летела по ясному утреннему небу ее голова с кудряшками перманента...

Осязаемый, ощутимый, видимый — сизый ужас подступил прямо к сердцу. Может быть, она вздрогнула или даже вскрикнула. А может, Немировский и так догадался, что с ней.

— Ну все, все. — Он сжал Зинину руку, потом осторожно отодвинул седые пряди и поцеловал ее лоб. — Ты живая, Филиппок. И жить будешь долго.

— Я... не буду... там смерть!.. — дрожа, пробормотала она с порывистой бессмысленностью. И жалобно спросила: — Что же там после нее будет?

— Ничего страшного. — В его голосе действительно не слышалось страха. — Возможно, увидим, что все другие увидят только после второго пришествия. Возможно, что-нибудь еще. Но бояться не надо.

Она не поняла, про чье второе пришествие он говорит, но страх ушел мгновенно — вылетел из нее, как звук из флейты, в которую дунул виртуозный музыкант.

Она благодарно прижалась лбом к его плечу и попросила:

— Не оставляйте меня, Леонид Семенович.

В эту минуту она не могла представить своего существования без него. Куда она денется без него от подступающего страха, от сизого этого ужаса?

Наверняка ее просьба прозвучала очень глупо или во всяком случае наивно. Но он ответил с такой серьезностью, как будто ничего подобного не заметил:

— Не оставлю, Филиппок. Меня в санитарный поезд переводят. Я тебя с собой заберу. Согласна?

— Да!

Господи, да она куда угодно с ним согласна! Она и не поняла даже, куда он ее зовет, это не имело ни малейшего значения.

— Как я без вас жила?.. — чуть слышно проговорила Зина.

Он, скорее всего, не услышал, что она сказала, а если услышал, то не обратил внимания. Он понимал, в каком она сейчас состоянии, и главным для него было, чтобы она успокоилась. А для нее главным было — быть рядом с ним. Сейчас и всегда.

— Потревожу тебя, а, красавица? Табуреточку позволь.

Зина вздрогнула. Она глубоко погрузилась в свои мысли и совсем забыла, где находится. И тем более забыла, что сидит на чужой табуретке.

Она встала. Ее глаза сразу оказались вровень с глазами незнакомого парня, по виду постарше, чем она. Глаза у него были темные, с опасными огоньками. Зина не понимала, что в них опасного, но опасность просто-таки исходила от него, и вот именно из глубины этих темных глаз, которые непонятно что выражали.

— Николай, — зачем-то представился он, хотя она не спрашивала.

— Зинаида, — пришлось ей ответить.

— Жиличка новая?

— В гости пришла к подруге.

Сколько Зина здесь бывала, его никогда не видела. Правда, она и не интересовалась жильцами и вообще здешней жизнью, сразу проходила к Вале в комнату.

— Может, и ко мне зайдешь? У меня конфеты есть.

Его предложение зайти прозвучало бы нагло и слишком откровенно, но про конфеты он сказал с такой улыбкой, что и Зина невольно улыбнулась. Так ей предлагали сладости только в дошкольном детстве.

Про конфеты он выдумал, может. Их и так-то днем с огнем нигде не найдешь, конфет, а у него они откуда возьмутся? Не похож он был на сластену. Опасность если и исчезла в момент его улыбки, то сменилась неспокойствием, тревогой. Да тут же и вернулась снова. Нервность очень чувствовалась в нем, даже на беглый взгляд.

Заметив Зинину ответную улыбку, Николай спросил:

— Ну что, пойдем ко мне?

— Нет, — покачала головой Зина. — Подруга ждет.

— Так зови и подругу!

— В другой раз. — Она встала. — Спасибо за табуретку.

— Да сиди, если хочешь, — сказал он. — Лампочку я и потом вкручу.

Не ответив, Зина пошла к двери. Женщины у примусов так и не обернулись ни к ней, ни к Николаю. Уныло текла здесь жизнь.

Стоило ей выйти из кухни, как первая же дверь широко распахнулась и в коридор прямо перед нею вывалился Голиаф, тот самый верзила, который недавно избивал жену, а потом сам лежал избитый на полу. За прошедший час он не протрезвел, на ногах и теперь едва держался, однако восстановил свой первоначальный пыл. Наверное, еще водки выпил.

— П-п...таскуха! — выговорил он заплетающимся языком и схватил Зину за плечо.

Она не испугалась и даже не удивилась. Пьяных она видела немало, и ей нетрудно было догадаться, что за ее плечо он ухватился, чтобы не упасть немедленно, и что скорее всего он хочет сообщить ей свое мнение о жене, поделиться семейным горем, вероятнее всего, воображаемым.

Одновременно с ее плечом он держался за дверной косяк, поэтому Зина даже не покачнулась.

Но Николай, вышедший вслед за нею из кухни, воспринял все это иначе.

— Э-э!.. — крикнул он. — Клешню убери от барышни!

Голиаф отпустил Зинино плечо и тупо посмотрел на своего Давида. Не трудно было догадаться, что именно Николай был тем самым примирителем, который один только и умел на него воздействовать.

Зина и слова не успела произнести, как он взял Голиафа за руку и резким движением отвел ее назад и вверх. Голиаф взвыл и словно пополам сломался — склонился перед Зиной в глубоком поклоне.

— Пошел!.. — процедил Николай и втолкнул Голиафа обратно в комнату, из которой тот только что вывалился.

Входя туда вслед за ним, он бросил на Зину быстрый торжествующий взгляд.

«Ну как?» — спросили его тревожные глаза.

Зина терпеть не могла таких бессловесных вопросов. Ей претила любая рисовка. Но кричать: «Отпусти его!» — было бы просто глупо. Что она, избитая супруга, орущая на своего спасителя, что ему-де место в тюрьме? Да и нет ей никакого дела до этого Николая с его красивыми жестами.

Она пожала плечами и пошла дальше по коридору.

Дверь в комнату Вали была закрыта неплотно. Наверное, Зина сама же и не закрыла, слишком поспешно выходя. Она услышала голос Леонида Семеновича, на мгновенье приостановилась... И замерла, слушая его, боясь ему помешать.

— Это мне соседка рассказала, про книгу. Что Белла ее разняла на страницы и до последней минуты дочке сказки читала. Я помню эту книгу, сказки Андерсена, огромная. У нее уже не было сил держать ее в руках всю, вот она и разняла, понимаете?

— Вы не нашли могилу? — спросила Полина.

— Нет могил. Всех хоронили в общей. Если вообще хоронили — в основном сжигали, говорят. И мне, знаете, последнее время одна мысль покоя не дает: что если это правда, что в день Страшного суда мертвые действительно должны встать во плоти? У евреев потому и не принято сжигать. Всегда я над родительской религиозностью подшучивал, а теперь вот сам... Никогда не знаешь, как эта кровь о себе в тебе напомнит.

— У Бога нет мертвых, Леонид Семенович.

— Наверное. Во всяком случае, хочется в это верить. Хотя вера у меня получается странная. Собирательная, я бы сказал.

— Как у всех умных людей.

— Спасибо вам, Полина Андреевна.

— За что?

— До сих пор я ни с кем не мог об этом говорить.

— Дело не во мне.

— Не знаю.

От того, что он говорит все это Полине, Зина почувствовала что-то вроде укола в сердце. Как будто в него попал осколок злого зеркала из «Снежной королевы». Но стоило ей вспомнить о сказке Андерсена, как сердце ее тут же захлестнула такая волна жалости и боли, что не до мелких обид ей стало. Как же он живет, все время думая о том, как умирали от голода его жена и маленькая дочка? Как носит в себе неизбывное это горе?..

Забывшись, Зина толкнула дверь.

— Куда ты подевалась? — спросила Полина. — Мы тебя ждем, не выпиваем.

Если о Леониде Семеновиче Зина думала лишь с любовью и сочувствием, то от Полининого «мы» осколок снова шевельнулся в ее сердце. Почему Полина объединяет себя с ним так уверенно? Она взглянула на Леонида

Семеновича. Он смотрел на Полину. От этого Зине еще больше стало не по себе.

Она села к столу, Полина положила на ее тарелку половинку вареной свеклы. Немировский разлил по чашкам оставшийся спирт.

— Да у вас тут и так есть что выпить! — раздалось от двери. — А я со своим угощением.

На пороге стоял Николай. Зину так рассердило его появление, что она даже не нашла, что на это сказать. Ну как можно приходить к незнакомым людям без приглашения!

Но тут же выяснилось, что Полина отлично с ним знакома.

— Здравствуйте, Коля, — сказала она. — Садитесь поскорее.

— А я вспомнил, что вы меня приглашали по-соседски заходить, — сказал он, обращаясь к Полине, — и решил, что случай как раз подходящий. — Он поставил на стол четвертинку мутноватого самогона и положил рядом кулек с конфетами-подушечками. — Зовут меня Николай Чердынцев, если кто еще не знает.

Последние его слова относились, конечно, к Леониду Семеновичу. Представляясь, Николай бросил на него быстрый взгляд, показавшийся Зине неприязненным.

— Майор Немировский, — ответил Леонид Семенович.

Полина перелила Николаю в чашку большую часть спирта из своей.

— Мысли ваши теперь узнаю, — сказал он.

— А я их и не скрываю! — засмеялась Полина. — Зачем? Правду говорить легко и приятно.

— Интересные слова, — заметил он. — По смыслу неправильны, но по форме хороши.

Зина посмотрела на Николая с удивлением. Странно было слышать от него такое определение. Только теперь она заметила, что внешность у него не такая, какой показалась ей на первый взгляд. Черты лица тонкие, совсем не простые. Но словно бы подернуты налетом нервной тревоги, той же, что посверкивает сейчас у него в глазах.

— И по смыслу они правильны, Коля, — сказала Полина. — Их автор никогда и ни в чем не ошибался.

— Он писатель? — спросил Николай.

Полина кивнула.

— И в какой книге это сказано?

— Она еще не издана.

— Но ведь вы ее уже читали.

— Он читал друзьям рукопись. Я тоже слушала.

— Давайте все-таки выпьем, — сказал Немировский.

Пока Полина и Николай обменивались быстрыми фразами, он смотрел на Николая настороженно. Наверное, Полина заметила его взгляд.

— Не беспокойтесь, Леонид Семенович, — сказала она. — Коля недавно из Вятлага освободился.

— Я догадался. И что?

— И он не провокатор.

— Будем надеяться, — усмехнулся Немировский.

— Я вашей беседе не мешаю? Может, мне уйти? — процедил Николай.

Теперь вместо тревожных в его глазах вспыхнули те искры, которые показались Зине опасными сразу же, как только она впервые их увидела.

— Не сердитесь, Коля. — Полина улыбнулась такой улыбкой, какую Зина видела разве что у Любови Орловой в знаменитых фильмах. — Вы опытный человек и сами прекрасно понимаете, что доверять кому попало не следует. Вам я доверяю только благодаря своей безошибочной интуиции. Но совсем не обязательно, что такой интуицией должны обладать все.

Неизвестно, приятно ли ей было говорить правду в глаза, но трудностей это у нее не вызывало точно. Кажется, Николай это понял, во всяком случае, опасные искры в его глазах погасли.

— Правильно майор говорит, надо выпить, — сказал он. — Предлагаю без затей: за прекрасных женщин. В нашем случае это особенно уместно. — Он опрокинул в горло спирт и, не закусив и даже не поморщившись, спросил: — Вы сестры?

— Нет, — ответила Зина. — Почему вы так решили?

— Выпей, Зиночка, выпей, — напомнил Николай. — Сердцу будет веселей. Как это почему решил? Похожи вы с Полиной.

— Мы с Полиной?!

Зина удивилась так, как давно уже не приходилось ей удивляться. Она даже поперхнулась спиртом и закашлялась. Немировский постучал ее по спине и подал ей другую чашку, с водой.

— Вы с Полиной, — подтвердил Николай. — Ты не замечала, что ли?

— А я замечала! — весело подтвердила Полина. — И ждала, когда же Зиночка это заметит. Ты ведь заметила, что я похожа на Даму с горностаем, — обернулась она к Зине. — Ну а ты на Прекрасную Ферроньеру.

— На кого?

Зина вытерла слезы, выступившие у нее из-за неудачного глотка. Ей стало интересно. Все-таки Полина — необыкновенный человек, и, конечно, справедливо, что Леонид Семенович к ней тянется.

— Это тоже девушка с картины да Винчи, — объяснила Полина. — Ферроньера — потому что у нее на лбу висит металлическая бусина. И она в самом деле твоя копия, Зиночка! — засмеялась она. — Так же нет ни капли лукавства и такой же неотразимо серьезный взгляд.

Ничего неотразимого Зина в себе не находила. И что особенного в ее серьезности? Она с детства такая.

— А репродукция этой картины есть? — спросила она.

— Где-то есть, конечно, — ответила Полина. — Я ее видела в Лувре.

— Репродукцию? — переспросила Зина.

— Картину.

Все замолчали. Наверное, как и Зина, не понимали, как относиться к этим Полининым словам. Ну какими судьбами обычный человек может оказаться в Лувре? Конечно, это очередная выдумка. Но, с другой стороны, Полина ведь не обычный человек, и судьба ее ведет не по обычным дорогам... Не знала Зина, что о ней думать, не могла понять!

Может быть, и Леонид Семенович не понимал Полину. Но смотрел на нее не отрываясь. И Николай так же на нее смотрел. Как Николай смотрит, Зине было все равно, а вот Леонид Семенович... Осколок зеркала снова болезненно дрогнул в ее сердце. Как странно! Она всегда думала, что любовь — это светлое чувство, а оказывается, в ней есть темные стороны. Вот у нее сейчас чувство в душе не только светлое, хотя она любит Леонида Семеновича всей душой.

После спирта выпили самогону, закурили, разговорились. Вернее, это Полина разговорила остальных, по натуре все кроме нее, похоже, не были говорливы. Правда, беседовали как-то ни о чем, не возникала в разговоре сердечная доверительность, ради которой, по Зининому мнению, только и стоило вместе выпивать. Ей казалось, что в этом виноват Николай: никак он не мог преодолеть свое недоверие, не к кому-то из присутствующих даже, а к жизни в целом. Наверное, это передавалось и всем за столом.

Когда Зина упомянула, что набережную Вятки отделают гранитом, потому что она очень красивая, он недобро усмехнулся.

— Но я же не говорю, что это будет в ближайшее время, — заметив его усмешку, сказала Зина. — Понятно, что после такой войны есть более насущные нужды, чем эта. Но будет обязательно.

— Хочешь, чтобы я верил в завтрашний день? — На губах Николая снова мелькнула усмешка. — Я в сегодняшний вечер не верю.

Зина понимала, что для такого отношения к жизни у него есть основания. Она помнила, что мама говорила о лагерях и какие глаза были у лагерников, которым они носили хлеб и овощи с огорода.

Но все-таки она не стала задумываться о Николае. Его слова о сегодняшнем вечере направили ее мысли в другое русло.

— Леонид Семенович, да ведь вы и в комнате своей еще не были! — ахнула она. — А вдруг там спать не на чем?

— На полу можно, — равнодушно ответил он.

На фронте Зине, как и всем, приходилось ночевать в самых неприспособленных условиях, но допустить, чтобы в ее родном городе Леонид Семенович спал на полу, она не могла.

— Вам ключ выдали? — сказала она, вставая. — Дайте мне, я пойду посмотрю.

К ключу, который протянул ей Немировский, была привязана бирка с номером комнаты.

— Это на втором этаже, — взглянув на бирку, сказала Полина.

Все-то она здесь уже изучила. Не только интуиция, но и наблюдательность у нее развита отлично. Да и общительность тоже, с Николаем успела же познакомиться.

— Ну, я к себе. — Николай тоже поднялся из-за стола. — Спасибо за компанию.

Встал и Немировский.

— Прогуляюсь, — сказал он, надевая шинель.

Комната, которую отвели Леониду Семеновичу, оказалась вполне пригодна для житья. Правда, кровать была голая, но Зина решила, что сегодня возьмет подушку, одеяло и белье у Вали, а завтра принесет Леониду Семеновичу постель из дому. И приберет здесь, конечно.

«И занавески повешу», — подумала она, подходя к окну.

Окно выходило на овраг под монастырскими стенами. Со второго этажа виден был родник. Немировский сидел на лавочке и смотрел на струящуюся воду. Падающий из окон свет едва выхватывал его силуэт из осеннего мрака. Он был похож на больную одинокую птицу. У Зины сжалось сердце.

Полина подошла к роднику, когда Зина собиралась уже отойти от окна. Подошла, остановилась рядом с лавочкой, за спиной у Немировского, и положила руку ему на плечо. Он не обернулся. Как будто понял, чья это рука.

Так они замерли все. Немировский и Полина в глухом осеннем сумраке над водою, а Зина — вся превратившись в мучительный взгляд на них.

Глава 8

— Почему же он приехал именно сюда? — спросила Белка.

— Я думаю, ему было все равно, — пожал плечами Костя. — Он не мог оставаться в Ленинграде, а куда ехать, не имело для него значения. Вспомнил, что есть такой город Киров, просто название в памяти всплыло, вот и приехал.

— Не знаю, — покачала головой Белка. — А может быть, он все-таки ехал именно к твоей маме.

— Не может этого быть.

— Откуда ты знаешь?

— Тут и знать нечего. Если у человека погибли жена и дочь и нет даже их могилы, то ему все равно, где жить, и едет он куда глаза глядят. Во всяком случае, такой человек, как он.

Белка не была с этим согласна, но возражать не стала. В конце концов, Костя знает про ее деда больше, чем она сама.

Они сидели под монастырской стеной на лавочке возле часовни. Зима уже набрала силу, но холод не был пронизывающим. Это удивляло Белку — непонятно, как так получается, что она сидит неподвижно уже целый час, смотрит на морозный трепет тумана над оврагом, слушает Костин рассказ и ни капельки не мерзнет.

Родник давно уже был обихожен, в Трифоновом монастыре и помину не было коммуналок, поэтому все, что он рассказывал о том, как встретились после войны ее дед и его мама, приходилось восстанавливать лишь воображением, без всякой подмоги со стороны действительности.

«Без подмоги! — подумала Белка. — Совсем стала вятская дева. Хоть освой технологию дымковской игрушки и на работу здесь устраивайся».

Вообще-то устраиваться на работу не было никакой необходимости. С ее ноги еще лангетку не сняли, когда Белка доковыляла до ближайшего банкомата и убедилась, что денежные средства поступают на ее счет исправно и в достаточном количестве. Но никаких, кроме этого, известий от Кирилла не было, и она решила, что с возвращением в Москву лучше повременить.

Но вот, например, возможность поехать вместе с Белкой в Трифонов монастырь, по месту, так сказать, дел давно минувших дней, выдалась у Кости только сегодня. И не похоже, что следующая такая возможность представится скоро. А проводить целые дни в одиночестве, то есть общаться лишь с незатейливым Севой, — от этого нормальный человек рано или поздно свихнется, и такая перспектива Белку совсем не радовала.

Правда, она не понимала, какую работу можно найти в богоспасаемом городе Глупове. В туризме? Нечего сомневаться, что на каждого желающего съездить за границу здесь уже имеется желающий эту поездку организовать, и даже, возможно, не один такой желающий имеется. И все прибывающие в Киров путешественники тоже наверняка охвачены заботой в полном объеме, поэтому вряд ли Белке стоит рассчитывать на то, что она устроится на такую работу, к какой привыкла в Москве.

Нет здесь для нее работы, дающей возможность самореализации, вот в чем дело. Всю жизнь она исходила в своем выборе именно из этого, и вдруг оказалось, что это невозможно. И непонятно, от чего отталкиваться теперь. Искать работу, чтобы — что? Даже деньги в ее нынешней ситуации перестали быть стимулом, во всяком случае, стимулом главным. Но что же тогда?..

Подобные мысли были неприятны и нагоняли уныние.

— Костя, — спросила Белка, — а где у вас здесь люди работают вообще?

Вопрос прозвучал глупо, и она не удивилась бы, если бы он вместо ответа повертел пальцем у виска. Но он, кажется, отлично понял, что именно ее интересует. Куда устраиваются на работу такие люди, как она — ничего не умеющие делать руками, не имеющие ни связей, ни знакомств, ни востребованной специальности?

— Как и везде, — усмехнулся он. — Мечтают пристроиться в бюджетные организации. Желательно так, чтобы получать зарплату независимо от результата.

— В бюджетные? Но это ведь копейки! — удивилась Белка.

— Вариантов нет. Во всяком случае, их слишком мало.

— А бизнес?

— Какой бизнес? — Он поморщился. — Это тебе не лихие девяностые. Весь бизнес давно под чиновниками. Посторонним вход воспрещен. Да никто уже и не хочет. Лучше за рубль лежать, чем за два бежать, слышала народную максиму?

— Мрак какой... — протянула Белка. — Но ведь это же смерть!

— Кому?

— Ну... Стране.

— Страна никого не волнует.

— Мрак точно! — заключила она.

— А ты что, работать собралась? — поинтересовался он.

— Хотелось бы. Только непонятно, где.

— Могу в больницу устроить.

— Интересно, кем?

— Санитаркой. Других вакансий нет, да и эта по знакомству.

— Иди ты знаешь куда!

— Куда? — усмехнулся он.

Белка рассердилась так, что не стала даже уточнять. Он что, считает, она себя на помойке нашла, что делает такие предложения? Хотя и сама хороша — далась ей эта работа! На еду денег больше чем достаточно, и вообще на жизнь достаточно, и за комнату тоже могла бы платить, но сам же он, когда она это предложила, пожал плечами и сказал, что жилплощадь не сдает. Вот и будет сидеть на его жилплощади, сколько ей потребуется! Книжки читать и по сети бродить, она не трудоголик.

Белка с мрачным видом уселась в Костин раздолбанный «Ниссан». Виды города Кирова не способствовали подъему духа. Ну, Трифонов монастырь, да. Но мало ли она видела монастырей, встречались и покрасивее. В основном же за окном мелькал какой-то нелепый разнобой. Попадались старинные дома, отчасти освеженные ремонтом, но слишком много было советского бетона, нелепых многоэтажных коробок. Даже Вяткой все это переназвать не смогли! Глупов и есть.

Глядя на этот бессмысленный пейзаж, за всю обратную дорогу Белка не произнесла ни слова. Костя тоже ни о чем ее не спрашивал, они доехали до дому в молчании и так же молча разошлись по своим комнатам.

Правда, посидев в одиночестве минут десять, Белка успокоилась. Ну да, он человек другого мира и прямые люди вроде него никогда не привлекали ее внимания. Но какое это имеет значение? Ей с ним детей не крестить.

Делать было нечего совершенно, хоть волком вой. Она взяла с полки очередную книжку, это оказался каталог фотовыставки в местной галерее. Здесь вообще было много художественых альбомов, видимо, Зинаида Тихоновна была их тех людей, которые стараются следить за тем, что сами же с наивной почтительностью именуют культурными событиями.

Выставка, кстати, оказалась неплохая, Белка убедилась в этом, листая альбом. Картье-Брессон, конечно, в ней не поучаствовал, но в целом фотографии были не бездарные, она даже увлеклась, разглядывая их. Вспомнился Музей фотографии на Остоженке и все, что с этим прекрасным местом было связано — незаурядные люди, с которыми ты говоришь на одном языке и которые, если спросить о работе, не предложат тебе пойти в санитарки, и белые залы, просветляющие настроение, в которых ты чувствуешь токи современности всей поверхностью кожи, и воздух, в котором разлито что-то особенное, про что ты знаешь, что оно и есть настоящая жизнь...

— Не спишь? — послышалось за дверью.

— Входи, Костя, — сказала Белка.

— Устала? — спросил он, входя.

— Да нет. — Она пожала плечами. — С чего ты взял?

— Ты какая-то мрачная была, когда домой ехали.

Понятное дело, от чего же еще человек может быть мрачным, если не от усталости? Вот она думает, есть в Косте какая-то загадка, кажется ей даже, что она загадку эту в нем чувствует, но это ей только кажется, а на самом деле никакой загадки нет, он обычный мужчина, как все они или, по крайней мере, большинство из них: видит только то, что видимо, любые поступки человеческие, да и вообще любые явления жизни объясняет только логически, а то, что в его нехитрую логику не укладывается, считает необъяснимой женской странностью. Обычный, обычный человек, и интерес свой к нему она выдумала ни от чего другого, как только от провинциальной скуки.

— Не устала, — повторила Белка и, чтобы не молчать, добавила: — Хорошие фотографии.

— Какие?

— Да вот эта, например.

Белка показала на фотографию, которая называлась «Одиночество». На ней была снята старуха, сидящая у стола в просторном и чистом деревенском доме с пятью окнами. Перед старухой стояла миска с горячей картошкой, и вьющийся над миской пар подчеркивал абсолютную пустоту дома, и сквозь этот пар просвечивали лица людей с фотографии на стене, вероятно, взрослых старухиных детей.

— Что ж в ней хорошего? — с недоумением спросил Костя.

— Одиночество чувствуется, — собрав всю свою выдержку, чтобы снова не рассердиться на его простоту, которая, может, и не хуже воровства, но раздражает очень, ответила Белка. — Глубокое человеческое одиночество.

— Подписано «Одиночество», вот и чувствуется, — усмехнулся он. — А было бы подписано «Урожай картофеля», и ты бы сказала: полнота жизни чувствуется, глубокая серьезность ее трудов и дней. А называлось бы «Прощание», и...

— Хватит, Костя, хватит! — расхохоталась Белка. — Не ожидала от тебя!

— Чего не ожидала? — удивился он.

Она смутилась. В самом деле, чего? Ума? А почему, собственно, нельзя было этого от него ожидать?

— Не ожидала, что ты так хорошо разбираешься в искусстве, — дипломатично заметила Белка.

— Так ведь это не искусство, — пожал плечами он.

— Почему ты так думаешь? — с интересом спросила она.

Ей в самом деле было это интересно. Белка лишь смутно догадывалась, что он имеет в виду, отказывая этому снимку в праве быть искусством, но понять это отчетливо и ясно не могла. И ей казалось, если он захочет объяснить, то его объяснение будет вот именно отчетливым и ясным.

Костя посмотрел на нее недоверчиво — кажется, прикидывал, в самом деле она хочет услышать ответ или просто старается его срезать. Потом нехотя произнес:

— Потому что эта фотография приобретает смысл в зависимости от дополнительных сведений. Одна подпись — один смысл, другая подпись — другой.

— Ну и что? — удивилась Белка. — Значит, она неоднозначная.

— Значит, в ней нет собственного значения, — возразил он. — Нет ничего такого, что нельзя изменить. А раз так, какое же это искусство? Вот «Прекрасная Ферроньера» ни в каких дополнениях не нуждается. Сама в себе содержит смысл, который ты даже словами обозначить не можешь. А это твое «Одиночество» — просто удачный снимок. Свет грамотно поставлен.

Да, этого Белка от него действительно не ожидала! Что он не глупый, она, конечно, понимала, иначе и разговоров с ним не вела бы. Но вот что его ум не заключен в границы того, что правильнее называть смекалкой, что это ум совсем другого сорта, — этого Белка не то что не понимала, а просто не ожидала.

Она давно уже убедилась: у большинства людей мозгов нет по умолчанию, и даже обычные быстроумные люди встречается нечасто, а уж те, у кого разум предназначен не только для житейских нужд, вообще являют собою редчайшую редкость. И, кстати, даже среди них не многие упомянут не самую известную картину Леонардо да Винчи вот так, мимоходом, без всякого желания блеснуть знаниями — этого в Костиных интонациях не слышалось совсем, Белка могла ручаться, — а лишь ради точности объяснения.

Она вдруг вспомнила, как бродила целый день по Парижу и к концу этого дня ей показалось, что сама она стала частью Парижа. Это наполнило ее радостью и даже больше, чем радостью — необъяснимым счастьем, хотя Белка понимала, что ощущение причастности к Парижу пройдет вскоре после того как она вернется домой. Дождь в тот день был тонок, как пыль, и сама она не заметила, как промокла насквозь. В Лувр зашла только ради того, чтобы обсохнуть, и вдруг — почему-то впервые, хотя висящую рядом Джоконду разглядывала сто раз, — вдруг увидела эту «Прекрасную Ферроньеру», взгляд ее, в серьезной ясности которого действительно содержится неизменимый смысл...

Все раздражение сегодняшнего дня улетучилось из Белкиной головы, она развеселилась.

— Костя, ты неправильно выбрал профессию! — весело воскликнула она. — Тебе экскурсии надо водить. Люди в очередь будут записываться, деньги рекой потекут!

И тут же прикусила язык: а вдруг он обидится? Не каждому мужчине понравится, если скажут, что он занят неправильным делом, да еще намекнут, что и зарплата могла бы быть побольше.

Костя не обиделся, а наоборот, улыбнулся. Улыбка освещала его лицо только в самом своем начале, в первое мгновенье. Белке интересно было наблюдать за таким непонятным явлением. Особенно за тем, какими становились в этот первый момент улыбки его глаза. Она предполагала, что даже от краткой подсветки они сделаются как-то понятнее, но нет, ни при каком свете невозможно было по глазам угадать его мысли.

«А сам он легко мои мысли читает», — вдруг подумала она, но это не смутило ее и не испугало.

— На старости лет так и сделаю, — сказал Костя. — А ты на меня не злись.

За что не злиться, он не сказал, но ей было понятно, что он это понимает. Как раз в первоначальный момент его улыбки стало ей это понятно.

Какое-то очень тонкое доверие установилось между ними, и было оно дороже, чем глупая девчачья привычка обижаться по пустякам, когда уже через полчаса после обиды не понимаешь даже, из-за чего она возникла.

— Ты, кстати, и сама кого-то с картины да Винчи напоминаешь, — сказал Костя. — Только не пойму кого.

Видно, все-таки хотел загладить мнимую обиду.

— Горностая, — хмыкнула Белка.

— Не исключено, — согласился он. — Ну, спокойной ночи.

— Так вроде не время еще спать, — удивилась Белка.

Темнело в декабре, конечно, рано, но все-таки было еще только шесть часов вечера.

— Я на работу, — объяснил он. — Так что вовремя не попрощаюсь.

Ей стало жалко, когда за ним закрылась дверь. Она с удовольствием покачалась бы еще на тонкой сетке доверия, на которой они только что взлетали попеременно вдвоем, как на батуте.

Чем себя занять, по-прежнему было непонятно. Белка побродила немного по сети — она купила себе айпад в первый же день, когда смогла выйти в город и снять деньги с карты, — но ничего интересного там не обнаружила.

«Осталось только петуха попросить принести», — подумала она.

Белка еще в детстве, когда впервые прочитала «Войну и мир», запомнила, как Наташа Ростова, томясь от уныния, зачем-то попросила принести ей в комнату петуха, и именно что зачем-то, без всякой разумной цели, а к тому времени, когда петуха принесли, уныние ее уже прошло и она не могла даже вспомнить, для чего он ей понадобился.

Вот и ей сейчас самое время послать за петухом. Точно как Наташа, тоскует она о том, что зря, ни для чего проходит ее жизнь. И хотя образ князя Андрея в ее тоске не присутствует — ее тоска вообще не связывается с каким-либо образом, — но от этого ей не легче.

Тут Белка вспомнила, что купила вчера яблоки — старушка продавала возле магазина, — и оставила в кухне, забыв попробовать, хотя выглядели они очень даже аппетитно, особенно в корзине, которую она из эстетических соображений купила вместе с ними.

Она спустилась в кухню, вынула яблоко из корзины. Рассеянно взяла нож, очистила кожуру, потом только сообразила, что делать это не обязательно, это же настоящая антоновка, и кожура у нее такая золотая наверняка не потому, что в ней содержатся красители или пестициды.

Печку уже вытопили, кухня была наполнена теплом, как озеро водою. Белка положила на печь яблочную кожуру. Она читала в каком-то туристическом проспекте, что так делают в очень дорогом швейцарском отеле — кладут на каминную полку яблочную кожуру, и в комнате от этого стоит тонкий свежий запах.

Именно такой запах в самом деле разлился по кухне. Белка уселась на табуретку, принялась грызть яблоко и думать.

Костя нравился ей, но в причине этого своего чувства она разобраться не могла. Он во всем отличался от нее, это она понимала, но точно так же понимала, что он достоин уважения, и не вследствие каких-то внешних причин — правильной работы, еще чего-то подобного, как показалось ей в начале знакомства с ним, — а по какой-то другой причине. И вот ее-то, эту причину, Белка не понимала.

«Может быть, это потому, что у него есть чувство собственного достоинства, — размышляла она. — И потому, что он своим достоинством как-то... не переполнен. Как-то иначе оно у него выражается, чем я привыкла. Он... он... — Белка ловила мысль, но никак не могла поймать. — Он имеет причину своего поведения в самом себе!».

Да, вот это точно! Она обрадовалась, что наконец изловила догадку.

Примерно год назад Белка прочитала в книге по китайской философии, которая как раз вошла в моду, что любой китаец мечтает иметь причину своего поведения в самом себе. Она тогда отнеслась к этому утверждению скептически. Кто его знает, о чем в действительности мечтают китайцы, может, подобные идеи — это просто европейская выдумка. Но применительно не к абстрактным китайцам, а к вполне конкретному человеку, который как само собою разумеющееся дал ей приют в опасной для нее ситуации… Пожалуй, это правда. Он имеет причину поведения в себе самом, и именно поэтому понял, что Прекрасная Ферроньера в себе самой содержит полный и совершенный смысл, и именно поэтому установилось между ними доверие, которое уже стало ей дорого.

Открылась дверь, и в кухню вошла Надя.

— Привет, — сказала Белка.

Надя не ответила. Причина ее неприязни была прежняя и по-прежнему была Белке понятна. Но сейчас Надя смотрела на нее иначе, чем обычно, когда они изредка сталкивались в кухне или в коридоре этого старого, покинутого почти всеми жильцами дома.

Не неприязнь, а ненависть стояла сейчас в Надиных глазах. Такая ненависть, что казалось, вот-вот она превратится в огненные стрелы, которыми эта Афина-Воительница поразит Белку насмерть.

— Ты когда, сука, отсюда свалишь? — клокочущим голосом произнесла Надя. — Ты сколько нам тут всем мозги будешь просирать? Мальца приваживает, мне, такая, «приве-ет!»… А сама с чужим мужиком закрылась, ворку-ует, ждет, когда он к ней в койку прыгнет!

«Да что ж это такое? — подумала Белка. — Это что, участь у меня такая, чтобы каждая жлобица меня ненавидела? Сейчас еще и эта в горло вопьется!».

Если в Наде все более зримо поднималась ненависть, то в ней закипала самая настоящая ярость. Даже не против этой Афины доморощенной — что ей до ее ревности и чувства собственности? — а против глупости, животной бессмысленности и животной же инстинктивности мира, который догонял ее повсюду. Он пер изо всех щелей, этот мир, его гноем были отравлены и дорогостоящие керамические зубы московской леди, и вот эти дрожащие от ненависти губы, эти правильные черты простонародной красоты... Куда дальше от этого бежать? В Антарктиду?!

— Ты мне не грози, не грози! — словно подслушав Белкины мысли, проклокотала горлом Надя. — Я на зоне свое отмотала и еще сяду, не побоюсь! Только тебе от этого легче не будет, п-няла? Ты этого уже не увидишь! Глазенки я тебе кислотой-то повыжгу...

Сомневаться в том, что это не пустая угроза, а продуманный план, не приходилось.

— Пошла ты!..

Это было все, что смогла выкрикнуть Белка, выбегая из кухни. Ее вскрик беспомощно повис в теплом яблочном воздухе.

Она не спрашивала себя, взлетая вверх по скрипучей лестнице, запираясь в своей комнате, почему, ну почему все эти люди так ее ненавидят. Это было ей понятно и не требовало размышлений.

Она была во всем противоположна им, она произростала из другого корня, чем они, в ней и Наде, несмотря на то что у обеих было по два глаза и по два уха, заложены были разные гены, принципиально разные, несовместимые, и, наверное, если бы они были женщиной и мужчиной и захотели иметь общих детей, то это не получилось бы, как не получились бы дети у кошки и волка.

Она взобралась на кровать, обхватила руками колени. Сердце колотилось так, что лишь чудом не выскакивало через горло. Надо успокоиться. Успокоиться. Решить, что делать. Немедленно надо это решить.

Белка скептически относилась к разнообразным техникам, йоговским и прочим подобным, которые якобы помогают регулировать эмоциональное состояние. Ей в этом помогало только одно: холодная голова и твердое решение.

Голова остыла минут через пять. А решение напрашивалось само собою.

Белка взяла телефон. Его купил по ее просьбе Костя, и номер был зарегистрирован на него, поэтому звонить можно было без опаски.

— Ольга Константиновна, здравствуйте, — сказала она, услышав голос соседки по лестничной площадке. — А маму не позовете?

Они договорились о таком способе связи еще в тот день, когда Белка попросила маму привезти ей в больницу вещи в дорогу. Конечно, пришлось все рассказать, и конечно, мама перепугалась, но что оставалось делать? Только почаще успокаивать ее такими вот звонками. А соседка Ольга Константиновна являлась высокомерным божьим одуванчиком, на пресловутой лавочке не сидела и презирала тех, кто проводит время таким бессмысленным образом, поэтому можно было не опасаться, что она расскажет кому-либо о странных отношениях в семье Немировских.

Мама подошла к телефону очень быстро, даже запыхалась, ясно, что бежала.

— Белочка! — воскликнула она. — Я тебе сама хотела звонить!

— А что случилось?

У Белки сердце замерло. Судя по маминому тону, хороших вестей ожидать не стоило.

— Приходили какие-то люди, — понизив голос, сообщила мама. — Сегодня. Мужчины, двое. Я им, конечно, не открыла. Они вежливо так под дверью спросили, нельзя ли с тобой повидаться. Я, как мы договорились, сказала, что ты уехала с женихом. А они сказали, что хотят с тобой поговорить сразу же, как только ты вернешься. И ушли. Я даже дверь на цепочку приоткрыла и вслед им крикнула: как же вам сообщить, когда она вернется? А один, более корпулентный, очень неприятно ухмыльнулся и отвечает: не беспокойтесь, как только она появится, мы сразу же придем.

— Они тебе угрожали? — быстро спросила Белка.

— Нет, они были вполне вежливы. Но что же это, Белла? — растерянно проговорила мама. — Они, получается, действительно за тобой следят?

Ясно было, что до сегодняшнего визита мама не очень-то в это верила. Да что мама — Белке и самой уже начало казаться призрачным все, что произошло с ней два месяца назад.

— Ну... наверное, — с трудом произнесла она. — Наверное, следят, да. Ничего страшного. Пусть следят.

— Но как же? — воскликнула мама. — Сколько же это может длиться?! Ты ведь не агент ЦРУ!

Понятно, что она не могла представить, чтобы самая обыкновенная девчонка требовала таких же агентурных операций, как, страшно сказать, вражий агент. Но Белке было сейчас не до того, чтобы объяснять маме, что мадам Мазурицкой на ЦРУ плевать, а вот на любовницу своего мужа почему-то нет. Почему-то!.. Почему они все присвоили себе право распоряжаться ее, Белкиной, жизнью?! Риторический вопрос. Глупый вопрос.

Белке пришлось собрать все свои силы для того, чтобы еще немного поговорить с мамой. И когда она наконец отключила телефон, сил у нее уже не было. У нее тряслись руки и все дрожало внутри мелкой дрожью. Она чувствовала себя загнанным зверем. Как такое могло получиться? А главное, что теперь делать? Снова ринуться куда глаза глядят? Да никуда они у нее больше не глядят! И бежать ей некуда, потому что только здесь, в этой комнате, приходит к ней душевное равновесие. Непонятно, как это произошло, но это произошло.

Никогда в жизни она не чувствовала себя такой беспомощной. Но и никогда в ее жизни не бывало такого, чтобы она могла к кому-то обратиться за помощью… А теперь это так. Во всяком случае, ей так кажется.

Белка снова взяла телефон.

— Костя, — сказала она, стараясь, чтобы голос ее звучал спокойно и даже, может быть, небрежно, — а что ты там говорил насчет санитарки? Правда можешь посодействовать?

Глава 9

Белкин стол стоял у окна. Время от времени она отводила взгляд от монитора и смотрела, как к крыльцу приемного отделения подъезжают «Скорые». Ее рабочий день подходил к концу, Костина смена, она знала, тоже, и Белка дожидалась его, чтобы вместе ехать домой.

Всего за три месяца, что они знали друг друга, она к нему привыкла. Неизвестно, являлась ли ее привычка заменой счастию... То есть в глобальном смысле, конечно, являлась, поскольку считать счастьем свою нынешнюю жизнь и работу Белка, разумеется, не могла. Но в обычном житейском смысле привычка к Косте радовала ее.

Она устала. От дикарских страстей устала и от того, что отношения с мужчиной это напряженная, а то и опасная игра, устала тоже. Никакой у нее с Костей нет игры и страстей между ними нет, а это значит, что они уже и не возникнут, но зато он не возражает, чтобы она жила в его доме, и устроил ее на работу, и иногда они вместе возвращаются домой, а по дороге, бывает, заходят в кафе, где она рассказывает ему какие-нибудь глупости, а он слушает, потому что ее бессодержательный щебет успокаивает его нервы. Ну да, всего лишь успокаивает нервы после работы, которая ей со стороны представляется адской. Она это понимает, про нервы, но ничуть не обижается. Ей ведь тоже просто приятно его присутствие, даже когда он молчит, потому что оно дает ей чувство защищенности, и это немало. Очень немало!

А мужские свои потребности он удовлетворяет с Надей, это его вполне устраивает. И не только его — все довольны.

Что отношения соседей-супругов не изменились из-за нее, Белка понимала по тому, что Надя как-то приутихла. Может, решила, что напугала соседку достаточно, и выжидала, что та будет делать дальше. Угроз выжечь глаза с ее стороны больше не поступало, при встречах с Белкой она просто отворачивалась. Спасибо и на том.

К крыльцу подъехал реанимобиль, из него вышел Костя, и Белка выключила компьютер. Не доделала пару таблиц, но на сегодня достаточно, никуда не денется до завтра больничная статистика.

Да, именно обработкой статистических данных она занималась вот уже месяц в больнице скорой помощи, куда ее устроил Костя. И больница была приличная, по крайней мере, хорошо отремонтированная, то есть не нагоняющая тоску, и работа не пыльная, зря он стращал ее трудом санитарки.

На труд этот Белка, кстати, здесь нагляделась и отчетливо понимала, что она бы такого и трех дней не выдержала. Поди-ка полы перемой в одних только палатах! А коридоры, а туалеты... Ужас. Правда, Костя утверждал, что ничем он ее не стращал, просто ставки никакой тогда не было, кроме санитарки, а в нужный момент вот появилась, потому что сотрудница ушла в декрет.

Белка не могла без смеха вспомнить, как ее оформляли на работу — трудовой книжки нет, что начальство скажет, только потому, что Константин Николаевич попросил и что временно, только поэтому, Белла Леонидовна, идем вам навстречу, оформим по договору без трудовой... Больше, чем эти вселенские страхи, смешила ее разве что манера именовать друг друга исключительно по имени-отчеству. Ладно ее Беллой Леонидовной называют, двадцать семь лет здесь считается зрелый женский возраст, но вот и семнадцатилетнюю Катю, которая после школы устроилась как раз санитаркой, все так и норовят назвать Екатериной Олеговной.

«Сразу вниз спуститься или, может, он сюда поднимется?» — подумала Белка.

Она снова выглянула в окно. Из реанимобиля выкатывали носилки с лежащим на них человеком, Костя стоял рядом. Зрение у Белки было хорошее, даже с третьего этажа она видела, что лицо у него напряженное и злое.

«Поднимется, — решила Белка. — Чаю захочет выпить».

Но в ту же минуту, когда она это подумала, к крыльцу подъехали две черные «Волги» и остановились по обе стороны «Скорой». Сверху все это выглядело, как мизансцена в плохом кино. Из машин выскочили люди в форме с автоматами и встали полукругом между носилками и входом в больницу.

«Это что еще за боевик?» — подумала Белка.

Размышляла она об этом уже на ходу. Даже дверь за собой не заперла. Да его там пристрелят еще, пока она с ключом будет возиться! С них тут станется.

Она выскочила из двери приемного отделения и оказалась за спиной одного из этих, с автоматами. И сердито стукнула его кулаком в спину — стоит тут, как... Дай пройти!

Он обернулся и, окинув ее быстрым взглядом, решил, что она не стоит внимания, только шикнул:

— Стой где стоишь!

Белка, конечно, все равно попыталась пройти, но он повел плечом, и она оказалась вдавлена в перила крыльца. Ей ничего не оставалось, как только наблюдать за происходящим.

Что происходит, она не понимала.

Возле реанимобиля замерли санитары, на каталке лежала женщина и тихо стонала, а перед Костей стоял увесистый человек в неизвестной Белке форме вроде военной и выговаривал ему начальственным голосом:

— Ты что себе позволяешь? Под статью захотел? Нападение на сотрудников правоохранительных органов?

«Вот оно, их имя-отчество! — мелькнуло у Белки в голове. — Грош цена».

Словно уловив ее летучую мысль, Костя зло отчеканил:

— Вы мне не тыкайте. Я свою работу делаю. И больную вам угробить не дам.

— Цела будет! — рявкнул начальник. — Нашлась цаца! Она придуривается, а вы способствуете!

— Молите Бога, чтоб вам так не придуриваться, — процедил Костя. — Оружие уберите немедленно. Пациентка нуждается в срочных реанимационных мероприятиях. Я лично рапорт вашему начальству напишу, а вы лично за ее смерть будете отвечать.

Неизвестно, нуждалась ли еще пациентка хоть в чем-нибудь; стонать она, во всяком случае, перестала. Но Костины слова, а точнее, Белка догадалась, его тон на человека в форме подействовали. Он нехотя кивнул автоматчикам, и они расступились.

— Быстрее! — бросил Костя, и санитары, отмерев, покатили каталку по пандусу.

Двое автоматчиков по очередному кивку двинулись следом. Белка шмыгнула обратно в дверь. Там, в приемном, она Костю и перехватит и там же выяснит, что все это значит.

Но в приемное отделение ее не пустили. Не врачи или медсестры — она была в халате и вполне могла пройти, — а те самые автоматчики, которые вошли в больницу.

Они стояли у дверей, опять же как в дурацком фильме, и не удостоили ее ни словом, просто не пустили, и все.

Кости не было видно.

«Он в реанимацию пойдет», — догадалась Белка.

Вообще-то врачи «Скорой» сопровождали больных только до приемного, но ей показалось, что на этот раз он в реанимацию пойдет обязательно. И смена на «Скорой» у него закончена, и в реанимации, Белка знала, он брал несколько дежурств в неделю, и, главное, очень уж он был рассержен, чтобы оставить эту историю без завершения.

В общем, она решила встретить его возле реанимации, а не ломиться без толку в приемное.

И не ошиблась. Каталка с той самой больной — мелькнуло белое, как у покойницы, лицо — пронеслась мимо Белки по коридору, рядом с каталкой стремительно шел Костя, а следом все те же двое автоматчиков. Они попытались было войти за ним и в двери реанимации, но он рявкнул:

— Здесь стоять!

И они остановились. Белка бы на их месте тоже остановилась, даже если бы была вооружена гранатометом. У Кости был такой голос и такое лицо, что она растерялась.

Закрылась дверь. Белка, как дура, осталась в коридоре рядом с двумя верзилами, лица которых сразу приняли сонно-равнодушное выражение, понятно, что напускное. Видимо, такое выражение помогало им не реагировать на то, на что нормальный человек реагировать обязан.

Она зашла за угол коридора и присела на банкетку. Ей хотелось узнать, в чем все-таки дело, и потом, ее так изумил Костин вид и тон, что растерянность ее перешла почти в испуг. Она никогда его таким не видела, она и предположить не могла, что в нем может умещаться такая ярость, и как-то... Не понимала она, как ей относиться к такой в нем новизне.

Белка сидела на банкетке и крутила уголок халата, сворачивала его в жгутик. Это была дурная привычка, крутить уголки наволочек, пододеяльников, одежды, в детстве она перепортила этим все постельное белье и все свои домашние халаты, с трудом от этого отучилась. Вот, не отучилась, выходит.

Мимо Белки то и дело проходили в реанимацию и обратно врачи и медсестры, но Кости не было. Коридор здесь был без окон, телефон она забыла, поэтому не могла понять, который час. Не понимала даже, быстро или медленно идет время. Что-то с ним произошло, со временем. Или с нею?..

Костя появился из-за поворота коридора, когда Белка уже перестала отличать часы от минут. Она вскочила.

— Ты почему здесь? — спросил он.

— Тебя жду. Что случилось?

— С кем?

— Да вообще! — воскликнула Белка. — Чего эти там стоят?

В первое мгновенье она даже обиделась на его равнодушный тон. Но уже во второе — поняла, что это не равнодушие, а усталость. Ну конечно, он же смену отработал, а потом еще здесь... Сколько времени он здесь уже провел?

Она смотрела ему в глаза и видела, что он словно бы возвращается в мир, из которого выпал на несколько... чего? Часов, минут? Из-под усталости поднималось в его глазах то выражение, которое она прежде называла про себя то тревожным, то беспокойным, то нервным. Теперь она вообще не знала, как его назвать.

— Приказали им, вот и стоят, — ответил он наконец.

Жесткость или злость, или даже ярость не ушли у него изнутри, Белка это чувствовала.

— Но зачем? — растерянно проговорила она.

— Это лагерная охрана, — сказал он немного мягче, чуть-чуть ей привычнее. — Женщину эту мы из колонии забрали. — И добавил: — Пойдем.

Белка хотела спросить, можно ли ее оставлять сейчас, эту женщину, но поняла, что глупее вопроса не придумаешь.

Может быть, Костя каким-нибудь загадочным образом догадался, что она хочет спросить, и этот вопрос не показался ему таким уж глупым.

— Я здесь завтра с утра дежурю, — сказал он. — Пойдем, пойдем. Одевайся, я тебя на улице жду.

Реанимобиль, на котором он работал, уже, конечно, уехал. Пришлось ловить такси, чтобы съездить на станцию скорой помощи, где он должен был сдать дежурство. И там же, возле станции, стояла его машина.

Белка тащилась за ним, как хвостик, а он ничего ей не говорил. Кажется, просто не замечал ее присутствия.

«Интересно, сколько лет он на «Скорой» работает?» — подумала она.

Что такое синдром профессионального выгорания, было ей известно. И что для врачей «Скорой» он составляет десять лет, она слышала на одной из психфаковских лекций, теперь уже забыла даже, по какому предмету. Сдала и забыла. Она не предполагала, что это может иметь хоть какое-то отношение к ее жизни.

И вот теперь это вдруг вошло в ее жизнь и сделалось в ней гораздо более существенным, чем все, что было до сих пор. Как это получилось, Белка не понимала.

Костя наконец сел за руль своей машины. Она плюхнулась рядом с ним на пассажирское сиденье. Он посмотрел на нее удивленно — похоже, не понимал, откуда она здесь взялась, а может, не понимал сейчас даже, кто она вообще такая.

Белка шмыгнула носом. Все-таки это довольно обидно, такое с его стороны отношение.

— Ты простудилась? — спросил он.

Смотри-ка, опознал!

— Она не умрет, Костя? — спросила Белка.

Она не ожидала, что спросит именно это. Выплыло вдруг само, значит, это было для нее существенно, умрет или не умрет какая-то неизвестная ей женщина. А почему? Непонятно.

— Мне кажется, умрет, — ответил он.

— Ты... точно знаешь? — растерянно проговорила Белка.

— Мне кажется, — повторил он. — Но это я так... Безосновательно. Что-то вроде интуиции. Завтра надо как-то изъять у них ее медкарту и понять, чем она болеет. Давай где-нибудь поедим, а? Зверски есть хочу. А в холодильнике шаром покати, вчера не купил ничего.

«Что ж тебя твоя супружница не кормит?» — сердито подумала Белка.

Она держала продукты в Костином холодильнике и тоже не купила вчера ничего, потому что было лень заходить в магазин и проще показалось забежать перед работой в кафе. Так что насчет шара в холодильнике он не ошибался. Но она ведь предполагала, что его едой занимается Надя, поэтому опасалась даже предлагать ему что-нибудь из купленного ею — не хотела будить лихо, пока оно тихо.

— Давай поедим, — кивнула Белка.

Они зашли в кафе на Казанской улице. Улица эта представлялась Белке одной из наиболее приличных в городе, во всяком случае, на ней больше всего сохранилось старинных вятских домов. Но кафе — Костя остановил машину возле первого попавшегося — приличным ей как раз не показалось.

— Может, в другое пойдем? — предложила Белка. — Здесь тряпками пахнет.

— Разве? — Он пожал плечами. — Я не чувствую. Ну пойдем в другое, если хочешь.

Совсем рядом, здесь же, на Казанской, ей было известно два гораздо более приличных кафе. Но Костя уже присел за столик, и Белке стало жалко его поднимать.

Она уселась рядом с ним, изучила меню в виде листка, торчащего в какой-то убогой вазочке, и спросила:

— Ты что будешь, щи или солянку?

Более широкого выбора первых блюд в пахнущем тряпками заведении не предлагалось.

— Возьми что хочешь, — ответил он. И, может быть, подумав, что такое безразличие с его стороны покажется ей обидным, пояснил: — Я правда не гурман. Мне даже природа этого явления непонятна.

— Почему? — с интересом спросила Белка.

— Ясно же, во что превратится через два часа самая чудесная пища. Так зачем уделять ей излишнее внимание?

Белка расхохоталась. Но тут же замолчала: все, что произошло совсем недавно, не располагало к смеху. И точно так же не располагало к этому выражение Костиного лица.

Она видела, что он весь находится во власти... Но во власти чего? Это было ей непонятно. Она понимала лишь, что дело здесь не в его неспособности отключаться от врачебных забот по окончании рабочего дня. Это умели все врачи, и он тоже. Белке хватало наблюдательности, чтобы заметить это за месяц своей работы в больнице, да и раньше, за все время, что она знала Костю.

Но вот теперь она смотрела на него и ей казалось, что она не знала его совсем. И то новое, что она видела в нем, вызывало у нее смятение. Не то чтобы она воспринимала это новое как что-то плохое, но ощущение, что рядом с нею человек, незнакомый по своей сути, — это ощущение было тревожным, хотя ничто внешнее в Косте не изменилось.

Она спросила бы его об этом, если бы понимала, о чем следует спрашивать. И если бы видела, что он хоть немного расположен сейчас отвечать на отвлеченные вопросы.

Подошел официант, Белка заказала еду, в самом деле первые попавшиеся блюда. Костя смотрел на нее темными странными глазами. Она отвела взгляд. Она ничего не понимала, что происходит. Мысли ее метались в поисках опоры.

Через два дня Новый год, стены украшены «дождиком».

Она вспомнила, как в прошлом году в такое точно время случайно забрела с веселой компанией в кондитерскую на Большой Грузинской, где Новый год ощущался всеми органами зрения, обоняния и осязания. Золотистым светом освещены были деревянные стены. На длинном-предлинном прилавке выставлены были под большими стеклянными колпаками ярко-желтые бисквиты и воздушные безе, и какие-то зефирины замысловатых форм. С потолка свисали на серебряных веревочках пряничные домики, смешные человечки из песочного теста и имбирные рождественские звезды, а из пекарни, в которую можно было заглянуть через стеклянную дверь, доносился умопомрачительный запах, и выяснилось, что это пахнет гречишный хлеб, который пекут повара в кипенно белых колпаках, и все стали этот гречишный, а потом и кунжутный хлеб пробовать, потому что всем это было ужасно интересно, и всем было легко и весело...

Теперь Белке казалось, что все это происходило на другой планете.

Первое и второе принесли одновременно, и пока ели солянку, котлеты остыли. Белка даже не удивилась, что ей это все равно. Это все равно было Косте, а она находилась сейчас в какой-то странной зависимости от него. Это тоже было ново и тоже вызывало смятение.

— Пойдем? — спросил он, когда Белка доела котлету.

Она обрадовалась бы, если бы он захотел выпить. Но он запил еду водой. Ему не хотелось ничего, это было очевидно. Ничего такого, что было бы ей понятно.

Глава 10

До дому доехали в молчании.

В саду стояла кромешная темень, окна тоже были темны. Белка вспомнила, что Сева недавно сообщил ей, что они уезжают на зимние каникулы к бабке в деревню. Она тогда не придала этому значения, ей не было дела до того, где Сева проведет каникулы.

«Так может, и мамаша его уехала? — подумала она теперь. — А Костя что же? Или она к Новому году вернется? Или он к ней поедет?».

Холода в вятской местности в декабре настали такие, что деревья трещали в саду. Белкины глаза быстро привыкли к темноте, и ей казалось, что она видит, как из стволов яблонь вытрескиваются морозные искры. Она подняла повыше воротник шубки.

Шубку пришлось купить уже здесь, в Кирове, Белка ведь не предполагала, уезжая из Москвы, что ее путешествие затянется до зимы. И, кстати, надо было настоящую шубу покупать, длинную, из медвежьей какой-нибудь шкуры, или что в этой местности носят, а то в коротенькой, из белки, здесь концы можно отдать...

Все эти незначительные мысли вертелись у нее в голове, пока она шла вслед за Костей по тропинке, узко расчищенной в снегу.

Они вошли в дом, он включил свет, и Белка поняла, что они совершенно одни. Это было понятно не по тишине даже, а по ощущению только его, ничьего больше присутствия. Она никогда не замечала таких вещей, просто не думала о подобном, это тоже было ново.

Перед ней стоял в незнакомом доме незнакомый мужчина, про которого она не понимала ничего, и смотрел на нее невиданными глазами.

— О чем ты все время думаешь, Костя? — спросила она.

И будто со стороны услышала, как тихо и растерянно звучит ее голос.

— О тебе, — сказал он. — А ты не видишь?

— Я боюсь это видеть, — ответила она.

И только произнеся вслух, поняла, что это именно так.

Она до этой самой минуты боялась увидеть то, что есть. Никогда с ней такого не бывало!

— Почему? — спросил он.

— Это неожиданно слишком, — жалобно пробормотала она.

Ей было стыдно за себя.

— Почему? — спросил он снова.

— Потому что мы с тобой друг к другу привыкли.

— Я не привык к тебе.

— Мне так казалось, — уточнила она. — Что мы друг к другу привыкли.

— А это должно быть сразу? — спросил он.

В его голосе слышалась неуверенность. Ясно было, что он в самом деле не знал, как это бывает. Странно!

Но еще более странно было то, что и Белка этого не знала.

— Я не знаю, как это должно быть, — честно ответила она, забыв, что во всех предыдущих случаях, многочисленных случаях, разнообразных случаях, знала это как раз совершенно точно, по дням, часам и минутам, и ни разу не ошиблась ни в одном из своих пошаговых предвидений.

Они обнялись осторожно и робко. Белка, во всяком случае, чувствовала робость. Но в то мгновенье, когда она коснулась Костиных рук, робость исчезла — сменилась догадкой.

Она догадалась, почему в его присутствии — всегда, с первой минуты — охватывало ее необъяснимое чувство защищенности. Оно от его рук исходило! Белка даже скосила сейчас взгляд на его руки, обнимающие ее, словно хотела в этом удостовериться. Но удостовериться взглядом было невозможно, с виду руки были самые обыкновенные, не особенно большие, с узкими пальцами. И плечи у него были неширокие, и легкость, хлесткость была во всем его теле.

Но ведь и не плечи, не тело — только руки его были наполнены какой-то особенной тяжестью. И как ни относись к разговорам про необъяснимые энергетические явления, это было именно необъяснимо.

Белка чувствовала в его руках такую силу, не физическую силу, что в их кольце она была как будто в мегалитическом сооружении. Стоунхендж какой-то, ей-богу! Почувствуешь защищенность в таком энергетическом контуре, чего там. Удивляться не приходится.

У нее кружилась голова. Она любила его и ни секунды больше этому не удивлялась. Если чему и стоило удивляться, то лишь тому, что это не стало для нее очевидным сразу, в первую минуту, когда она его увидела. Он был из тех мужчин, в которых с первого взгляда должна влюбиться каждая женщина, у которой есть хотя бы разум, не говоря о чем-то большем, чем разум, и ведь она это, кажется, даже понимала, даже думала, кажется, об этом, глядя на него, так почему же тогда... Ах, да не все ли теперь равно, какое сонмище глупых и мелких совпадений застило ей глаза!

Он разнял руки, отпустил ее. Это было жалко, но надо же было как-то подняться наверх, не в обнимку же идти, как нанайские мальчики.

Они поднялись по лестнице, остановились перед Белкиной дверью.

— Пойдем ко мне, — сказал Костя. — Там, — он кивнул на комнату Зинаиды Тихоновны, — я не могу.

Это было ей понятно. Она пошла за ним в дальний конец коридора, где находилась его комната.

Она ни разу здесь не была. Он уходил сюда, как на Северный полюс или даже на Марс, и она никогда не думала, что же он делает на своей другой планете. Старалась об этом не думать, как ей теперь было понятно.

Белка была любопытна и приметлива, но сейчас не могла разглядеть в его комнате ничего. Ни-че-го! Взгляд скользил по поверхностям предметов, и ни один из этих предметов не значил ничего по сравнению с тем значительным, что происходило у нее внутри, что видела она загадочным способом, который называется внутренним зрением.

Она долго дергала крючки, наконец расстегнула шубку, сняла ее и на что-то положила, а может, просто на пол.

Пока она возилась с крючками, он разделся совсем и стоял перед нею, как будто ожидая, что она будет делать. Она чувствовала в эту минуту одну лишь досаду на то, что на ней так много всякой одежды, которую так долго придется снимать, и что она не умеет все это расстегивать и сбрасывать с себя так же быстро, как он.

Он не стал дожидаться, пока она разденется, и сам начал раздевать ее. Вот это было очень кстати и получилось очень хорошо.

Никогда ей не нравилось, что свет во всем доме тусклый из-за недостатка напряжения, а теперь оказалось, что это именно такой свет, какой нужно. Он охватывал Костю облаком, и это очень подходило к нему, быть в облаке света. Казалось, что он сам его и излучает.

Белка подумала так и смутилась. Чересчур возвышенные мысли всегда казались ей нелепыми из-за развитой склонности к самоиронии. Но теперь ничто не имело значения — ни смущение, ни возвышенность, ни тем более ирония.

Имело значение только то, что они уже лежали на какой-то новой поверхности, которую Белка не видела и даже не чувствовала. Ей казалось, что она лежит прямо на воздухе, и Костя тоже.

Не было у них голода друг к другу и жажды телесной не было в том, как они друг к другу прильнули, а была только любовь — беспримесная. С такой любовью прильнули друг к другу первые люди, созданные по образу и подобию своего создателя, в этом не было никаких сомнений.

Такие вещи становятся ясны только по опыту, вот что Белка сейчас поняла. Без собственного опыта вера в эти вещи бывает злой и беспощадной — доказующей. А с этим единственным опытом — ясной и самоочевидной.

Она все время чувствовала точки своего тела, которых он касался руками. Острые, огненные ощущения возникали в этих точках. Неизвестно, знал ли Костя, как действуют его руки, но прикасался он к тем самым местам, из которых расходится по всему телу возбуждение. Нет, вряд ли знал, он не выбирал их, а касался сразу, и Белка сразу взрывалась от его прикосновений, которые даже ласками нельзя было назвать — он играл на ней, как на скрипке, ей всегда было непонятно, как же это скрипач знает, к какому месту скрипки надо прикоснуться, чтобы получился вот этот звук, а не другой, и уже потом она прочитала, что дело в миллиметровой, микронной даже разнице, которая превращает простого скрипача в единственного.

Костя мгновенно превратился в единственного, и отличие его от скрипача было лишь в том, что это произошло даже до того еще, как он коснулся ее тела.

Блестели над нею тревожные темные глаза, штрихи волос расчерчивали лоб между каплями пота.

Она потянулась вверх, коснулась губами Костиных губ. Они у него были прохладные, как будто он только что сгрыз сосульку. Белка в детстве грызла сосульки, отламывая их от карниза за окном Дома со львами. Никогда с тех пор она не испытывала такого счастья — вот, только теперь.

Она засмеялась, и они стали целоваться очень крепко. Костя сжимал при этом ладонями ее щеки и виски, и от этого через ее голову шли такие импульсы и волны, что, может, она становилась в эти минуты каким-нибудь гением. Моцартом, может. Но это ей было все равно, гений она или нет, а вот что от его рук исходит счастье, это не все равно ей было. Это вошло в ее жизнь такой огненной чертою, после которой все остальное навсегда становится мелким и незначительным.

— Ну и руки у тебя!.. — прошептала она.

И тут же забыла и слова свои, и голову, и все на свете, потому что почувствовала его внутри себя, и волны, шедшие от его рук, вошли в этот момент к ней внутрь — вошли, влились, вплеснулись, как океан.

Белка коротко вскрикнула и забилась под ним, обхватила его руками и ногами, прижалась, примкнула

к нему, как деталь, вошедшая в пазы какого-то именно
для нее предназначенного целого. И так они бились вместе, сомкнувшись, сначала она, потом он бился и вскри-
кивал, потом они вздрагивали попеременно, потом
замерли, потом тихо целовались.

— Костя, — сказала Белка, — если бы ты знал, как
с тобой хорошо, ты бы ко мне, наверно, не прикоснулся
даже.

— Почему?

В его голосе послышалось удивление.

— Потому что когда ты прикасаешься, то можно
умереть, — объяснила Белка. — Как от удара током.

— Это слишком парадоксальный ход мысли, — сказал он и перекатился на спину.

Белка тут же подкатилась к нему под бок. Хоть
вроде бы то, что называется пиком удовольствия,
было уже пройдено, но она считала, в том, чтобы
чувствовать щекой его плечо, удовольствия никак
не меньше.

— Ничего парадоксального, — сказала она. — У тебя
руки ужасно энергетичные. Ты ими камни можешь двигать бесконтактным способом.

— Ерунда какая-то.

— И ничего не ерунда! Скажешь, этого не бывает?

— Может и бывает.

— Вот у тебя и есть. У тебя от рук идет энергия.
Как от электроприбора. Раз я это сразу почувствовала,
то почему же ты говоришь, что это не так?

— Может и так. Бабушка знахарка была, может,
от нее передалось что-нибудь.

— Ну да! А какая она была знахарка?

Это было так интересно, что Белка даже села на кровати, сверху глянула в его глаза. В них падал прямой свет,

но они оставались такими же темными и непонятными, какими были всегда.

Наверное, Костя догадался, что знахарка представляется ей в виде какой-нибудь сказочной старухи. Он улыбнулся и ответил:

— С виду она была самая обыкновенная женщина. И змеиные головы с летучими мышами наш дом не декорировали. Но одноклассника моего она от заикания вылечила за час, это я видел своими глазами.

— Да ты что! А как она его лечила?

— Как лечила, не видел. Просто он вышел от нее без заикания, хотя до этого заикался страшно. Потом всем в классе рассказывал, что она стояла у него за спиной, руками водила у него над головой, и голове было тепло. Больше ничего не мог рассказать, мы же в первом классе тогда учились, дети малые. Соседку вылечила еще. Ее из больницы умирать выписали с какой-то болезнью крови. Я тогда тоже маловат еще был, не помню, в чем там было дело. Бабушка к ней месяц ходила. Через месяц та на работу пошла.

— Ничего себе... — Белка покрутила головой. — А говоришь, ерунда! Это же у тебя наследственное.

— У людей всё наследственное.

— Получается, сами мы ничего не создаем? — с интересом спросила Белка.

Она тут же поняла, что это глупый вопрос, хотя Костя ей этого не сказал, а только улыбнулся снова. В первое мгновенье улыбка меняла его лицо и он становился как-то понятнее, но это было очень короткое мгновенье, и остановить его было невозможно.

— Создаем. Раз наследственное, то не только ведь назад, но и вперед направлено, — сказал он. — Мне кажется, это должен быть тонкий самонастраивающийся механизм. — И добавил, помолчав: — Но точно я этого знать не могу. Только предполагаю.

«Почему у него нет детей? — подумала Белка в ответ на эти его слова. — Почему он живет с этой Надей, с этим никаким ребенком, они же во всем ему обратные. Что внутри у него происходит, какой он? Я этого не понимаю. Ничего о нем не знаю. Но люблю его».

Ни того ни другого никогда с нею не бывало. Не бывало, чтобы она не понимала какого-либо мужчину вообще и того, с кем у нее образовывались отношения, в особенности. И не бывало, чтобы она любила. Да, о какой-то прежней любви и говорить было смешно, она всего лишь умела ее изображать, причем без всякого желания обмануть, просто в ответ на то, чего от нее ожидали. Теперь у Белки настолько не было в этом сомнений, что это ее даже не удивляло.

«А он? — подумала она. — Он-то любит меня или нет? Не сказал же. Думаю о тебе, сказал. Думать можно что угодно, это ничего не значит. А все остальное... Тоже ничего не значит. И тоже может быть с кем угодно, любви для этого не требуется, только здоровые мужские инстинкты».

Эти мысли пришли некстати. Они приводили в смятение, и она постаралась их отогнать. Это ей удалось, потому что у нее вдруг стали слипаться глаза. С ней ничего не произошло, но она устала. То есть ничего не произошло такого, от чего можно устать, так-то, наоборот, произошло очень — жизнь ее перевернулась...

Белка приподнялась, поцеловала Костю — губы у него снова были прохладные, вот как такое может быть? — и, упав на подушку, мгновенно уснула.

Глава 11

Утром она проснулась одна.

Белка всю ночь помнила, что с ней произошло, и помнила так ясно, как будто бы и не спала. Но, получается, очень даже крепко спала, потому что не услышала, как Костя ушел.

Сначала она испугалась, что его нет, просто до дрожи испугалась. Как это, нет его?! И... что теперь? Но потом вспомнила, что у него сегодня дежурство в больнице, и этот иррациональный страх прошел.

Зато сразу же вспомнилось и все остальное — женщина, про которую он сказал, что она умрет, автоматчики у дверей реанимации...

Белка повертела головой, увидела часы на стене, поняла, что ей на работу еще рано, но вскочила и стала одеваться. Ее одежда лежала на стуле у кровати, хотя она не помнила, чтобы вчера ее туда положила. Ну да она вообще не помнила, что куда положила, так что, может, и сама это сделала. Но все-таки мысль, что это Костя сложил ее одежду, была ей приятна. Хотя ни о какой особенной заботе с его стороны это не свидетельствовало, просто любому нормальному человеку не понравится, если одежда валяется у него под ногами.

Одеваясь, Белка оглядывала комнату. По ней трудно было что-либо понять о хозяине. То есть можно было многое понять о мальчике, который в ней когда-то жил — о том, что он увлекался путешествиями, потому что к стенам были прикноплены географические карты, что читал много и разнообразно, потому что книг было немало и «Отверженные» соседствовали с «Похитителями бриллиантов», что любил дворового пса Шарика, потому что его черно-белая фотография стояла на книжной полке. Но примет жизни взрослого человека здесь почти не было. Медицинские книжки на разных языках и макбук. Даже не минимализм, а просто аскетизм какой-то.

Белка вздохнула. Зря говорят, что утро вечера мудренее. Никакой новой мудростью она не прониклась, а прониклась только страхом, что все произошедшее вчера не имело того смысла, который она ему придала.

Для быстроты она не стала варить кофе, а наспех разболтала его в чашке, не допила, выскочила из дому и побежала к автобусной остановке. В первые пять минут автобус не появился, и Белка замахала проезжающим машинам — ее снедало нетерпение.

В свою статистическую комнатушку она зашла только для того, чтобы переодеться в больничное, и сразу же побежала к реанимации.

У дверей по-прежнему стояли автоматчики. Белка увидела их издалека и приостановилась. Не потому что испугалась, а потому что поняла: подойти к ним надо с таким видом, чтобы у них даже мысли не появилось ее не пропустить. И ошибиться нельзя — второй попытки не будет.

Пришлось вернуться, заскочить в процедурную и попросить у медсестры Ниночки лоток с инструментами и маску. Блестящие медицинские инструменты производят на несведущих людей завораживающее впечатление, это Белка по себе знала. У человека с такими инструментами в руках есть все основания идти в реанимацию, это безусловно, так что автоматчики ее мимо себя пропустят, никуда не денутся. А внутрь ее пропустит Костя — она позвонит в дверь, и он увидит ее на мониторе.

Но оказалось, что и звонить не требуется: повернув за угол коридора, ведущего к реанимации, Белка издалека увидела, что Костя стоит перед дверями и о чем-то с автоматчиками разговаривает. То есть он им что-то говорит, а они стоят с каменными лицами — изображают истинных арийцев с нордическим характером, беспощадным к врагам рейха.

Белка припустила бегом, чтобы войти вместе с Костей. Когда она добежала до двери, он уже поднес к датчику пластиковый ключ. И протянул при этом другую руку к одному из охранников, разве что пальцами не пощелкивал — поживее, мол. Тот помедлил несколько секунд, потом как-то нехотя полез в карман и, достав оттуда что-то, отдал Косте.

Костя вошел в развинувшиеся двери. Белка шмыгнула за ним.

За месяц работы она ни разу не бывала в реанимации, у нее не было для этого никаких причин, и теперь ей стало не по себе. Везде в больнице было довольно уютно, даже забывалось, где находишься, а здесь все было как-то совсем по-другому.

Здесь отчетливо чувствовалась грань возможного для человека. Грань жизни и смерти.

Врачи и медсестры двигались быстро и бесшумно, все были заняты и никто не обращал на Белку внимания.

— Как она себя чувствует? — спросила она, сбоку пытаясь заглянуть Косте в глаза.

Он не ответил. Может, просто не успел — они подошли к кровати, на которой лежала та женщина.

Возле кровати попискивал, мерцая зелеными и красными огоньками, какой-то прибор. На вид женщине было сильно за сорок, но она была бледная до синевы, и точно определить ее возраст было невозможно.

Она была раздета и до плеч прикрыта простыней, под ключицей у нее стоял катетер, от которого отходила трубка к капельнице. Она была в сознании, глаза лихорадочно блестели, и одной рукой, мертвенно-белой, она почему-то держалась за спинку кровати.

Белка присмотрелась и почувствовала, как в голове у нее что-то сдвигается и буквально, не метафорически, дыбом встают волосы: рука этой женщины была пристегнута к спинке кровати наручниками.

— Эт-то... что?.. — с трудом выговорила Белка.

Костя подошел к кровати, вставил в наручники ключ, расстегнул их и снял с руки женщины.

— Все, Оля, — сказал он. — Отдыхайте. Постарайтесь уснуть.

— Спасибо, — чуть слышно проговорила она. — Я не думала, что у вас получится.

— Получится, получится. — Он улыбнулся. — Все у нас получится, не беспокойтесь.

Его голос в самом деле звучал совершенно спокойно. Белка приободрилась. Хотя ужас от того, что она только что видела, не прошел. Он просто не мог пройти, этот ужас. Картина пристегнутой к кровати женской руки с прозрачной мертвенной кожей стояла у нее перед глазами, и ей казалось, будет так стоять теперь всегда.

Подошла медсестра и попросила:

— Константин Николаевич, подойдите. Гемоглобин резко падает, хотя кровотечения нет.

Костя повернулся к Белке и быстро сказал, понизив голос:

— Побудь с ней. Поговори, если надо.

Реанимационная палата была большая, просто огромная, и он пошел вслед за медсестрой в дальний угол, где тоже кто-то лежал на кровати и так же мерцали огоньки приборов.

Белка подошла поближе к больной.

— Как вы себя чувствуете? — спросила она. И, спохватившись, добавила: — Здравствуйте.

— Никак себя не чувствую, — ответила та. — Как будто меня нету. Но это все равно.

— Ну почему же? — Белка села рядом с кроватью на круглую металлическую табуретку. — Вы же выздороветь должны. А человек сначала у себя в голове выздоравливает.

Женщина улыбнулась. Улыбка как-то очень совпадала с лихорадочным блеском ее глаз.

— Вы смешно сказали, — быстро проговорила она. — В голове выздоравливает. Это очень живо, по-человечески. Я давно человеческой речи не слышала. Вы кто?

Что она могла ответить? Что зашмыгнула в реанимацию, чтобы увидеть любимого? У Белки язык не поворачивался такое сейчас произнести. Но при этом страх, который она ощутила, войдя сюда, прошел бесследно.

— Я Белла, — сказала она. — А вы Оля, да? Что у вас болит?

— Уже ничего. Обезболивающее сильное капают, я думаю. — Она скосила глаза на капельницу. — Почки болели. Константин Николаевич сказал, что пройдет, и прошло. Вы думаете, их вылечили?

Она произнесла это с такой сильной подспудной надеждой, что хотелось немедленно воскликнуть: «Ну конечно! Вылечили! Вы будете жить сто лет!». Еще вчера, еще даже полчаса назад Белка именно так, наверное, и воскликнула бы.

Но сейчас она понимала, что не должна произносить ни одного лживого слова. Потому что эта женщина, как бы сильна ни была ее надежда, распознает любую ложь мгновенно, и тогда уже ничто не поможет ей не упасть духом.

Белка сама не смогла бы объяснить, как она это поняла. Вчера ей казалось, что огромный переворот произошел в ее душе, но сегодня, когда она увидела пристегнутую наручниками к больничной кровати женщину, услышала надежду в ее голосе, то поняла, что этот переворот продолжается, что он совершается сейчас, в эти минуты, и то, что происходит с ней в эти минуты, так же важно, как то, что происходило вчера, когда она почувствовала прохладу Костиных губ, и так же этот переворот связан с ним сегодня, как был связан вчера, и все это связано неведомыми нитями со всем, что было в ее жизни, что она чувствовала главным в своей жизни, — с холодными сосульками на окнах родного дома и с сильным счастьем, и с сильным горем...

— Я думаю, Константин Николаевич сделает все возможное, чтобы вас вылечить, — сказала Белка. — А он, Оля, такой человек, что это очень немало. У него руки энергетичные, вы почувствовали? — улыбнулась она. Ей нелегко далась улыбка, но это было сейчас необходимо, она знала. — У него бабушка была знахарка. Одного мальчишку от заикания вылечила за час. А еще одну женщину вообще от смерти спасла.

— Надо же. — В Олиных глазах лихорадочность сменилась удивлением. От этого во всем ее облике появилось что-то детское. — А я никогда в экстрасенсорику не верила. Мама у меня очень доверчивая, она даже воду возле телевизора держала, когда тот авантюрист сеансы давал, я забыла, как его звали... А я над ней смеялась. Я и сейчас ни во что подобное не верю, это просто невежество, мне кажется. Но Константин Николаевич действительно успокаивает одним своим появлением. Я не знаю, из-за энергетичности или нет, но это так, да. — Она опять заговорила ровным тоном, и в этой ровной быстроте ее речи было что-то жуткое, что Белка не решалась обозначить словами даже мысленно. — Он их заставил отдать ключи от наручников. Я не думала, что ему это удастся.

— А я была в этом уверена.

— Это потому, что вы молодая. И не видели того, что я видела. Какая экстрасенсорика! На этих людей ничего не действует. Это и не люди, может быть, какая-то особая форма материи. Когда попадаешь в колонию, только одно в голове: этого не может быть, не со мной даже не может, а вообще не может этого быть на белом свете. Я сейчас все время думаю, думаю... Стоило ли оно того? Может, надо было подписать все, что они требовали, может, не про абстрактные понятия надо было думать, а про свое здоровье и своих дочерей, и следователи были в этом смысле правы? Но я не могла. Понимаете? Я не могу этого даже объяснить. Если бы я была верующая, то было бы понятно, а так... Я не могу лжесвидетельствовать. Дело не Страшном суде, я в него не верю. Откуда он возьмется, если здесь никакого суда нет, и у этих, которые по почкам меня били, ни руки не дрогнули, ни лица даже не изменились? Откуда же вдруг Страшный суд? Это люди придумали, чтобы себя хоть чем-то успокоить, несчастные люди. А я не хочу с несчастненькими. И думаете, я так уж хочу жить? — Она рванулась сесть, но Белка быстро положила руки ей на плечи и не дала этого сделать, чтобы не вырвался из-под ключицы катетер. Оля побыла несколько секунд в напряжении и ослабела, снова легла. — Я уже ничего не могу хотеть, вот что они самое страшное со мной сделали. И, логически рассуждая, лучше мне умереть. Мама тогда сразу уедет и девочек увезет. Она же только из-за меня в этой стране, чтобы мне посылки посылать, и свидание надеется получить. А зачем? И как она из Москвы сюда доберется, старуха? Как я ее просила, как умоляла: уезжай, уезжай! Но она не может, пока я здесь, я ее понимаю. А если меня не будет, она уедет. Продаст квартиру, купит в Юрмале... Там необыкновенно теперь хорошо, просто остров Крым — вы читали Аксенова? Нет, вы молоденькая, это мое поколение зачитывалось... В других странах мама не сможет, без языка, а в Юрмале все по-русски говорят, и все доброжелательные, и очень там, рассказывают, хорошо, воздух чистый, тишина... Дайте мне руку. Вы не боитесь?

— Нет.

— Большинство людей боится мертвых, я и сама раньше боялась, а я ведь теперь уже мертвая, но вы не бойтесь... Это не будет долго, я чувствую... — Она быстро и цепко поправляла простыню у себя на груди, подтягивала повыше. Ее речь уже прерывалась, слова плыли, но смысл их был еще ясен. — Хорошо, что вы со мной побыли... Вы как-то умеете, хотя молоденькая... И Константин Николаевич... Я ему благодарна... Все-таки по-человечески умереть, не как собака на цепи...

— Все, Белла, иди.

Она не заметила, как подошел Костя, и не могла обернуться к нему, потому что держала Олину руку в своих руках.

— Иди, — повторил он. — Больше не нужно. Иди!

Он вынул Олину руку из Белкиной, но не отпустил — оставил в своей.

Белка хотела остаться, но не смогла. Силы покинули ее сразу же, как только она перестала держать умирающую за руку. Как будто сама она умирала, а не Оля. И еще — ей было бы стыдно, если бы Косте пришлось повторить, чтобы она уходила.

Белка медленно пошла к выходу из реанимации. У дверей она обернулась. Возле Оли собрались врачи и сестры, подкатили еще какой-то прибор... Но она видела только, как Костя стоит рядом и держит ее за руку.

Глава 12

Белка не помнила, как прошел день. Никакими таблицами она, конечно, не занималась и вообще ничем не занималась, хотя к ней входили люди, приносили какие-то бумаги, что-то говорили, и она отвечала. И выглядела, может быть, вполне обычно, если не вглядываться, а кому нужно в нее вглядываться?

Олин голос стоял у нее в ушах, и перед глазами все время была ее рука, сначала пристегнутая наручниками к кровати, потом все поправляющая, перебирающая простыню на груди, потом — бессильно лежащая в ее сомкнутых ладонях.

Избавиться от этого виденья было невозможно. Белка даже головой крутила, как будто это помогло бы вытряхнуть его из глаз. Не помогало, конечно.

Она включила компьютер — слайд-шоу. Недавно нафотографировала от нечего делать вятские виды, и теперь они мелькали перед нею: узорчатая чугунная решетка Александровского парка, и белая ротонда с колоннами, река внизу, за рекой деревянные домики Дымковской слободы в морозном тумане... Белка щелкнула по клавиатуре. Не помогали ей идиллические картины. Да и ничто, наверное, не помогло бы освободиться от того, что с ней произошло. И надо ли от этого освобождаться?..

Она открыла сайт, на котором всегда смотрела новости, потому что там не сообщали о политике, зато подробно и разнообразно сообщали о новых выставках, и не только в Москве, а по всему миру, о дизайнерских трендах и о других всяких вещах, которые позволяли ей не чувствовать себя выпавшей из нормальной жизни.

Белка полистала статью о выставке в Малом Манеже. Она хорошо знала художника и знала, что он придумал интересную такую штучку — взять срезы свернутых журналов и вложить их в алюминиевые круги, как в рамы. В таком виде они напоминали срезы деревьев, или вращение планет, или пейзажи Сезанна…

Белка смотрела на эти картины из глянцевых обрезков и не понимала, как могла находить их интересными и даже многозначительными. Они были так наивны в своей старательной придуманности, что художника хотелось пожалеть, особенно потому, что она знала, какой он маленький, толстый, смешной и обидчивый.

Находиться по ту сторону добра и зла и смотреть на обычную человеческую жизнь с потустороннего расстояния было неприятно. Но Белка ничего не могла с собой поделать — ничто в привычной прежней жизни не казалось ей сейчас сколько-нибудь значимым.

Она перебралась со странички про выставку на страничку про сплетни. Белка всегда относилась к ним снисходительно. В конце концов, ну не станешь же рассказывать о философских воззрениях восьмой жены банкира Пупкина. Эта прекрасная девушка предназначена для того, чтобы о ней рассказывали сплетни, и в этом смысле она вызывала у Белки одну лишь приязнь. То есть раньше вызывала.

«Громкое убийство, — прочитала Белка первую светскую новость. Интересно, чье? — 45-летний бизнесмен Кирилл Мазурицкий застрелил жену и покончил с собой. По слухам, Елена Мазурицкая, бизнесвумен и светская львица, недавно выписалась из клиники нервных заболеваний. Возможно, это стало причиной конфликта между супругами. Бизнес Мазурицкого связан с поставками медтехники, в частности, дорогостоящих компьютерных томографов. Не исключено, что и убийство, и самоубийство, совершенное им, имеет криминальную подоплеку».

Белка остолбенела. Ее словно доской по голове бабахнули.

Она забыла про Кирилла совершенно. Вот просто совсем! Как будто не было его в ее жизни. Он исчез, провалился, уплыл, и даже то, что произошло у нее с Костей, было ни при чем — это не вчера случилось, что она забыла о Кирилле. Наверное, ее жизнь начала меняться гораздо раньше, чем она осознала перемену.

А сейчас она почувствовала к нему острую, пронзительную жалость. Она только сегодня поняла, что такое жалость, как она выкручивает сердце, какая это физическая боль. И вот сразу же — это известие...

Она чувствовала жалость к нему и вину перед ним. Как странно! До сих пор Белка считала, что это Кирилл перед ней виноват, но после того, что произошло сегодня в реанимации, ей будто другие глаза вставили. И этими новыми глазами она видела себя — холодный свой расчет, который заменял ей сочувствие к нему...

«Их больше нет, — вдруг поняла она. — Ни Кирилла, ни его жены. Не я запутала их жизнь, но все это разрешилось вот так. Может, и без меня было бы то же. А может, я подтолкнула эту лавину. Теперь уже не ответишь. Но их больше нет».

— Я могу вернуться в Москву.

Вернуться в Москву!.. Эти слова, которые она тысячу раз произносила мысленно, а теперь произнесла вслух, вызвали у нее не радость, а... Белка даже не знала, как это назвать — она словно отшатнулась от этой мысли, разве что не перекрестилась: чур меня, чур.

Она не хотела возвращаться в Москву! То есть не в Москву именно, просто ей даже помыслить было страшно о том, чтобы вдруг оторваться от Кости.

«А почему я думаю, что мне придется от него оторваться, если я вернусь в Москву?»

Она похолодела. Можно было не задавать себе этот вопрос — ответ был очевиден. Она точно знала, что Костя с ней не поедет. Просто не поедет, и все.

Однажды она подумала про него — тогда она еще со стороны о нем думала, а не изнутри будто, как думает теперь, — да, она подумала: вот человек, причина поступков которого заключается в нем самом.

«И у него нет никаких причин куда-то уезжать. То, что нас связало, только мне кажется прочным. А у него есть связи прочнее, и с чего вдруг он бросится очертя голову в Москву, ведь она ему чужая, то есть Москва чужая, а я... А что для него я?».

Дверь открылась, и вошел Костя. Он был в зеленой врачебной форме. Это Малевич когда-то придумал, что самый подходящий для врачебной одежды цвет вот такой, зеленый, она читала... Белкины мысли метались и проваливались из головы в сердце, как с горки ухали.

— Умерла? — спросила она.

— Да. Я не мог сразу выйти, чтобы тебе сказать, там внутреннее кровоизлияние у одного началось... Да, умерла.

— Она сказала, что тебе благодарна.

— За что? — невесело усмехнулся он.

— Что не умирала на цепи. Костя... — тихо проговорила Белка. — Как же такое может быть? Не может же такого быть!

— Не может. Но есть. И сколько я себя помню, всегда это было. И мама моя всю свою жизнь это видела, этот Вятлаг кругом. И бабушка только в юности этого не знала.

— Ты думаешь, что это нормально?

— Я не думаю, что это нормально! — У него был такой голос, что Белка замерла. — Я не думаю, что нормально избивать женщину с тяжелой онкологией, с опухолью почки! Вообще — избивать женщину. Я не думаю, что это... Я не знаю, что с этим делать, и не знаю, как с этим жить!

Он замолчал. Белка боялась пошевелиться.

— Как же ты ее оттуда вывез? — спросила она наконец.

— У нее приступ случился. В лагерной больнице ответственности испугались, вызвали «Скорую». И как-то растерялись сначала, не сразу сообразили начальству доложить. Вот и вывез.

«А если бы сразу сообразили, если бы тот, увесистый, прямо в колонии на него автоматчиков натравил? — подумала Белка. — Что он сделал бы?».

Она посмотрела на Костю и вдруг поняла, как содиняются в цепочку обстоятельства непреодолимой силы. Каждое вроде бы само по себе, но одно цепляется за другое — тебе не дают помочь женщине, она совершенно тебе чужая, но ты не можешь ее бросить на произвол судьбы, не можешь позволить, чтобы ее избивали и убивали, и поэтому ты можешь только убить того, кто ее избивает и убивает, и ты это делаешь... И на этом заканчивается твоя человеческая жизнь, и это не могло быть иначе.

Все это так ясно стояло в Костиных глазах, что ей стало страшно — вся кожа пошла мурашками.

— А за что ее посадили? — поспешно спросила Белка. — Она мне сказала, что не могла лжесвидетельствовать, но больше ничего.

— А больше ничего и нет, насколько я понял. Она юрист, работала в крупной компании. Компанию решили у владельца отнять. Законных оснований не было — стали искать. Хотели ее для этого использовать — она не согласилась. Отправили в колонию, сопроводили указанием стереть в пыль. Всё.

Лицо у него было неподвижное, как посмертная маска. Белка молчала, подавленная.

— Я докладную напишу, что они ее с диагностированной онкологией в колонии держали. — В его голосе была бесконечная горечь. — Обязаны же были отпустить. Пусть хоть как-то их... Хотя что им сделают? Самое большое, премии лишат. Одной бутылкой меньше на праздничном столе.

Он помолчал, потом тряхнул головой, и выражение его лица стало прежним, человеческим. Белка перевела дыхание.

— Иди домой, — сказал он. — Восемь часов уже, что ты здесь сидишь?

— Тебя хотела дождаться.

— Так у меня ведь дежурство. Я только завтра освобожусь. Иди, Белочка.

С последними словами в его голосе вдруг мелькнули такие интонации, что у Белки сердце занялось счастьем, как огнем. Даже голова закружилась.

— Завтра Новый год, ты хоть помнишь? — Он улыбнулся. От его улыбки сердце у нее не только огнем занялось, а вспыхнуло пожаром. — Мы елку всегда во дворе наряжали. Возле крыльца растет, видела? Вот ее. Или хочешь в доме? Я тогда завтра куплю.

Господи, да хоть в лесу! Хоть в буреломе! В берлоге медвежьей! Не елку, а репейник!

— Ничего не покупай, — сказала она. — Возле крыльца отличная. Повесим яблоки или что там, пряники, заодно птицы отпразднуют.

Костя поцеловал ее так быстро, что она не успела сказать ни слова, как он уже вышел. Повисел еще минуту в воздухе едва уловимый запах лекарств и исчез тоже.

Глава 13

«Интересно, как они эту елку наряжали? С крыши, что ли?».

Белка стояла, закинув голову, и смотрела на высоченное дерево, растущее у крыльца. По дороге домой она накупила вчера такое количество шариков, пряников и всяческой золотой дребедени, что хватило бы на украшение, кажется, даже кремлевской елки. Но вот как это украшение оуществить, было совершенно непонятно.

«Ладно, — решила она, — Костя придет и скажет как».

Ей доставляло живейшее удовольствие думать, что он скажет, как и что ей делать, и она именно так и сделает. Это тоже было ново, такое ощущение.

Белка не была сильна в приготовлении пищи, особенно праздничной, поэтому и ее закупила по дороге. Благо выяснилось, что не во всех заведениях общепита подают холодные котлеты, имеются блюда даже изысканные, вроде какого-то курника, который оказался огромным многослойным пирогом, с виду очень аппетитным. И шампанское французское нашлось, и марципановые зайцы, облитые белым шоколадом.

Она набрала столько коробок и свертков, что еле выгрузила их из такси.

Во сколько у Кости заканчивается дежурство, Белка не знала, поэтому платье, которое собиралась надеть на Новый год, примерила еще с вечера. Она купила это платье в бутике на Казанской, на него и на прочие мелочи как раз хватило зарплаты, выданной перед Новым годом.

Карту Кирилла она сломала пополам и выбросила в урну. Жест был чересчур пафосный, ну так никто не видел — наплевать.

Платье ей нравилось. Правда, она предполагала, что Костя может не отличить его от джинсов, которые она обычно носила. Ну и ладно! Пусть не отличит, она все равно его любит. Костю, не платье. А в платье она просто хорошо выглядит: ткань стрейч, поэтому видно, что у нее вполне приличная фигура, и цвет к глазам подходит.

Мама как-то говорила, что глаза у нее в бабушку Таю, только не желтые, а золотые. Платье, разумеется, не золотое, до такого Белка не додумалась бы, оно лишь отливает бронзой. В общем, соблазнительное. Правда, волосы отросли так, что прическа выглядит по-детсадовски, как у птенца, но тут уж ничего не поделаешь.

Белка разглядывала себя в зеркале, вертелась так и сяк в новом платье, а потом расхохоталась, потому что подумала, что самое прекрасное с этим платьем произойдет, когда Костя его снимет. И если бы можно было встречать с ним Новый год голыми, то она ничего не имела бы против.

Утром она позвонила ему, но телефон был выключен. Наверное, он был еще в реанимации.

Днем телефон был выключен по-прежнему. Это ее насторожило.

В семь вечера телефон не включился.

Белка села у накрытого в кухне стола, прислонилась спиной к печке, которую протопила с утра, и задумалась.

Надо было понять, что происходит. Можно было подумать, что с ним что-нибудь случилось, и начать поиски с больниц и моргов. Но она так думать категорически не хотела. И начала с другого...

В трубке долго стояло молчание, потом наконец пошли гудки — прерывистые, в плохой зоне приема.

— Сева, — сказала Белка, когда ей наконец ответили, — ты не знаешь, где Костя?

— Так у нас! — сообщил Сева. — С матерью в избе.

Он запыхался. Бегал, наверное. Или с горки катался.

— Давно? — едва шевеля губами, проговорила Белка.

— С утречка приехал. Бел, тут у нас снегу дофигища! Навалило, как... не знаю что! Я с горки катаюсь целый день. Слышишь меня? А ты чего звонишь? Погоди, я выше поднимусь. Внизу нифига телефон не ловит.

«Не ловит, — подумала Белка. — И в избе не ловит. Или он его просто выключил, чтобы я им не мешала».

Как она смогла убрать из своей головы эту мысль? Ведь думала же, все время вначале об этом думала: куда Надя подевалась, а вдруг приедет? Выходит, это он должен был поехать к ней — и поехал. И исключать это только потому, что накануне он переспал с Белкой, было глупо. Чужая душа потемки.

— Бел, приезжай! — вопил Сева. — Тут супер! Снег валит, как этот... И озеро замерзло, я на коньках кувыркаюсь вообще!

Она выключила телефон. Что ж, у каждого своя радость. Мальчик кувыркается на коньках. Мужчина не на коньках, но тоже, в общем... кувыркается.

Белка смела еду в мешок для мусора. Неизвестно ведь, когда вернется хозяин дома, зачем же мышей разводить. Потом сняла платье, натянула джинсы и свитер. Неизвестно также, удастся ли вызвать такси в новогоднюю ночь, а на улице холод адский, замерзнет, пока будет машину ловить. Потом она поднялась наверх и вынула из шкафа чемодан.

У каждого своя радость. Она для себя вряд ли ее найдет. Но и обманывать себя не станет.

Часть III

Глава 1

Мама уходила на работу, а дома царила бабушка.

Она именно царила — все соседи относились к ней с почтением. Многие даже побаивались, но не Костя, конечно. Его она любила, и он это знал, хотя внешне ее любовь не выражалась почти что никак.

Соседка с первого этажа говорила:

— Прасковья Ивановна — женщина суровая.

Но Костя так не думал. Просто соседка эта, Наталья Даниловна — глубокая старушка, и по всему она другая, чем бабушка, похожа на шелковую подушечку, в которой держит свои иголки-булавки. Когда-то, бабушка рассказывала, Наталья Даниловна была белошвейкой, ей весь город заказывал тонкое белье, и весь дом, в котором живет Костя с бабушкой и мамой и кроме них еще три семьи, принадлежал ей с мужем. Муж работал по металлу, имел собственное клеймо, и одно его изделие, панорама города Вятки, попало даже в Эрмитаж. А из наросшего на березе кап-корешка он сделал часы, и они шли, хотя в них все было деревянное, все колесики.

Костя слушал все это как сказку. Ему даже интересно было, когда это становится так, что самая обыкновенная жизнь превращается в сказку. Словно бы происходит отбор событий, которые для этого пригодны, и только эти события от жизни остаются.

В бабушкиной жизни тоже было много сказочного, но это и понятно: что бабушка у него необыкновенная, Костя знал всегда.

Он, например, не видел ни одного человека, который чувствовал бы себя в лесу как дома, а бабушка так себя в нем и чувствовала. И ничего, совершенно ничего не боялась, даже не понимала, чего там можно бояться, хотя в лесу водились волки и медведи, и совсем близко от города, Костя с бабушкой на электричке в те места ездили.

Однажды, когда Косте было шесть лет, они пошли за грибами и, уже набрав полную корзину, сидели на поляне и чистили их, чтобы не нести домой гниль. И вдруг из кустов вышел, выломился лось. Выломился и остановился в двух шагах, опустив рога и глядя на Костю неподвижными, страшными глазами. Он был такой огромный, как будто пришел из другого мира, в котором все не такое, как здесь.

Костя перепугался так, что не мог пошевелиться и только чуть слышно всхлипнул, а бабушка посмотрела на лося мельком и сказала:

— Ну чего ты, Костик? Он поглядит и уйдет.

И так и вышло, лось посмотрел на них и ушел в кусты, ломая их так, будто прямо сквозь лес проезжала электричка.

— Зверей бояться нечего, — так же спокойно сказала бабушка. — В глаза им только не смотри, они этого не любят. А так — что в них страшного?

Для нее в зверях действительно не было ничего страшного — по двум причинам.

Во-первых, она умела стрелять. И как! В тот день, когда встретились с лосем, домой с электрички шли через Заречный парк. И Костя впервые увидел в парке стрельбу по летающим тарелочкам. Это было так интересно, что он остановился, хотя бабушка его торопила: мама вот-вот должна была вернуться с работы, надо было успеть грибов на ужин нажарить.

— Дай-ка выстрелить, — неожиданно сказала бабушка, обращаясь к главному, который запускал тарелочки.

— Еще подстрелишь кого-нибудь, — недоверчиво проговорил тот.

Но ружье дал, бабушке никто никогда не отказывал.

Она взяла ружье странным образом, в вытянутую руку, приставив приклад к плечу. Взлетели вверх тарелочки — одна, вторая, третья. Бабушка выстрелила ровно столько раз, сколько их запустили, и все они упали простреленные. Она даже не целилась! Все ахнули, а Костя чуть не умер от гордости. Не у каждого есть такая бабушка! Да ни у кого такой нет.

— У нас в семье все девки умели, — сказала она, когда по дороге домой он стал выспрашивать, где она научилась так необычно и метко стрелять. — Сын-то у родителей моих один был, младший, а нас, дочерей, десятеро. Не охотники, конечно, но стрелять как же не уметь? В лесу жили.

Костя даже представить не мог, кого же считали охотниками, если себя бабушка к ним не относила.

В лесу, по ее рассказам, все умели стрелять и выбирать, какие травы и корни лечебные, а какие ядовитые, и ходить на охотничьих, подбитых мехом лыжах. Бабушкин отец даже сам такие лыжи делал и сдавал в Вятку, а на вырученные деньги покупал все, что невозможно было сделать дома — соль, спички, мыло.

Но кроме того, что умели делать в лесу ее сестры, бабушка умела и то, что, Косте казалось, они уметь не могли.

Летом, когда шли за ягодами, на тропинку перед ними выползла гадюка. Костя остановился, не зная, что делать: змея извивалась прямо у его ног.

— Что ты встал? — спросила, подойдя, бабушка.

Гадюка напугала ее не больше, чем лось. Но дожидаться, пока змея уползет сама, бабушка не стала. Она подняла над ней руку, подержала немного, поводила туда-сюда — змея свернулась колечком и замерла.

— Пойдем, — сказала бабушка, переступая через гадючье колечко.

Костя переступил тоже, но не так спокойно, как она — с опаской, и оглянулся потом. Змея лежала неподвижно, как будто одеревенела.

Конечно, с такими умениями бояться в лесу бабушке было нечего и некого.

Костя был немногим старше, только в школу пошел, когда понял, что ей, пожалуй, и среди людей некого бояться.

Главная часть его жизни проходила во дворе. Там жил в будке общий пес Шарик и играли дети, чаще всего в войну — мама не любила, когда они в нее играли, хотя сама была на фронте, — там проводили время и взрослые, и хотя их жизнь представлялась детям скучной, но и со взрослыми иногда случалось что-нибудь интересное.

Выяснилось, например, что новый сожитель тети Нины — пьяница, притом не просто горький, но и буйный. Через два дня после его появления тетя Нина выскочила во двор в разорванном халате, а он мчался за ней босиком, в штанах без ремня и в накинутом на голое тело ватнике.

— Сука! — орал он. — Я тебя счас...

Что именно он собирается сделать с тетей Ниной, которая бежала к калитке, дети, облепившие забор, выслушали с большим интересом. Но уже через минуту интерес сменился страхом: пьяный распахнул ватник и выхватил из-за пояса топор. Тетя Нина взвизгнула, бросилась обратно к дому, сожитель развернулся вслед за ней... Топорище блестело у него над головой, и казалось, он сейчас метнет в нее топор, как индеец томагавк.

Бабушка появилась неожиданно — вышла из дома и остановилась, глядя на бегущих. Тетя Нина с пронзительным визгом шмыгнула ей за спину. Теперь ее сожитель мчался с топором уже на бабушку.

— Отойди, блядь старая! — орал он.

Это возмутило Костю так, что он спрыгнул с забора и бросился к нему. Хотя вряд ли мог бы остановить невменяемого мужика, его никто уже остановить не мог.

Но стоило Косте так подумать, как бабушка выставила вперед руку — точно как тогда, над гадюкой, — и произнесла негромко, но с сильнейшей яростью:

— А ну на колени!

И пьяный упал. Упал на колени так, словно кто-то ударил его под них палкой.

Все ахнули. Бабушка посмотрела ему в глаза таким взглядом, что даже у Кости мурашки пошли по спине, и медленно проговорила:

— Ты как меня назвал, скотина? Никогда не прощу.

И ушла в дом. Все испуганно смотрели на тети Нининого сожителя. Он стоял на коленях, как парализованный, и хватал воздух ртом, глядя перед собой трезвеющим взглядом.

Назавтра, выбритый и отвратительно пахнущий одеколоном, он явился к бабушке извиняться. Он что-то говорил заискивающим тоном, а в глазах у него стоял нескрываемый ужас.

— Сказала — не прощу, — даже не обернувшись от печи, в которую она как раз ставила противень с плюшками, отрезала бабушка.

Назавтра он исчез. Тетя Нина очень переживала и ворчала даже, что из-за Прасковьи лишилась мужа, но ее никто не слушал: все знали, что такое Нинка и ее мужья, и, главное, Костина бабушка.

Категоричность ее не знала меры — Костя не мог припомнить ни единого случая, когда она сомневалась бы в своих действиях или стеснялась бы высказать кому-то свое мнение. Он привык знать, что это правильно, во всяком случае, сильно экономит время, которое не приходится тратить на пустые разговоры вокруг да около.

И только один раз ему стало не по себе от бабушкиной безоговорочности.

Мама, бабушка и он занимали две комнаты на втором этаже, там же жила еще она семья, на первом еще две, кухня внизу была общая.

Вставать в школу было для Кости мученьем, и если бы не бабушка, он бы, наверное, ни разу не явился к первому уроку. Она поднимала его каждое утро сама, ставила перед ним чашку молока и горячую плюшку, следила, чтобы он все съел до крошки и выпил до капли, а потом выставляла полусонного на улицу с напутствием:

— Портфель по дороге не потеряй!

Так что, конечно, мама и бабушка не ожидали, что в воскресенье их мальчик сам проснется чуть свет.

Но он проснулся. Утро было такое хорошее, солнце светило так ярко, что спать было просто жалко, так и правда жизнь проспишь, хотя разве ее проспишь, вон она какая впереди — бесконечная.

Бабушка с мамой были в кухне вдвоем, соседи еще отсыпались по случаю выходного.

Костя вышел из комнаты и хотел уже спуститься по лестнице вниз, но сначала замешкался, а потом замер, прислушиваясь к разговору.

— И что бы тебе с ним в кино не пойти? — сказала бабушка. — Человек приличный. А что дочь у него, так ведь и у тебя ребенок, и годы твои не девичьи.

— Дело не в его дочери и не в моих годах. — Мамин голос звучал спокойно. — Зачем мне с ним куда-то идти? Я к нему даже интереса не чувствую.

— А к кому ты что чувствуешь? — сердито проговорила бабушка. — Жизнь ты пропустила, Зинаида. А ради кого? Скажешь, ради муженька своего — не поверю.

Костя весь превратился в слух. Мама молчала.

— Хорошо хоть Костика родила, — не дождавшись от нее ответа, сказала бабушка.

— Ты же не хотела, чтобы я рожала, — наконец произнесла мама.

Ничего себе! Чего это бабушка не хотела? Чтобы он был, что ли?!

— Конечно, не хотела, — невозмутимо подтвердила бабушка. — От кого, прости господи? От уголовника?

— Он не уголовник. Так его жизнь сложилась.

— Жизнь свою каждый сам складывает. Я его как только увидела, сразу поняла: этот найдет, где сгинуть. Не в лагерях, значит, на северах. Так и вышло.

— Перестань, мама. Мой муж тут вообще ни при чем.

— И то правда, — усмехнулась бабушка. — Ребенка наездом сделал, и на том спасибо. А кто причем, Зина? Молчишь... А я-то знаю. Мало ты из-за него неприятностей нажила? В санитарках походила. — Она вздохнула и сказала со знаменитой своей категоричностью: — Что не сложилось, то не сложилось — всё, отрезано. Надо было вовремя понять. А не жизнь свою ломать из-за пустой мечты.

Костя не мог больше терпеть — в туалет очень хотелось — и запрыгал по ступенькам вниз. На бегу он успел заметить, что у бабушки лицо такое, как обычно, а у мамы печальное. Ему стало жалко, что бабушка ее ругала. Бабушка же сильная, а мама... Мама вообще-то тоже сильная, она ведь была на войне и сейчас работает в больнице, помогает врачам резать людей, а этого слабый человек не выдержит. Но все-таки мама не такая, как бабушка, это каждому понятно.

Из того разговора Костя вообще-то не узнал ничего нового. Бабушка, правда, при нем ни слова не произносила о его отце, а мама говорила только, что он уехал в порт Певек незадолго до Костиного рождения и остался там жить. В этом, кстати, не было ничего особенного: на их улице обитала, как говорила бабушка, всякая шелупонь, поэтому отцы мало у кого имелись. И то, что его мама все-таки была за его отцом замужем, притом много лет, и что фамилия у Кости отцовская, было фактом даже выдающимся. Но обо всем этом ему давно уже сообщили соседки, так что из всего, что он услышал сегодня, запомнились только бабушкины слова: «Не надо было жизнь свою ломать из-за пустой мечты».

Что они значат? Костя не понял. Мама объяснила ему это лишь много лет спустя, когда он был взрослый, а она старая и все это не имело уже той силы, которая неизвестно, сломала ее жизнь или нет, но действительно могла сломать жизнь человеческую.

Но его жизнь никто не ломал точно. Две женщины растили его в такой беконечной любви, в такой готовности сделать для него все и сверх того, что для него существовала только одна опасность: сделаться безвольным.

Но довольно рано выяснилось, что и этой опасности нет тоже. То ли по врожденным чертам характера, то ли потому, что простая, обыденная жизнь требовала постоянных усилий от каждого и никого не располагала к праздности, но Костя с детства привык полагаться в своих действиях только на себя и за последствия своих действий тоже отвечать самостоятельно.

А может, причиной было как раз то, что главными в его жизни были именно эти две женщины, каждая из которых обладала собственной внутренней силой. Он привык заботиться о них не потому, что они не могут позаботиться о себе сами, но лишь потому, что он их любил, а любовь и забота — это одно и то же.

Когда после школы Константин сказал, что поедет в Москву поступать в Первый мед, они не стали уговаривать его остаться дома и помогать им, хотя мама родила его поздно и была уже немолода, а бабушка и вовсе была уже старой. Но требовать, чтобы сын и внук чем-то ради них жертвовал, им и в голову не могло прийти, и, может быть, именно поэтому он безошибочно понял, когда это действительно понадобилось.

Да и просто радовались они его выбору. Маме он казался естественным, потому что медиком была она сама, а бабушка считала, что Костик для медицины от природы предназначен, хотя и не объясняла, почему так считает.

В юности он не очень-то интересовался их жизнью и не отличался в этом смысле ни от кого из своих ровесников. У взрослых ведь, как известно, не жизнь, а однообразное течение дней, а все самое главное происходит с молодыми.

Когда в пятнадцать лет Константин влюбился в девочку из параллельного класса, он не то что мамину-бабушкину жизнь перестал замечать, но и свою собственную. Сплошные пятерки, которые он получал по всем предметам, сменились сплошными же двойками, даже по химии и биологии. Он не мог делать уроки, да что там уроки, он не мог есть и спать, и если бы эта девочка велела ему спрыгнуть с четвертого этажа, он не раздумывал бы ни секунды.

Девочку звали Соня, она пришла в школу в середине четверти: ее отец был военный, и его перевели в Киров. Соню сразу возненавидели девчонки из обоих параллельных классов: она была такая красивая, что все они поблекли рядом с нею, особенно в глазах мальчишек. И, наверное, именно кто-нибудь из девчонок наговорил завучу Петру Петровичу, что Константин влюблен в новенькую и этим объясняются неожиданные перемены в его учебе.

Петр Петрович явился к нему домой лично. Мама была на ночном дежурстве, и завуч стал выговаривать бабушке, что ее внук ведет себя непотребным образом и его надо воспитывать.

— Вот что, Петя, — выслушав, ответила та. — Был ты всегда говнюк и говнюком остался. И какой из тебя завуч? Ты же у Тиши моего на складе на побегушках был. Будешь меня учить внука воспитывать! Без тебя разберусь.

Неизвестно, как бабушка собиралась воспитывать внука в связи с его любовью, но это не понадобилось: так же неожиданно, как в Киров, Сониного отца перевели на новое место службы. И Соня уехала.

Константин думал, что в день ее отъезда кончится его жизнь. Он похудел так, что одни глаза остались. Ночами не спал — Сонино прекрасное лицо мерещилось ему в лунном лике — и понимал, лишь под утро проваливаясь не в сон, а в забытье, что ничего ему больше в жизни не хочется и не захочется уже никогда.

Через две недели Константин проснулся утром от того, что почувствовал: ему хочется есть. Так хочется, что скулы сводит — зверски хочется!

Когда он вошел в кухню, бабушка бросила на него взгляд и молча поставила перед ним кружку с молоком. Плюшки только что испеклись — он съел три, потом отдышался и проглотил еще одну. Бабушка усмехнулась и сказала:

— А говорили, любовь.

— Да, любовь! — сердито буркнул Константин.

Ему хотелось еще плюшку, но он стыдился своего неожиданного аппетита.

— Раз глаза не видят — сердце не болит... Значит, растешь ты просто, вот организм и взбрыкнул, — сказала бабушка. — Я так и знала, что пройдет.

«Глаза не видят — сердце не болит», — это оказалось хорошим критерием для проверки чувств. С тех пор Константину не раз приходилось удостоверяться, что это правда.

Если случались у него романы с однокурсницами, а они, конечно, случались, потому что девушки испытывали к нему интерес, да и у него не было никаких причин интереса к ним не испытывать, — то стоило уехать на каникулы домой или в стройотряд, и все это улетучивалось, как дым.

Впрочем, пока Константин учился, то считал, что такая непрочность отношений с женщинами, возможно, связана именно с учебой, которой он отдавался безоглядно. Каждый семестр приносил что-то новое, предоставлял обширный выбор того, чему стоит посвятить жизнь. И не так-то просто было выбрать! Константин не сразу понял, например, что хочет стать реаниматологом, а когда понял, то занялся специализацией с еще большим рвением, чем просто учебой.

Он был уверен, что предпочитает занятия в студенческом научном обществе вечеру с девушкой в баре лишь потому, что первое более увлекательно, чем второе.

И даже не сразу по окончании института, а только уже в Кирове, работая на «Скорой», начал сознавать, что дело, может быть, не в одной лишь профессии...

Он смотрел на постаревшую маму, думал об умершей бабушке и понимал, что ни одну женщину из тех, что возникали время от времени в его жизни, не может сравнить с ними даже мысленно. Все эти женщины, сами по себе, может быть, и неплохие, и даже наверняка неплохие, вызывали у него одну лишь недоуменную мысль: зачем он должен с ними быть, если его к ним ничто не привязывает?

Он помнил, как мама сказала давным-давно о каком-то случайном в ее жизни мужчине: «Я к нему даже интереса не чувствую».

Примерно то же самое происходило и с ним.

Но в маминой жизни был ведь человек, из-за которого она не обращала потом внимания ни на каких других мужчин, а в его-то жизни никого подобного не было!

Иногда Константин думал: может, произошедшее с мамой так изменило состав ее организма, что сделалось генетическим фактором и влияет теперь на его жизнь тоже? Конечно, это выглядит сомнительными домыслами, но кто знает, как действует эмоциональная встряска. Может быть, и на генетическом уровне. На гормональном точно, мама на войне поседела ведь от сильнейшего стресса, значит, ее гормональная система чувствительна к таким вещам.

Чтобы не вдаваться в умозрительные теории, Константин предпочитал уделять основное время своей жизни тому, что было ему интересно, то есть работе, и только неосновное тому, что было ему попросту нужно, то есть женщинам.

Работа снедала его. Но это не изматывало, а наоборот, было ему необходимо. Почему так, Константин не понимал, но чувствовал, что любая работа, если она не отбирает все силы, его не привлекает.

Он, легко выдерживающий любые нагрузки, не смог бы выдержать обычную, размеренную, лишенную напряжения жизнь.

Когда Константин это понял, его охватило недоумение. Почему он такой? Такой не была мама, не была бабушка, такое они не воспитывали в нем. Но это в нем было. Возможно, от того мужчины, который, как бабушка выразилась, «наездом его сделал». И ничего с таким отношением к жизни, с такой мучительной потребностью полного износа было не поделать. Оставалось только радоваться, что он вовремя это понял, а вернее, инстинктивно почувствовал и правильно выбрал для себя работу.

Глава 2

Константин работал в Кирове на «Скорой» уже пять лет, поэтому случаи, относящиеся к его компетенции, распознавал за версту. И очень не любил, когда такие случаи возникали в нерабочее время. Потому что прекрасно знал, что все большей и большей частью клиентов «Скорой» становятся наркоманы. А какого ж черта тратить на них еще и нерабочее время?

Именно эта мысль пришла ему в голову первой, когда, возвращаясь домой после дежурства, он услышал истошный женский вопль:

— Помогите! С сердцем плохо! Маме — с сердцем!

Мама, которой стало плохо с сердцем, скорее всего, попросила бы свою дочь позвонить в «Скорую», а не орать на темной морозной улице. Конечно, могло не быть телефона... Но, судя по тембру голоса, причина была не в этом.

Пришлось идти на крик.

Вокруг покосившегося деревянного дома, каких немало лепилось возле железной дороги, металась дебелая баба лет сорока. Увидев Константина, она заорала еще громче:

— С сердцем плохо!

Правда, маму уже не вспоминала.

Константин вошел вслед за ней в дом. Специфического народу там собралось немало, и угадать, кто кому мама, было нелегко. Но это, похоже, не имело значения: на полу посреди грязной пустой комнаты лежала вообще не женщина, а парень лет двадцати. Он был в одних трусах, и все его тело было синим — и грудь, и лицо, и губы.

Вокруг парня бегала еще одна баба, по виду родная сестра той, что орала на улице, и не менее громко причитала:

— Витя! Ты чё? Чего с тобой? Витя!

Что с Витей, было понятно. Константин отодвинул причитающую бабу, присел возле синего тела, оттянул веко — зрачок не реагировал на свет. Но пульс был неплохой.

— Живой?

К лежащему подошел мужик. От него несло перегаром, поэтому он выглядел белой вороной в славной психоделической компании.

— Живой. — Константин перевернул парня на бок и спросил: — Одеяло есть? Надо теплое что-нибудь.

— Одеяло есть, — послышался в ответ женский голос. — Сейчас принесу.

Пока она ходила за одеялом, к лежащему подскочил еще один тип с остановившимися глазами и принялся хлестать его по щекам.

— Очнись! — кричал он при этом. — Друг, друг! Ему непрямой массаж надо!

Константин еле его удержал — друг намеревался ударить лежащего в грудь кулаком, видимо, для непрямого массажа сердца.

Наконец принесли одеяло. Сидя на корточках, Константин поднял взгляд на женщину, чтобы взять его у нее... Никогда он такой красоты не видел! Она не то что казалась красавицей среди алкашей и наркоманов — такую красоту можно было выставлять в музее. Классическая у нее была красота. Античная. Что она делает в притоне, было непонятно, она не казалась ни пьяной, ни обкуренной. Но разбираться с этим было сейчас некогда.

— Надо снежком растереть, — посоветовала та баба, которая бегала с криками про маму. — Счас принесу!

Она выскочила на улицу. Константин накрыл наркомана ватным одеялом. Тот еще несколько минут полежал неподвижно, потом задрожал, потом молодой здоровый организм стал брать свое: он порозовел, открыл глаза, задышал ровнее.

И еще через минуту заорал заплетающимся языком:

— Кто меня бил?! Ты, Митяй? Я те счас...

Он поднялся на ноги, пошатнулся, потер лицо ладонями. Жизнь возвращалась к нему так быстро, что птица Феникс позавидовала бы. Непонятно только, зачем.

— «Скорую» вызвать? — поинтересовался Константин.

— Я вызову! Я ему счас так вызову! — завопил пьяный. — Ментов нам тут еще!

Вызывать «Скорую» Константин счел негуманным по отношению к коллегам. У них и так работы хватает, а здесь все уже здоровы и полны сил. До следующего передоза.

Он вышел на улицу. У крыльца сидел на санках мальчик лет пяти и грыз семечки.

— Ты что здесь делаешь? — спросил Константин.

— Мать жду, — басом, как мужичок-с-ноготок, ответил мальчик.

Константин тоже решил ее дождаться. Оставлять ребенка одного возле притона было как-то противно.

Мать появилась через минуту. Это была та самая красавица. Она спустилась с крыльца ровной походкой и, глянув на Константина совершенно трезвыми глазами, бросила сыну:

— Пошли.

— Куда ты его ведешь? — спросил Константин.

— Тебе что? — хмыкнула она. — Ну, к подруге. Ему спать пора.

— Так это твой дом, что ли? — поразился он.

— Мой, — с вызовом заявила она.

— Что ж ты его в притон превратила? — сердито спросил Константин. — Хороша мамаша!

— Хороша! — с еще более жестким вызовом отрезала она. — Ребенка кормить надо, вот и превратила. А ты что хотел, чтобы я сама употребляла? Или еще чем зарабатывала?

— Притон содержать — хороший заработок, — усмехнулся он.

— Уж получше, чем... Да вообще не твое дело!

— Посадят же, — пожал плечами Константин. — Умрет кто-нибудь — вон, один сегодня чуть концы не отдал, — а тебя посадят.

— Не твое дело, — повторила она.

На этот раз в ее голосе мелькнуло что-то вроде уныния или даже испуга.

Константин не испытывал сочувствия к женщинам вроде этой. Молодая, здоровая, что за болтовня про горькую долю? Что ж твоя красивая голова ничего кроме притона придумать не может?

Он окинул ее взглядом — втайне ему хотелось еще раз полюбоваться ее красотой. Но вместо удовлетворения от вида прекрасного он почувствовал, что его как будто бы оскорбили.

Она, наверное, тоже почувствовала к нему какую-то необъяснимую неприязнь — метнула взгляд-молнию, резко отвернулась, схватила санки за веревку, дернула так, что мальчишка упал в них на спину, и пошла прочь.

И Константин пошел прочь тоже, стараясь поскорее ее забыть.

Но долго он еще ее помнил.

Глава 3

Белка никогда не хотела жить в стране вечного лета. Смена времен года ей нравилась и даже, наверное, была необходима ее организму. Но мартовский слякотный снег, плавно переходящий в апрельский, это слишком.

Настроение у нее было подавленное. Из-за отвратительной погоды, конечно.

Курсы заканчивались поздно, домой она всегда возвращалась в темноте. Пару раз попыталась зайти вечером в кафе, но это ничуть не воодушевило.

Она переменилась, и все прежнее стало ей немило — какая банальность! Или, может, не банальность, а горе.

— Будем сегодня бутербродами ужинать, — сказала мама, выходя Белке навстречу из своей комнаты. Тон у нее был виноватый. — Такая ужасная погода, так скользко... Я побоялась в магазин выйти, и молока даже нет.

— Ну, поужинаем бутербродами. — Белка пожала плечами. — Какая разница?

— Тебе стали безразличны такие вещи.

«Тебе они всю жизнь были безразличны», — подумала Белка.

А вслух сказала:

— Это плохо?

— Для тебя — да.

— Чем я от тебя отличаюсь? — хмыкнула она.

— Всем. В тебе от меня ничего нет, к счастью.

Белка сняла сапоги и прошла в кухню, чтобы не вести философские диалоги в прихожей.

— Я рада, что ты на меня совсем не похожа, — сказала мама, входя вслед за ней.

— Почему?

— Потому что я веду сомнамбулическое существование. Думаешь, не понимаю? Но я ничего не могу поделать, Белочка. Как-то мои родители в меня не вдохнули жизнь. Мир мне кажется страшно несправедливым, но противопоставить его мерзостям мне нечего, и я не знаю, как мне в нем существовать. Может быть, мне стоило бы уйти в монастырь.

— Ну-ну! — воскликнула Белка. — Не вздумай. Что ты там будешь делать? Поклоны бить, как буйнопомешаная? А я значит, на своего биологического родителя похожа? — спросила она, чтобы отвлечь маму от опасных мыслей.

— Во всяком случае, он был энергичный, веселый. Студсовет возглавлял. Я даже удивилась, что он обратил на меня внимание.

— А почему вы с ним расстались? — спросила Белка.

— В этом как раз не было ничего удивительного. Мы с ним, собственно, и не сходились. У нас так мало было общего... Это даже студенческим романом нельзя назвать, просто я ему в какой-то момент понравилась, и мы провели несколько ночей в общежитии, когда его соседи по комнате разъехались на каникулы. Но я рада, что так вышло. Если бы я тогда не забеременела, то вряд ли когда-нибудь родила бы.

— Почему? — пожала плечами Белка. — Может, если бы от него не родила, то потом нашла бы мужа.

— Чтобы найти мужа, надо этого хотеть. А я не понимала, зачем это нужно. Все очень тривиально, как в твоих психологических учебниках, я их однажды полистала. У меня не было позитивного семейного опыта. Родители жили как чужие, у них ничего не было общего. Папа был интеллигент в бог знает каком поколении, а мама в Москву из деревни приехала и в пельменной работала. И ты же помнишь, какая она была.

Бабушку Белка, конечно, помнила. Если бы та не была ей бабушкой, а встретилась бы как-нибудь вне родственных отношений, то Белка бы с ней, наверное, двух слов не сказала. Не нашла бы, о чем их сказать. Она всю жизнь считала, что это нормально. Родственников не выбирают, поэтому среди них могут попасться люди, с которыми у тебя нет ничего общего. Но это когда они уже есть, когда ты уже родился при них. А как можно самой выбрать для жизни человека, с которым у тебя нет ни одной точки соприкосновения?

— Зачем же дед на ней женился? — спросила она.

— Я не знаю. — Мама улыбнулась своей отрешенной улыбкой. — Наверное, это просто стечение обстоятельств. Так вышло. Мне кажется, к тому времени, когда они сошлись, все это уже не имело для него значения. Он считал, что все главное в его жизни кончено и надо просто проживать оставшееся так, чтобы не было стыдно перед людьми, вот и все. Они были соседями по коммуналке. Вероятно, мама от него забеременела, и он женился.

«Я думаю, ему было все равно», — вспомнила эти же слова Белка.

И глаза темные вспомнила сразу, и тревожные искры в глазах. Она тряхнула головой, отгоняя ненужные воспоминания.

— Но почему так вышло?.. — не у мамы уже, а непонятно у кого и о чем, спросила Белка. — Почему?

Глава 4

«Все-таки это безобразие! Пять лет как война закончилась, а у нас элементарных медикаментов не хватает!».

Зина вышла из операционной в негодовании. Сегодня прямо во время операции кончились не то что медикаменты, а обычные марлевые салфетки. Ну разве может подобное быть? Только такой хирург, как Леонид Семенович, мог завершить операцию несмотря ни на что.

Хотя, конечно, сама виновата. Должна была предусмотреть, что салфеток может понадобиться больше, чем положено по норме. В два раза больше их может понадобиться. И даже в три раза. И должна была подготовить столько, сколько необходимо.

— Извините, Леонид Семенович, — сказала Зина. — Это больше не повторится. С салфетками.

— За что извиняешься? — Он пожал плечами. — Не ты установила идиотские нормы расхода. А тот, кто установил, извиняться перед нами и не подумает.

Анестезиолог Савичева, вышедшая из операционной вслед за ними, поджала губы. Зина знала, что Савичева испытывает к Немировскому сильную неприязнь, но считала, что на это не стоит обращать внимания. Никаких разумных оснований для неприязни нет, а разбираться в неразумных — только зря время и нервы тратить.

Савичева работу закончила, потому что дежурила ночью, а Немировскому и Зине предстоял еще целый операционный день. И заботы этого дня поглотили Зину полностью.

Она благословляла судьбу за то, что имеет возможность работать с Леонидом Семеновичем. Грех сказать, но хорошо, что именно в Киров он приехал, ведь мог бы выбрать любой другой город, такого хирурга везде встретили бы с распростертыми объятиями.

Втайне Зина думала: раз мысль приехать сюда возникла у Леонида Семеновича потому что он знал, что она отсюда родом, то она, значит, не совсем ему безразлична. И, может быть, когда-нибудь его доброе отношение к ней перейдет во что-то большее...

Вечером, когда Зина уже закончила работу и переоделась, чтобы идти домой, ее остановил в коридоре начмед. И очень хорошо, что он ей встретился! Она только собралась сказать, что это безобразие, так жестко рассчитывать количество марлевых салфеток, война давно закончилась и нет никакой необходимости экономить на всевозможных мелочах, — все это она хотела ему высказать, но начмед ее опередил.

— Филипьева, в партком зайди, — сказал он.

— Сейчас, что ли? — удивилась она. — Почему так поздно?

— Не знаю. С утра всех по очереди вызывают. Зайди.

Больница была большая, поэтому партторг был освобожденный и вообще не медработник. Зина считала это неправильным. Все-таки даже на идеологической должности в больнице должен работать человек, который разбирается в медицине.

Как только Зина вошла к нему в кабинет, он сразу взял быка за рога. У него и фамилия была подходящая — Решительнов.

— Филипьева, — спросил партторг, — вам известна установка партии и правительства на борьбу с космополитизмом?

Про эту установку Зина, конечно, слышала, так как ей было посвящено открытое партсобрание. Про борьбу с космополитизмом вышла даже статья в «Правде», но она считала, что к ним, медикам, эта борьба не имеет отношения, потому что в статье шла речь о московских театральных критиках, которые написали что-то неправильное про какие-то правильные пьесы. Зина ни пьес этих не читала, ни критиков не знала, поэтому не придала всему этому значения.

— Я, конечно, знаю... — начала она.

— Но считаете, что вас это не касается, — перебил Решительнов. — И ошибаетесь, Филипьева! Это касается всех нас. Потому что в нашей среде, непосредственно в нашей больнице, космополиты тоже свили свое гнездо.

— Какое гнездо? — удивилась Зина.

— Вражеское, — отчеканил Решительнов. — И вы прекрасно понимаете, кто его организовал.

Но уверенный тон на Зину не действовал. По крайней мере в тех случаях, когда она имела собственное мнение.

— Совсем не понимаю, — сказала она. — И никакого вражеского гнезда у нас в больнице не вижу.

— Но проявлений вражеской сущности вы не можете не видеть, — не унимался Решительнов. — Как, например, следует понимать то, что доктор Немировский потребовал уволить санитарку Павлову?

— А как следует понимать, что ее до сих пор не уволили? — возмутилась Зина. — Она же в палатах вообще полы не моет, только у начальства в кабинетах!

— Павлова — опытный работник и член партии, — жестко произнес парторг. — А как вы объясните то, что Немировский критикует советские законы?

— Какие законы? — опешила Зина.

— Например, о нормативах использования медицинских материалов.

— Марлевых салфеток, что ли?

«Ну Савичева! Ну сволочь! — подумала Зина. — И когда успела донести?».

— Думаю, это не единственное, что он критикует, — сказал Решительнов. — Мы это еще проанализируем, сопоставим факты. И, думаю, к общему собранию уже будем иметь полную картину его деятельности.

— К какому собранию? — машинально спросила она.

— Через три дня назначено общее собрание коллектива. Завтра я вывешу объявление. Все должны выступить, и вы тоже, Филипьева. Решительно осудить враждебную космополитическую деятельность доктора Немировского.

— Да вы что?! — воскликнула Зина. — Леонид Семенович — враждебный?! Да он... Да он же лучший хирург! Сколько он жизней спас!.. На фронте еще!..

— С его деятельностью на фронте мы еще будем разбираться. И тут вы нам, разумеется, тоже понадобитесь, Филипьева. Кстати, вам известно, что пока Немировский был на фронте, его родители находились на оккупированной фашистами территории?

— Нет... — растерянно произнесла Зина.

Леонид Семенович никогда не говорил о своих родителях. Она думала, что они давно умерли.

— Да, на оккупированной территории, — повторил парторг. — В городе Каунас Литовской ССР.

— И что же с ними стало? — тихо спросила Зина.

Что происходило с евреями, которые не успели эвакуироваться, было ей известно.

— Ну, что... Он написал в анкете, что они были казнены в гетто. Но никаких достоверных подтверждений этому нет.

— Какие же вам нужны подтверждения? — медленно проговорила Зина. — Справка от гестапо?

— Вы, Филипьева, это бросьте! — рассердился партор. — Героиню из себя строить не надо! Не вы одна, все воевали. Значит, — сказал он, вставая, — мы ждем вашего выступления на собрании.

— Я не буду выступать на собрании. — Зина тоже встала. — Тем более клеветать на Леонида Семеновича.

Теперь они стояли друг против друга через стол. Решительнов смотрел на Зину исподлобья.

— Подумайте, Филипьева, — процедил он. — Считаете, если вы беспартийная, то на вас и воздействовать нечем? Можно ведь и в должности понизить…

Вероятно, он считал, что она сейчас изо всех сил скрывает свой страх. Но Зина никакого страха, конечно, не испытывала.

— Куда вы меня понизите? — усмехнулась она. — Я медсестра.

— Будете санитаркой!

— Ну и буду. Напугали бабу туфлями, высокими каблуками!

Зина сама не поняла, почему вдруг вырвалась у нее эта фраза. Так говорила соседка Нина, когда от нее уходил очередной кандидат в мужья.

— Всё? — спросила она. Парторг молчал. — До свиданья!

Зина с трудом удержалась от того, чтобы хлопнуть дверью его кабинета.

Все у нее внутри кипело от возмущения. Как же так можно?! Кого во враги хотят записать?!

«А кого всегда записывали? — сказал ей холодный голос разума. — Сосед Иван Ильич пятнадцать лет в лагере провел за анекдот, инвалидом вышел — он что, враг? А Коля Чердынцев? Он, конечно, за резким словом не постоит, но разве можно за это из МГУ в Вятлаг? Какой он враг народа, тем более английский шпион?».

Но эти мысли занимали Зину не дольше минуты. Она подумала о другом: надо же предупредить Леонида Семеновича!

В ординаторской Немировского уже не было. Зина бросилась к нему домой.

Леонид Семенович жил в той же комнате коммуналки Трифонова монастыря, ордер на которую ему выдали сразу по приезде в Киров. Недавно, когда приезжал их общий фронтовой друг, командир батальона Степашин, и Зина была по этому случаю у Немировского в гостях, она увидела, что и внутри комната не изменилась. Как повесила она когда-то ситцевые шторы, так они и висят. И скатерть на столе та, которую она постелила, домотканая, из маминого приданого, и алюминиевый чайник со вдавленным боком, купленный ею на барахолке.

Зина постучала в комнату, но ей никто не ответил. Она постучала сильнее, и дверь открылась под ее рукой.

— Леонид Семенович! — позвала Зина, входя. — Извините, что я так поздно.

В комнате никого не было, но понятно было, что хозяин недавно ужинал, наверное, с неожиданными гостями. На столе стояла полупустая бутылка шампанского, открытая баночка шпрот и большая коробка с необычными, в виде золотых стрел шоколадными конфетами. Зина никогда не видела таких конфет. Ей почему-то стало не по себе.

— Леонид Семенович! — еще раз позвала она.

Но это было уже глупо. Не в шкафу же он спрятался.

«А что это я так всполошилась? — подумала Зина. — Домой к нему прибежала на ночь глядя... Завтра в больнице увидимся и обо всем ему расскажу».

Она вышла и плотно закрыла за собой дверь комнаты. А то открывается от первого же прикосновения, и кто угодно заходи.

Выйдя из монастыря, Зина направилась было к улице, по которой ближе всего ей было идти домой. Но приостановилась...

«Он же всегда любил по вечерам прогуливаться, — говорила она себе, возвращаясь к монастырю. — У Лукоморья мы с ним каждый вечер гуляли такой же вот весной».

Она прошла вдоль монастырской стены. От родника доносились негромкие голоса.

«Хорошо, что не ушла! — обрадовалась Зина. — Конечно, он вместе с гостем подышать вышел».

Она подошла поближе. Но прежде чем успела выйти из тени дерева, которое росло рядом с родником, образуя над ним раскидистый шатер, она услышала голос такой знакомый, что у нее онемели ноги.

— Тогда у меня не было другого выхода, Леонид, — произнес этот голос. — Мне приказали — я уехала. Но теперь...

— Ты снова врешь, Полина, — ответил Немировский. — Тогда врала, врешь и теперь. И ладно бы мне врала, в конце концов, я тебе всего лишь случайный любовник. Но твоя авантюрная природа заставляет тебя играть в опасные игры черт знает с кем. И ничем хорошим для тебя это не кончится.

— Не будь резонером, Ленечка! — засмеялась Полина. — Тебе это совсем не подходит. У меня природа авантюрная — пусть, согласна. А у тебя — очень мужская.

У меня голова кружится, когда ты на меня только смотришь. А уж когда обнимешь...

Зинины глаза привыкли к темноте. Света луны было ей теперь достаточно, чтобы видеть каждое движение двоих, стоящих над родником. Сердце ее билось так, что она боялась, они услышат этот грохот. Но им было не до ее сердца.

Как только Полина произнесла «когда обнимешь», Немировский обнял ее. Она быстро вскинула руки, обняла его тоже. Он склонил голову, прислонился щекой к ее волосам. Они долго стояли так в молчании.

Зина тоже не могла пошевелиться. Только судорожно глотала слезы, подступающие к глазам.

«Когда она приехала? — сквозь эти мучительные слезы думала Зина. — Откуда она приехала и зачем, ну зачем?!».

Полина исчезла из Кирова через полгода после приезда Немировского. Именно исчезла — в один прекрасный день какой-то мальчишка принес Зине домой ключ и записку, в которой Полина благодарила за помощь и сообщала, что ей срочно приходится уезжать, нет возможности даже проститься, и пусть Зина теперь забегает поливать цветы. До своего поспешного отъезда она так и жила в Валиной комнате в Трифоновом монастыре, потому что Валя вышла замуж за своего друга по переписке и домой не вернулась.

Значит, в то время это и произошло — «случайный любовник»...

— Поедем, мой хороший, — сказала Полина, отстраняясь от Немировского. — Тебя здесь ничто не удерживает. Киров не фронт, Москва не тыл. Я тебя не дезертировать призываю.

— Я не могу тебе сейчас ответить, — помолчав, сказал он.

— Почему?

— Потому что я вышел из того возраста, когда решения принимаются сердцем.

— А я никогда из него не выйду! — засмеялась Полина. — Возможно, по этой причине мне придется умереть молодой. — Смех ее прервался, и она проговорила прерывисто: — Пойдем к тебе. Я только ради тебя приехала, хочу тебя безумно. Что же мы с тобой ведем себя так, будто этого не понимаем?

Немировский взял ее за руку, и они прошли мимо Зины, все ускоряя шаг.

Зина вжалась в ствол дерева. Но, наверное, даже если бы она вышла им навстречу, они бы ее не заметили.

Глава 5

Она не помнила, сколько просидела на лавочке у родника. Луна то заходила за облака, то выглядывала снова, ветер то поднимался, то опадал, как парус... Зина не чувствовала ни рук, ни ног, но не сознавала при этом, что замёрзла.

— Ты что здесь делаешь? — послышалось над ней.

Она медленно обернулась, подняла голову. Голос прозвучал будто с неба, но не с неба, конечно, а из открытого монастырского окна. Николай Чердынцев высунулся оттуда чуть не по пояс.

— Зин, ты что там сидишь? — повторил он. — Холодно же!

Она не ответила и отвернулась. Через пять минут послышались быстрые шаги и Николай подошёл к лавочке.

— Зина! — Он потряс её за плечо. — Очнись! Что случилось?

— Н-ничего... — с трудом выговорила она.

— А ну пойдём!

Николай подхватил её подмышки и поднял с лавочки. Она пошла за ним, не понимая, куда он её ведёт, безропотно держась за его руку. И когда вошли в его комнату, она только зажмурилась от того, что стало светло, а больше ничего не ощутила.

— Садись!

Николай посадил Зину на кровать, стянул с неё ботики, чулки и, присев перед ней на корточки, стал растирать ей ноги. Резко запахло водкой.

— Драгоценный продукт на тебя перевожу, — приговаривал он. — Ты мне за это обязана сказать, что случилось.

Ноги вскоре загорелись огнем. И от них стало подниматься по всему телу тепло. Оно дошло до сердца, до горла, до глаз... Слезы, замерзшие, пока Зина сидела над родником, оттаяли от этого тепла.

— Коля... — глотая слезы, выговорила она. — Что же это? Ведь я его люблю...

И вместе со слезами хлынули слова, сбивчивые, горестные, поспешные. Зина рассказывала обо всем — о дубе у Лукоморья, о выстреле гаубицы, о том, как однажды в санитарном поезде Немировский сутки стоял у операционного стола, а она подавала ему инструменты...

Николай уже сидел не на корточках, а рядом с ней на кровати.

— Полинка сука та еще, — сказал он, когда Зина замолчала.

Зина удивленно взглянула на него. Разве об этом она говорила?

— Конечно, сука, — повторил Николай. — А то и похуже... Мутная баба, не поймешь, что она такое. Она и передо мной хвостом крутила, так, из интереса. Я, дескать, мужчина с перчинкой. Но Немировский ей больше нравился, это правда. А если такая баба захочет, любой мужик голову потеряет, это тоже правда. Мужиков всегда на подлятинку тянет. Плюнь, Зин, — заключил он. — Не твоего он поля ягода, Немировский.

При слове «ягода» Зине вспомнилась мерзлая клюква на ладони Леонида Семеновича, и она зарыдала в голос.

Она не слышала, как Николай снимает с нее пальто, кофту. И очнулась только когда почувствовала, что лежит на кровати, а он склоняется над нею, жарко шепча:

— Не бойся меня, Зина, милая... За такую, как ты, драгоценную, все отдать не жалко. Выходи за меня, а? Я учиться опять пойду, я же на юриста учился, все вспомню, заново поступлю... Тебе меня стыдиться не придется!

Она не понимала, что это он говорит, что делает. Сначала она пыталась оттолкнуть его руки, отворачивалась от его губ... Но потом ей стало все равно. Его губы были прохладны и ласковы, его слова успокаивали... Зина вскинула руки и обняла Николая за шею.

— Вот и хорошо, — сказал он. — Не бойся. Все сделаю.

То, что он делал с нею, вызывало не страх, а разве что боль. Но не так эта боль была сильна, чтобы ее невозможно было потерпеть, и не так уж долго длилась.

Николай упал рядом с Зиной на подушку, закрыл глаза. Кровать была узкая, лежать вдвоем было тесно. Зина легла на бок.

«Вот и все, — подумала она. — Больше мне про Леонида Семеновича думать незачем. Я его предала. Я смалодушничала. И Полина ни при чем».

— Я, конечно, не подарок, — не открывая глаз, сказал Николай. — Твоя Полина все говорила: мужчина с прошлым, мужчина с прошлым... Пропади оно пропадом, такое прошлое, жить оно мне не дает. Снедает меня лагерь, понимаешь? Неприкаянность внутри, и ничего я с этим поделать не могу. Один — не могу. А с тобой... — Он открыл глаза. В них, темных и глубоких, даже сейчас не утихала тревога. — Может, попробуем, Зин, а? — Его голос прозвучал почти просительно. — Может, получится?

Он заманил ее к себе в кровать почти что обманом. Наверное, она должна была чувствовать к нему злость. Но чувствовала только жалость. Жалость поднималась в ней так же, как поднялось тепло после того, как он растер водкой ее ноги.

— Получится, Коля, — сказала Зина. — Я тебе помогу.

Он закрыл глаза, положил голову на ее плечо. Ей показалось, что он уснул. К ней же сон не шел, только слетались горестные виденья. И счастливые тоже.

Но она отогнала от себя и те и другие.

Глава 6

Дом, в котором Константин провел свое детство и юность, опустел как-то незаметно. Получили квартиру одни соседи, другие... Последней уехала тетя Нина.

— Так и не встретила я свою любовь, Зин, — вздохнула она, когда отмечали ее отъезд на новое местожительство. — Видно, не судьба. Поживу на старости лет для себя.

Константин улыбнулся. Тетя Нина была смешная в своих вечных поисках любви и вечных разочарованиях. Без нее в доме стало совсем грустно.

Им с мамой тоже должны были дать квартиру, так как дом шел под снос.

— Дожить бы здесь, — говорила мама. — Хорошо, что ты квартиру получишь, а мне лучше в родных стенах умереть.

Константин терпеть не мог, когда она заговаривала о смерти. Впрочем, она о ней почти и не заговаривала. Мама не любила говорить об очевидных вещах, как и бабушка, в этом смысле он пошел в них.

Для мамы было очевидно, например, что сын вернулся из Москвы в Киров из-за ее болезни. Она не хотела, чтобы он это делал, и сказала ему об этом. Он ее не послушался, потому что у него были свои очевидности. И что же теперь обсуждать?

Вообще-то Константин не видел в своем возвращении никакой жертвы, потому что работа на «Скорой» в Кирове отличалась от такой же московской не разительно, а кроме работы в его жизни не было ничего захватывающего.

Он работал, мама вела хозяйство, если можно было так назвать их несложный быт. Серьезных усилий он ей совершать не позволял, потому что она ожидала операцию на сердце. Она и сама себе этого не позволяла, потому что относилась к своему здоровью ответственно, считая, что было бы эгоизмом с ее стороны, если бы она слегла, обременив таким образом сына.

Вечерами, если он был не на дежурстве, они разговаривали о каких-нибудь выставках и спектаклях, которые мама посещала гораздо чаще, чем он, пеняя ему за недостаточное внимание к культурной жизни, которая, «поверь, Костик, в Кирове очень насыщенная». Так было заведено. Если он возвращался с работы поздно, она считала необходимым его дождаться, это тоже было заведено и, на его взгляд, правильно.

Однажды, когда Константин вернулся с работы не очень поздно, то услышал в кухне голоса и подумал, что у мамы гости.

Но она вышла ему навстречу и сказала:

— А у нас соседи появились. В Нининых комнатах будут жить.

Он удивился. Какие соседи? Дом вот-вот снесут.

Соседи, женщина и мальчик лет восьми, сидели в кухне за столом, который остался от тети Нины.

— Надя и Сева, — представила мама.

Надя почти не изменилась за три года. То же классическое лицо, только выражение стало жестче. Если раньше она была похожа на нимфу, то теперь на воинственную античную деву.

Ее красота по-прежнему ошеломляла, как выстрел, но Константин сразу же вспомнил притон, в котором увидел ее впервые, и то же чувство, что и тогда, охватило его: красота ее почему-то казалась ему оскорбительной.

Зачем она дана? Кого радует? Даже ее носительницу — едва ли.

Выпили за знакомство, Константин и мама водки, а Надя вина. Константин подумал, что она и сыну нальет спиртного, но она налила Севе апельсиновый сок, а вскоре отправила его спать. Уверенность чувствовалась в каждом ее поступке так же, как в выражении лица.

Когда мама тоже ушла спать, Надя спросила:

— Узнал меня?

— Да, — кивнул он. И настороженно поинтересовался: — Что это ты адрес решила сменить?

— Я его давно сменила, — усмехнулась она. — Как ты сказал, так и получилось: посадили. Из колонии вышла — дома нет, снесли.

— Как же тебе здесь комнату дали? Отсюда, наоборот, переселяют всех.

— Пришлось подсуетиться.

Ее жизнестойкость, способность сопротивляться давлению жизни вызывала даже уважение, несмотря на способ, который она для этого выбрала. Только вот было непонятно — для чего все это? С какой неведомой целью создана эта красивая женщина, чего она хочет, к чему стремится?

Что ж, Константин с мамой разных соседей видели. Может, эти окажутся не хуже других.

Сева оказался не то что не хуже других пацанов его возраста и его среды, а в точности таким же, как все.

Как всех, его интересовали компьютерные игры и телевизор и не интересовали книги.

Как у всех, речь его была замусорена бессмысленными междометиями и ничего не соединяющими союзами.

— Я не замерзну, то что у меня свитер под курткой, — говорил он.

Как все, он ненавидел учиться.

Как все, мечтал найти работу, на которой можно будет ничего не делать и получать много денег.

Константин давно уже научился игнорировать таких людей, и, видимо, было в нем что-то такое, что заставляло их держаться с ним сдержанно и даже почтительно. Севу он воспринимал не как ребенка, а как маленького взрослого.

Как воспринимать Надю, Константин не понимал. Она была абсолютная вещь в себе. Ничто постороннее не могло пробиться сквозь броню уверенности, в которой она существовала так же, как в мраморе своей красоты. Что такое хорошо и что такое плохо, а вернее, чего ей хочется и чего нет, она, похоже, решила для себя раз и навсегда, и это ее решение было незыблемо. Как и любые другие, впрочем.

Он не помнил, почему они начали жить. Даже не жить, а подживать, так называла этот тип отношений фельдшер Люся Кременецкая, с которой он вместе работал на «Скорой». Так как-то... Вернулся рано утром с дежурства, столкнулся с Надей на крыльце — у нее тоже закончилась ночная смена в магазине, где она работала кассиром. Вместе вошли в дом. Когда проходили мимо ее комнаты, она открыла дверь и ожидающе посмотрела на него. И он вошел.

Ему показалось, что в физическом смысле ей почти все равно то, что он с ней проделывает. Это его раззадорило, заставило быть изобретательнее, и она разгорелась постепенно, как принесенные с холода дрова, и разделила с ним наконец его пыл. Это было единственное, что запомнилось ему в тот первый раз.

Он сразу уснул, и она скорее всего тоже, ведь тоже была после бессонной ночи. Когда проснулись, она обняла его и поцеловала, но особенно не ластилась, держалась почти отчужденно. Это ему понравилось, он тоже не был сторонником того, чтобы распахиваться перед незнакомым человеком только потому, что между ними произошел физический контакт.

— Я теперь вообще ничего не загадываю, — лежа рядом с ним и глядя в потолок, сказала она. — Вот животное, кошка, например. Идет-идет, видит, впереди дерево. Залезла. Ветка кончилась — на землю спрыгнула. Дальше пошла. Зачем, почему, что после будет? Она не думает. И счастливая, и свободная. Вот так и надо.

«Неужели к этому свелась моя жизнь?» — подумал Константин.

«Да», — это был единственный честный ответ.

Он прошел земную жизнь до половины и оказался не в сумрачном лесу, а в каком-то унылом житейском киселе. К этому привела неприкаянность, которая всегда гнала его по жизни до изнеможения и, скорее всего, бесцельно.

Почему природа наградила его этим качеством, непонятно, но теперь уж что? Остается воспринимать его как данность вместе со всеми вытекающими последствиями.

Константин скосил глаза на свою партнершу. Не самое плохое последствие, между прочим. Красивая.

Но что толку думать о Наде? Думать имеет смысл о том, что ты любишь. Вернее, об этом само собою думается. Он думал о работе.

В Кирове как раз открыли больницу скорой помощи, Константин вдобавок к работе на «Скорой» стал брать дежурства в реанимации, оказалось необходимо повысить квалификацию, все это требовало времени и сил, всему этому он отдавался безоглядно... Отношения, которые установились у него с Надей, были при таком раскладе идеальными, и хорошо, что все сложилось так нетребовательно и с его, и с ее стороны.

Деньги у них были раздельные, еда тоже. Надя готовила для Севы, Константин ел то, что готовила мама, а после ее смерти стал обедать на работе или варил в выходные щи, благо это не требовало усилий, достаточно было просто сложить в чугунок овощи и мясо, залить водой, вскипятить и поставить в печку на ночь, как бабушка это делала.

Не то чтобы они жалели друг для друга денег, он, во всяком случае, без размышлений дал бы Наде столько, сколько ей понадобилось бы. Но она ни у него денег не просила, ни от себя ничего материального не предлагала, и он понял, что его это устраивает. Так сложилось — зачем менять?

Константин был уверен, что знает о жизни все, что ему необходимо. И когда вдруг оказалось, что это не так, он растерялся.

Глава 7

Мамин звонок застал Белку, когда она поднималась из метро на «Тушинской».

— Белочка, это всё опять, опять!..

В мамином голосе слышались слезы.

— Что — опять? — воскликнула Белка. — Ты упала?!

Она все время, пока жила в Кирове, боялась, что мама упадет и что-нибудь сломает, но обошлось. А теперь...

— Да нет же, не я!

— А кто упал? — удивилась Белка.

Упасть, кстати, мог кто угодно, включая ее саму. Апрельские снегопады продолжались, мало того, превратились в самую настоящую метель. Она бушевала так, что, выйдя из метро, Белка отплевывалась от мокрых снежных хлопьев и шла спиной вперед.

— Господи, да никто не упал! Те люди опять пришли!

— Какие люди? — насторожилась она.

— Я думаю, те же, что раньше тобой интересовались. Я плохо вижу в глазок, но кто же еще вот так вот, с улицы, может тебя спрашивать?

Вообще-то «те люди» не должны были к ней прийти, потому что «то» было кончено, точка пули была поставлена. Но все-таки Белке стало не по себе.

— Не волнуйся, я уже возле дома, — сказала она. — Ты пока потребуй, чтобы представились. А лучше пусть документы покажут в развернутом виде.

— Он представился, — вздохнула мама. — Но мне его фамилия ни о чем не говорит. И вообще, сказать можно что угодно. Ты лучше не приходи сейчас,

Беласька, — предостерегла она. — Он прямо на лестнице стоит.

— Ага, я теперь в метро останусь жить, — хмыкнула Белка. — Как его фамилия?

— Чердынцев Константин Николаевич.

Белка захлебнулась метелью. Она остановилась и хватала воздух ртом. Она впервые в жизни понимала, что можно потерять сознание от обычных слов. Она никогда не верила, что это возможно, но это возможно, и она сейчас упадет.

Но никуда она не упала. А бросилась бежать к дому так, что снежные потоки засвистели вокруг нее как стрелы.

Она вбежала в подъезд, взлетела по лестнице и остановилась перед последним пролетом.

В подъезде было полутемно. Костя стоял, прислонившись к стене, на которой светящейся краской было нарисовано сердце. Это для соседской девчонки нарисовали, для шестиклассницы. Он стоял и смотрел на Белку, и она смотрела на него. Она хотела взбежать дальше вверх, но у нее отнялись ноги. Просто перестали существовать — она их не чувствовала. И это тоже было с нею впервые.

С ней все стало впервые, когда он появился в ее жизни — впервые чувства стали значить так много, что осветили ее жизнь, как фонарь. И другое стало с нею впервые, когда он исчез — волшебный фонарь погас, и все потеряло смысл.

И вот теперь этот смысл вспыхнул, как светящееся сердце на стене, а у Белки не было сил, чтобы к нему подняться.

Костя спустился по лестнице.

— Что ты? — спросил он. — Мама твоя меня испугалась, а ты-то что?

Наверное, вид у нее такой идиотский, что это можно списать только на испуг.

— Я просто... не ожидала тебя... увидеть, — с трудом выговорила она.

— Почему?

— Потому что... Я думала, то все было случайно. Все, что у нас случилось...

— Случайно ничего не бывает.

Его голос звучал спокойно. Это благотворно подействовало на Белку, она смогла взять себя в руки. И ответила тоже почти спокойно:

— Я не философ.

— А я просто дурак.

С этими словами он взял ее за плечи и притянул к себе. Она почувствовала себя точно так же, как в тот вечер, когда он на руках принес ее из сада в дом и сказал, что она не тяжелее трупа. Да, когда она анализировала, что с ней произошло — а она анализировала, вернее, пыталась это делать, хотя и не слишком успешно, — то поняла, что все началось именно тогда. И она не догадалась об этом сразу только потому, что ничего подобного не ожидала. Не знала, дура такая, что все главное, все самое значительное происходит вне ожиданий и выглядит в момент происхождения обыденным, само собой разумеющимся.

Ну, что с нее взять? Пришествия Христа и то вон не заметили. Все ждали от Бога чего-нибудь поинтереснее, чем странный человек с толпой юродивых.

Костя наклонился и коснулся губами Белкиных губ. Не поцеловал, а коснулся только, будто боялся, что она отстранится, отшатнется. Правда, дурак! Она обняла его и поцеловала очень крепко.

Ей все равно, что будет дальше, почему он не приезжал, почему приехал сейчас, — она без него жить не может, и если он ей дан на одну только эту минуту, когда она чувствует его губы, прохладные, как после сгрызенной сосульки, то эту единственную минуту она и будет жить в полную силу.

— Почему ты думаешь, что ты дурак? — спросила Белка, еще не отдышавшись после поцелуя.

— Нельзя было придавать решающее значение стечению обстоятельств. И уж точно незачем было считать его знаком судьбы.

— Какому стечению?

— Когда я выехал из деревни, началась метель. Телефон работать перестал, я стоял в сугробе между деревней и шоссе и думал, дождешься ты меня после всего этого или нет.

Что-то Белка такое читала про метель, которая чему-то помешала... Или ничему не помешала?

— Я не мог сказать Наде по телефону. — Костин голос прозвучал виновато. — Я ничего ей не обещал, но все равно это было бы непорядочно.

— А мне ты мог сказать по телефону?! — воскликнула Белка. — Я же... Я думала, ты к ней вернулся, — шмыгнув носом, пробормотала она.

— Значит, не только я дурак, а мы с тобой оба... недалекие люди. Я не могу без тебя жить, Белка, — сказал он. — Просто бессмысленно жить без тебя.

На площадке над ними открылась дверь, и мама громко произнесла:

— Белла! Может быть, вызвать полицию?

— Пойдем, — сказала Белка, хватая Костю за руку так, как будто он мог вот сейчас, сию секунду снова раствориться в метели, которая, кажется, и не утихала с тех пор, как разлучила их так глупо. — А как ты меня нашел, кстати?

— После разоблачений Ассанжа это наивный вопрос, — ответил он. — А на тебя и интернет-правдолюбцев никаких не надо, твой адрес есть практически в открытом доступе. Телефон тоже есть, но я не мог сказать тебе все это по телефону.

Глава 8

Шереметьевский странноприимный дом сиял, как путеводная звезда.

Ну, просто подсвечен был красиво.

На окне не было занавески, и Белка видела этот корпус Склифа все время, когда не смотрела на Костю. Конечно, красивый вид из окна, хотя квартиру рядом со Склифом он снял не из-за вида, но все-таки смотреть на его лицо ей нравилось больше, чем на Шереметьевский дом.

Она и узнавала его, и не узнавала, но не потому что отвыкла, а потому что он опять был новый и непонятный. Она даже сказала ему об этом, и он удивился.

— Это ты мне кажешься непонятной, — сказал Костя. — Я растерялся, когда тебя увидел.

— Ну да! — не поверила Белка. — Вот уж каким ты не выглядел, так это растерянным. А почему ты растерялся? — тут же спросила она.

Это интересовало ее живейшм образом.

— Потому что ты оказалась очень какая-то... моя. А я не предполагал, что так может быть. Открываешь калитку, видишь лысую девицу с фингалом под глазом и торчащими ушами и понимаешь, что она твоя и все в ней как будто специально для тебя предназначено. Кто угодно растерялся бы.

— И ничего не лысую, — фыркнула Белка. — А с «ежиком». И уши ничего не торчали.

— Неважно, торчали или нет. Их вообще могло не быть.

— То-то красота была бы!

— Красота сама по себе не имеет значения.

— А Достоевский говорил, что она спасет мир.

— Он ошибался.

— Ты категоричен.

Белка провела пальцем по его губам. Откуда берется в них прохлада? А в руках откуда берется сила, даже когда они просто лежат поверх одеяла?

— Наследственность.

Он был категоричен, решителен, и то, что о расставании он должен был сказать Наде сразу же, как только понял, что оно произошло, — было частью всего этого в нем.

Белка не знала, как ко всему этому в нем относиться. Но знала, что не может воспринимать его частями — весь он был ей нужен, этот единственный мужчина, единственный, которого она не понимала. Просто — единственный мужчина.

— «Ежик» тебе шел, не обижайся, — сказал Костя. — У тебя лицо нежное, хороший контраст.

Вот опять: он, оказывается, замечает такие вещи, о которых она и предположить не могла, что они хотя бы взгляд его задерживали.

Все в нем такое — догоняешь что-то в его душе, в его мыслях, и тут же появляется новое, и снова ты бежишь за этим новым, догонишь, обнимешь, носом уткнешься, а впереди опять…

Белка обняла Костю и уткнулась носом ему под горло. Он подул ей в лоб, и от этого желание пробежало по всему ее телу. Да, ко всем его умениям следовало добавить еще и то, что он зажигает в ней желание одним своим дуновением.

Костя откинул одеяло, и они стали обниматься без помех. Голые люди на голой земле. Хоть и на кровати, конечно.

Как хранится такая первоначальность? Непонятно. Годы гасят ее огонь, но он загорается снова в ответ на другой огонь, который загадочным образом становится твоим.

Белке так хорошо было в Костиных объятиях, что это невозможно было отнести только на счет телесной их тяги друг к другу. То есть она была, эта тяга, и очень она была сильна, даже жестока она к ним была, скручивая их в общий жгут сильной рукой, но все-таки она являлась всего лишь частью какого-то загадочного целого, которое их соединило.

То, что давала телесная тяга, кончилось телесными же судорогами, а это целое осталось, не кончилось.

Белка прижалась к Косте и прислушалась — нет, не кончилось точно.

— По-моему, ты хочешь есть, — сказала она.

— Нет, — удивился он. — Почему ты решила?

— Чувствую.

— Раз чувствуешь, значит, сейчас захочу, — улыбнулся он. — Пойдем в кухню и будем есть.

Они поднялись с кровати и пошли в кухню, где в холодильнике была какая-то еда. Действительно, есть захотелось сразу, еще по дороге из комнаты, и обоим, и они уселись на пол, потому что не было стульев, и съели то, что было в холодильнике, не успев заметить, что это было.

Квартира вообще была обставлена наспех: стол имелся, а стульев не было, постель была, а занавеску повесить хозяева перед сдачей жилплощади не сообразили. Но она располагалась в пяти минутах ходьбы от Костиной теперешней работы, и он снял ее еще из Кирова, как только выискал в сети.

Все это он рассказал Белке по дороге сюда, в такси. А она рассказала, что ходит на курсы по медицинской психологии, есть такие в Первом меде на Пироговке, а потом еще придется пройти двести с лишним часов тренинга, и только потом можно будет работать медицинским психологом.

— Хорошо еще, что у меня диплом по профилю, — сказала Белка. — Так странно! Я ведь его считала случайной бумажкой...

— Ничего странного, — заметил он. — Про диплом твой я не знал, но что людей ты чувствуешь насквозь, трудно было не заметить.

Они замолчали — оба подумали о женщине в наручниках на больничной койке. Обоим нелегко было это вспоминать.

— У меня перевернулась жизнь, — сказала Белка. — Все перевернулось. Что раньше казалось неважно, стало важно. Я оглядываюсь и вижу другой мир. Меня в нем задевает то, что раньше оставляло равнодушной. Это нелегко, Костя, я даже не знаю, рада ли этому. Многое лучше бы не знать, не обращать на это внимания — как на ту Олю... Но я обращаю теперь, и это довольно мучительно.

Он слушал очень внимательно, Белка чувствовала. И, кстати, только теперь она догадалась: еще в Кирове, когда они заходили с Костей в кафе по дороге с работы и она рассказывала ему что-нибудь, думая, что ее рассказы для него лишь способ успокоить нервы, — он слушал точно так же, просто она не понимала этого тогда.

— И еще, знаешь, я не думала, что работа будет иметь для меня какое-то значение, — сказала Белка.

— А я не думал, что для меня какое-то значение будет иметь что-нибудь кроме работы, — усмехнулся

Костя. — Что ж, жизнь, видимо, имеет свойство переворачиваться с ног на голову и наоборот. Мало ли о чем мы с тобой не знали!

Пока доехали из Тушина до проспекта Мира, снег растаял почти совсем. И зачем была сегодня эта странная апрельская метель?

Может, жизнь все-таки отмечает какие-то дни особенными знаками, и не стоит считать это случайным стечением обстоятельств?

Этого Белка не знала. Но чувствовала же она у себя и у Кости за спиной сложное, необъяснимое в момент своего явления и объяснимое в огромном объеме времени сплетение обстоятельств, целей, чувств, стремлений и разочарований, составивших жизнь людей, благодаря которым они появились на свет. Не случайно же все это было с теми людьми и не напрасно же!

Белка подвинулась к Косте по холодному линолеуму и поднырнула под его наполненную непонятной силой руку, мешая ему отламывать куски от хлебной буханки. Нет, не случайно, точно не случайно!

Зазвонил его телефон, лежащий на кухонном столе. Костя дотянулся до него, взглянул.

— Севка, — сказал он.

— Сева? — удивилась Белка.

— Да. Я сказал, чтобы он мне звонил. Он-то не виноват, что все так вышло.

«Что там у тебя за следующим поворотом? — подумала Белка. — Ничего я о тебе не знаю. Или о себе? Так ведь это одно и то же!».

2013 год, Москва